Dark Romance

Keine Warnung. Kein Safeword.
Kein Zuckerwattenscheiß

Dieses Buch ist all den Kommas gewidmet, die meine Testleser auf dem Gewissen haben.
Gnadenlos wurdet ihr ihnen ausgeliefert und nach einer gewaltigen, unbarmherzigen Hetzjagd, seid ihr auf bestialische Weise unter die Löschtaste geraten.

Möget ihr in Frieden ruhen

Prolog

Vor der speziellen Badewanne, extra für solche Spielereien hier in diesem stillen Schlachtraum errichtet, stehe ich mit meinem besten Freund und halte erneut das Bild von dieser kleinen Schönheit hoch. Das Gewinsel und Gebettel überhöre ich und brülle gegen das Schmerzgejammer des Abschaums an.

»Hast du ihr neue Papiere verschafft?«

Gefesselt liegt er in brennender Säure und schüttelt den Kopf. Sloan und ich tauschen einen mitleidlosen Blick aus. Er wäre gar nicht hier, wenn er direkt kooperiert hätte. Hätte mir somit auch diese ganzen erbärmlichen Laute, das unmännliche Geflenne und die nichtsbringenden Bestechungen erspart.

Viel zu lange badet er schon in der tödlichen Suppe und nur eine kleine Zutat beendet qualvoll den Rest. Leider brauche ich Antworten, sonst wäre es bereits vollendet. Denn ich muss sie finden. So schnell wie möglich. Und vorher höre ich sicher auch nicht auf.

»Doch hast du. Wo ist sie?«

»Ich weiß es nicht«, wimmert er und hat sich schon längst vor Angst und Schmerz in die Hosen gepinkelt. An den nackten Stellen glüht seine Haut sichtbar rot und die ersten Pusteln sind ebenfalls zu erkennen, während der ätzende, warme Dampf nach oben steigt. Das Ganze dauert mir jedoch zu lange und egal, wie oft ich ihm das Foto ins Gesicht halte, er spricht nicht. Was die Frage aufwirft, warum er sie beschützt, letztlich aber sein Leid nicht verhindert und es nur abscheulicher wird.

»Sieh mal her«, sage ich diesmal bewusst freundlich, als wolle ich ihm helfen und gehe zum Regal. Dort hole ich eine 3 Liter Flasche Säure heraus und wende mich wieder dem Gefangenen zu, der nicht plaudert.

»Wenn ich das hier zusätzlich zu dir ins Wasser-Säuregemisch kippe, wirst du einen sehr schmerzvollen Tod erleiden, verstehst du das, Jim?« Dabei schraube ich gemächlich den Deckel ab. Unterdessen kehre ich zu ihm zurück. »Langsam zersetzt sich deine Hautund die Muskeln lösen sich von den Knochen.«

»Und wenn Trash *langsam* sagt, dann meint er *schmerzhaft schnell*«, klärt ihn Sloan lächelnd auf und hält mir eine Gasmaske hin. Auf der Ecke der Badewanne stelle ich die offene Flasche ab und setze mir die Maske, wie Sloan zuvor, auf.

»Was? Nein! Das könnt ihr nicht machen!«

»Doch, das werde ich tun.« Meine Stimme dröhnt abgestumpft durch die Schutzmaske und dennoch hört er jede bedrohliche Silbe. »Sag mir, wo ich sie finde.«

»Sie arbeitet in einer Boutique auf der Fünften.«

»Vielen Dank, Jim. Du hast mir wirklich weitergeholfen.«

Nur lasse ich die Gasmaske an.

»Tust du die Flasche jetzt weg? Holst du mich jetzt hier raus? Trash, es brennt wie Feuer«, jammert er weiter und ich strecke die Hand nach der Säure aus. Anstatt sie zu nehmen, stupse ich sie mit einem Lächeln an und sie fällt zu ihm in die Wanne.

Augenblicklich wird der Dampf stärker, genauso wie das elendige Geschrei. Wie ein tödlicher Nebel steigt eine dichte Wolke auf und verpestet die Luft. Bevor ich meinen Freund nicht mehr sehen kann, nicke ich ihm zu. Gemeinsam verlassen wir den Raum und versiegeln ihn, bis sich der gefährliche Rauch gelegt hat und nur noch die Kette vom Stöpsel gezogen werden muss.

Wer einmal Gast im Schlachtraum ist, verlässt diesen sicher nicht lebend. Das hat Jim vergessen, als er die Information zurückhielt.

Nachdem ich die Maske wieder abgenommen habe, sehe ich Sloan eindringlich an.

»Bring sie her.«

»Du weißt aber, dass wir sie allesamt ausschalten können, ohne der Zuckerpuppe etwas anzutun, oder?«

Das mal wieder. Mein bester Freund versteht die Tragweite seines Handelns nicht. Ich will keinen Krieg anzetteln und mit der Ablehnung des Auftrags ist es überhaupt erst so weit gekommen. Natürlich könnte ich alle in einem Zug abschlachten. Aber wofür?

Für ein hübsch anzusehendes Mädchen, das sich mit den Falschen angelegt hat? Sicher nicht.

Ich bin kein Held und mein bester Freund erst recht nicht.

Wie immer spielt er mit dem Glück.

Während ich alles bis ins kleinste Detail plane, wirft er eine Münze. Kopf oder Zahl. Und bei ihm landet sie meistens auf der Kante. Zwar verliert er nie, aber er gewinnt auch nicht. Ich jedoch schon.

Ausnahmslos.

Teil 1

Veronica

Das Blut tropft von der Klinge.

Schweratmend kann ich nicht glauben, was ich getan habe. Auf das viele Blut auf dem Bett hinabstarrend, beginne ich zu zittern. Ich sehe vor mir, wie das Messer unzählige Male in das Fleisch schnitt. So, als wäre nicht ich das gewesen. Dabei war das der Plan. Genau das wollte ich tun und dennoch ist es kaum greifbar. Ich blicke wieder hinunter. An meiner Haut klebt sein Blut, so wie auch an dem Messer. Der Griff gleitet mir aus der Hand und das Werkzeug, welches mich zu einer Mörderin macht, fällt zu Boden.

Überall ist Blut.

Auf der weißen Decke, an der Wand, auf ihm und auch an mir.

Langsam drehe ich mich zum Spiegel hinter mir um und erschrecke, als ich die roten Tropfen im Gesicht erkenne.

Mein Magen knotet sich zusammen, die Kehle schnürt sich zu und mir wird schwindelig. Hektisch will ich es mir von den Wangen wischen, verschmiere es nur, anstatt mich von ihm zu befreien.

Ich wollte nur von ihm loskommen.

Ich muss hier weg!

Schlagartig pumpt das Adrenalin erneut durch meine Venen und ich laufe zu seinem Schrank. Bei ihm besitze ich keine Kleidung, darf nur tragen, was er mir gibt. Ich reiße einen Pullover und eine Jogginghose von ihm aus dem Regal, um sie anzuziehen. Noch immer haftet sein Blut an mir und nun auch seine Bekleidung.

Und ich habe nicht viel Zeit. Mein Gefühl rät mir, schleunigst die Stille der Nacht zu nutzen, um endlich von hier zu verschwinden.

Jetzt, bevor die Wachmänner ihre Runden drehen. Schnell, ehe sie mitbekommen, was hier geschehen ist.

Lange habe ich das geplant und kann nicht fassen, dass ich es vollbracht habe, ihn zu verletzen.

Ihn zu töten.

Am offenen Fenster stehend schaue ich zurück und habe das Wichtigste vergessen, um die Flucht zu vollenden. Das Ablenkungsmanöver.

Das Riskanteste von allem. Mein Blick wandert zu der Spirituose. Die Flasche Schnaps, wovon er sich jeden Abend ein Glas gönnt, bevor er endlich schläft.

Dieses eine Mal war er nachsichtig, hat mich nicht gefesselt und bezahlt es nun mit seinem Leben.

Schwerschluckend schreite ich zu der kleinen Kommode, greife die Flasche und gieße die hochprozentige Flüssigkeit im ganzen Zimmer aus. Dann nehme ich noch die Streichhölzer aus seiner Schublade, gehe zum Fenster und als ich herausgeklettert bin, setze ich den Raum in Flammen, bevor ich die Rosenleiter zügig hinabklettere. Ohne zurückzublicken, laufe ich.

Ich laufe barfuß über den nassen Rasen und werde schneller, als ich dumpfes Gebrüll der Männer höre. Durch die umzäunten Rosenbüsche, die höher als meine oder seine Körpergröße gewachsen sind, zwänge ich mich hindurch. Ungeachtet der vielen Dornen verstecke ich mich inmitten der dichtgewachsenen Hölzer und erhasche nun einen Blick auf meinen kleinen Kerker, der nun lichterloh brennt. Hohe Flammen schlagen aus dem Fenster, wo ich ihn leblos, blutüberströmt zurückgelassen habe. Männer schreien und einige laufen auch über die Wiese, die ich längst bestritten habe. Hier, zwischen Dornen und Blüten, Schönheit und Schmerz, über Jahre gefangen, scheinen sie mein einziger Freund zu sein und mich gerade vor mehr Grauen zu schützen.

Längst glauben sie, dass der vermeidliche Angreifer des Rosenkönigs über alle Berge ist. Dabei bin ich hier und warte. Ich warte darauf, dass die wenigen Männer, die nicht gerade die Flammen löschen, ihre Suche nach dem Eindringling beenden. Wild schlägt mein Herz, sodass ich glaube, sie können es bis zur Villa hören. Aber nichts. Sie finden mich nicht, ahnen nicht, dass ich es war. Noch nicht. Als keine Männer mehr auf der Wiese umherrennen, drehe ich mich um und klettere aus meinem Schutz auf die Straße. Umgehend renne ich davon, ohne zu wissen, wohin. Das ist auch nicht wichtig. Hauptsache weg.

So weit weg, dass ich nicht gefunden werden kann.

Erst als meine Beine mich nicht mehr tragen wollen, ich kaum noch Luft bekomme, finde ich unter einer kleinen Brücke Zuflucht. Die Kälte der Nacht bemerke ich erst, als ich mich auf den Boden einer finsteren Nische setze. Bibbernd stecke ich die Hände in die Hosentaschen. In der rechten ertaste ich etwas und nehme es verwundert heraus. Zwischen den Fingern bündeln sich einige Geldscheine.

Im Dunkeln und in Sicherheit lehne ich mich lächelnd zurück.

Es ist vollbracht.

Ich bin frei.

Schweißgebadet wache ich auf. Nach einem Jahr Flucht bin ich angekommen und dennoch nicht frei. Allerdings bin ich hier. In Manhattan.

Und nach zwölf ruhigen Monaten haben sie die Suche nach mir aufgegeben. Denken mit Sicherheit, ich wurde von dem vermeidlichen Eindringling gekidnappt und ich interessiere sie nicht weiter. Was mein Glück bedeuten kann. Jetzt müssen nur diese Träume aufhören. Die

Erinnerungen an die vielen qualvollen Jahre vergehen.

Erst jetzt bemerke ich, dass ich nach meiner Schicht auf dem Sofa erschöpft eingeschlafen bin und strecke mich.

Unverhofft klingelt es an der Tür. Hier habe ich nur eine Bekanntschaft. Eine Mitbewohnerin. Eine Freundin.

Die mal wieder den Schlüssel vergessen hat.

Jessy.

Ich lernte die herzliche, unbekümmerte Blondine kennen, als ich verloren und barfuß umherstreifte. Sie sammelte mich ein und nahm mich in ihrem Zuhause auf. Und ich sie in meinem Herzen. Die letzten Monate und die Reise nach Manhattan schweißten uns enger zusammen. Jessy musste aus beruflichen Gründen weiterziehen und ich wollte einfach nur weg.

So weit weg, wie ich konnte.

Verschlafen rappele ich mich auf und öffne die Tür. Mit einem schwarzen Geschenkkarton in der Hand strahlt mir die immer fröhliche, schlanke Frau entgegen. Sie überragt mich mit ihren hohen Absätzen – um Längen. Ohne High heels ist sie fast einen ganzen Kopf größer als ich.

»Sag nicht, du hast schon geschlafen! Es ist erst neun Uhr.« Hüftschwingend schiebt sie sich vorbei in unser kleines Apartment und ich reibe mir die Augen, als sie die Tür mit ihrem Hintern zudrückt. Mit drei Schritten steht sie mitten im Wohnzimmer.

Eine größere Wohnung in dieser Lage können wir uns nicht leisten, aber mir gefällt sie, auch ohne viel Freiraum. Wir haben jeder unser eigenes Schlafzimmer und das reicht mir. Es ist mein Zuhause, genauso wie die geradezu immer gut gelaunte Frau, die es sich direkt auf dem Sofa gemütlich macht.

»Ähm. Ja. Ich bin auf der Couch eingeschlafen. Was ist das?« Ich zeige auf den Karton, den sie auf dem Tisch abgestellt hat.

»Das wollte ich dich auch fragen. Dieses Schmuckstück stand vor der Wohnungstür.« Mit ihren schmalen Fingern streicht sie andächtig vorbei an dem schwarzen Band der Schleife. Verwundert über ihre Antwort bin ich hellwach und setze mich rasch zu ihr.

»Von wem könnte das sein?«

»Das fragst du mich? Was treibst du so bei der Arbeit?«

»Nichts. Ich verkaufe Kleider in Übergröße.« Entgeistert sehe ich sie an, was sie zum Lachen bringt.

»Was ist mit diesem Typen, den du nach der Arbeit kennengelernt hast? Wie heißt er noch? John?!« Schelmisch zwinkert sie mir zu und entlockt mir nur ein verächtliches Schnauben. Sie meint diesen attraktiven Kerl, der mich mehrfach abgefangen hat und mich zu einem Date einladen wollte. Ich habe ihn abblitzen lassen.

»Und was ist mit diesem anderen Kerl aus dem Park? Der mit dem Hund?«

Der Park. Den muss ich täglich durchqueren, um zum Kaufhaus zu gelangen und dort traf ich auf einen jungen Mann, der zur selben Zeit mit seinem großen Hund spazieren ging. Nach regelmäßigen nickenden Begrüßungen hat er mich angesprochen und mich ebenfalls zu einem Date eingeladen. Auch ihm gab ich einen Korb.

Weder date ich, noch möchte ich einem Mann zu nahe kommen.

»Also bitte. Du weißt, dass ich mir nichts aus Männern

mache.« Den Grund dafür kennt sie nicht, nickt aber wissend.

»Na, mach endlich auf.«

Nun gleiten meine Fingerspitzen vorsichtig über das samtweiche und eindeutig hochwertige Band. Der Karton selbst sieht schon edel aus.

»Ich? Du wohnst genauso hier. Es ist bestimmt für dich!«

»V, sehe ich aus, als könnte ich einen Verehrer haben?«

Ich betrachte meine schlanke, sportliche Freundin mit den weichen Gesichtszügen.

»Ja. Siehst du!«

»Nein, ganz sicher nicht! Neben dir vergessen alle meine Existenz! Ich werde unsichtbar.«

»Quatsch!«

»Mach auf. Ich bin mir sicher, es ist für dich!« Was ich ihr nicht glauben kann.

»Meinst du nicht, dass sich jemand vertan hat. Mich oder die Tür verwechselt hat?«

»Hier wohnen nur ältere Leute. Wenn jemand so etwas Feines bekommt, dann sicher du.«

Womöglich hat sie recht. Trotzdem traue ich mich nicht, es zu öffnen. Aus meiner widerwärtigen Vergangenheit kennt niemand meinen Aufenthaltsort. Wiederum würde mir keiner ein Geschenk hinterlassen. Nein, sie würden die Tür eintreten und mich direkt erschießen. Und wenn nicht sofort, dann wenigstens an den Haaren aus der Wohnung schleifen, nach South Carolina fahren, mich dort qualvoll verstümmeln und letztlich töten.

Hier bin ich allerdings sicher.

Nur das Naheliegende ergibt für diese Holzköpfe einen

Sinn und er war der Denker, der Führer dieser Idioten, weshalb er die Macht besaß. Ohne ihn sind sie aufgeschmissen.

»V, mach es endlich auf!«, fordert mich Jessy aufgeregt auf. Skeptisch öffne ich die Schleife am Band und hebe anschließend den Deckel. Keine Ahnung, womit ich gerechnet habe, aber sicher nicht mit schwarzem Seidenpapier und einer gleichfarbigen Karte, worauf ›Mousetrap‹ in goldenen Lettern geschrieben steht. Neben mir atmet Jessy tief ein und als ich sie fragend ansehe, nimmt sie diese und hält sie mir bedeutsam ins Gesicht.

»Weiß du was das ist?«

»Eine Falle, mit der man Mäuse fängt?«

»Nein, Dummerchen!« Sie schlägt mir damit leicht gegen die Stirn. »Das ist ein angesagter Club!« Nun wedelt sie sich mit der Hand Luft zu.

»OH MEIN GOTT!« Und springt auf. »Der ist so exklusiv. Einladung. Gästeliste. Das volle Programm!«

Was noch mehr Fragen aufwirft. Skeptisch schaue ich sie an und beobachte sie, wie sie die Karte in ihren Fingern auf die Rückseite dreht - und einen Schrei von sich gibt. »Oh Veronica, wie geil ist das denn?« Sie zeigt mir die Hinterseite, wo in genauso goldener Schrift, nur kleiner, der morgige Tag um Mitternacht steht.

»Du nimmst mich mit!«, beschließt sie und ich bin mir sicher, dass dieses Geschenk wirklich für jemand anderen bestimmt ist.

»Jessy, das ist sicher nicht für mich.«

»Doch!« Sie zeigt wieder auf den Karton und unter dem Papier verbirgt sich etwas. Mit trockenem Mund schlage ich es auf und ziehe den Stoff hinaus. Gleichzeitig erkenne ich ein schwarzes Kleid, welches meine Größe hat. Verwirrt blicke ich hoch zu Jessy, die sich vor Freude nicht mehr einkriegt.

»Jessy, ernsthaft. Das ist nicht für mich.«

»Ach und wenn schon, V.« Sie zuckt mit den Schultern. »Du hast die Karte zugestellt bekommen, inklusive eines sexy Outfits, also kommst du auch rein und nimmst mich gleich mit!«

»Das kann ich nicht machen!«

»Warum nicht, wird bestimmt witzig und außerdem ist der Laden immer voll. Wer merkt das schon?«

Kopfschüttelnd zeige ich meiner Freundin, was ich davon halte und sie nickt mir bestimmend zu, wogegen ich keine Chance habe. Wenn Jessy sich etwas in den Kopf gesetzt hat, wird das ausnahmslos durchgezogen.

»Oh man, Jessy«, jammernd gebe ich auf und lasse mich mit geschlossenen Augen zurückfallen.

Am nächsten Tag stehe ich unbeholfen da. Es ist schon spät und Jessy kommt jeden Augenblick aus ihrem Zimmer. Da das vergangene Jahr ohne Vorkommnisse verlief, kann ich davon ausgehen, dass niemand etwas von meiner Schuld wittert. Der Einzige, der mich als Mörderin enttarnen kann, ist tot. Deswegen schiebe ich die kleine unheilvolle Vorahnung beiseite und gehe duschen.

Vor dem Spiegel betrachte ich die narbenreiche Haut. Oft ignoriere ich, wie er mich verunstaltet hat, verdränge die Gedanken an ihn und auch seinen Tod. Diesmal geht es nicht und unsicher gleitet mein Blick zu den kreisförmigen Narben am Oberarm. Vorsichtig, als wären sie mir erst frisch zugefügt worden, streichele ich darüber.

»Nein!« Mit den Händen wehre ich mich. »Bitte nicht!« Ich komme durch die Kette am Hals nicht weg. »Au!!!« Zischend drückt sich die Glut seiner Zigarre in meine Haut. Tränen bilden sich und ich halte mir den brennenden Arm, zittere und der Schmerz wiederholt sich. Ich muss neben ihm auf dem Boden still sitzen bleiben. Mich nicht bewegen und darauf hoffen, dass er nicht weitermacht. Dass er sich etwas für später aufhebt, wenn ich mehr Kraft habe, seine Folter zu ertragen.

»Ich habe dir gesagt, du sollst nicht reden!«

Ruckartig ziehe ich die Hand von der Narbe zurück, als hätte mich die Zigarre erneut verbrannt. Schnell bewegt sich mein Brustkorb und trotzdem bekomme ich nicht genügend Luft. Es ist ein bitteres Andenken.

»Es ist vorbei«, flüstere ich und bin mir dessen noch nicht einmal gewiss. Ohne ein weiteres Mal nur eine der vielen Narben zu berühren, aus Angst, die Erinnerung kehrt zu existent zurück, betrachte ich nur die Verformungen der Haut.

Bevor die Gedanken zur Qual werden, wie in der Nacht, wenn ich träume, ziehe ich das bereits rausgelegte Kleid an und begutachte mich genauer. Das, welches ich geschenkt bekommen habe, kann ich nicht tragen. Zumal es viel zu wenig Stoff hat und ich bei der bevorstehenden Verwechslung auch nicht mit dem Versender des Geschenks konfrontiert werden möchte. Zwar ist mein Kleid ebenfalls schwarz, die langen Ärmel jedoch schützen meine Vergangenheit vor fremden Blicken und es bietet zudem kein tiefes Dekolleté. Dennoch schmeichelt es mir, weil es eng anliegt und jede reizende Rundung zur Geltung bringt. Außerdem geht es mir nur bis knapp unter den Hintern.

Nach so vielen Monaten sind keine Hämatome mehr zu sehen. Nur die Narben bleiben für immer auf der braunen Haut hell sichtbar.

Aufgeregt schlüpfe ich in die schwarzen High Heels und kann trotzdem den Größenunterschied zu Jessy nicht ausgleichen. Das merke ich spätestens, als sie aus ihrem Zimmer kommt. Anmutig, mit freudigem Lächeln und leuchtenden Augen steht sie vor mir.

TRASH

In einer versteckten Nische in Bar Nähe beobachte ich, wie der Club sich füllt. Elegant gekleidete und übertrieben angeheiterte Frauen an den Armen stinkreicher Männer. Oder aufreizend gekleidete Damen, die hier unter den erfolgreichen, notgeilen Kerlen eine gute Partie suchen. Jede einzelne nehme ich in Augenschein und vergleiche sie mit dem hübschen Ding, welches mir mit grünen Augen von einem Foto entgegenstrahlt. Keine von den Frauen sieht nur annähernd so aus, wie die Frau auf dem Bild in meiner Hand. Keine von ihnen hat so eine dunkle Lockenmähne oder diese bronzefarbene Haut.

»Bist du sicher, dass sie heute in den Club kommt?«, frage ich meinen Freund, der sich neben mich stellt.

»Wer würde einer Einladung nicht nachkommen?«

»Eine Frau, auf die ein Kopfgeld ausgesetzt wurde?«

»Keine Frau lässt sich das entgehen.«

»Ja, ja.«

Auch wenn der Playboy neben mir die Frauenwelt besser versteht, als ich es jemals tun werde, ist mir das eindeutig zu wackelig. Ich arbeite nur mit handfesten Informationen. Plane und setze um.

Genervt lehne ich mich mit geschlossenen Augen gegen die Wand.

Niemals wäre ich davon ausgegangen, einmal in dieser Situation zu stecken.

Nie.

»Das ist sie!« Ich blicke auf. Zwischen den langbeinigen, aufgetakelten Blondinen sticht die Kleine mit der dunklen Mähne heraus, wie ein schwarzes Schaf.

»Ich habe dir gesagt, sie wird kommen.« Ich brauche nicht auf das Bild in meiner Hand schauen, um zu wissen, dass sie es ist. Ihre kleine, wunderschöne Gestalt ist unübersehbar. Und in natura sieht sie um einiges reizvoller aus. Auf dem Foto ist nur ihr Gesicht zu sehen und jetzt, in voller Anmut, steuert sie, eingehakt bei einer Blondine, lachend die Theke an. Ihren Mantel nimmt ihr der Kellner ab und gibt das verführerische Schwarze preis, welches sich an ihre prallen Kurven schmiegt. Trotz der hohen Absätze ist sie die Kleinste. Und sie ist übertrieben heiß.

So verlockend, dass ich mir übers Gesicht streiche und mich ermahne, zu meiner Aufgabe zurückzukehren, und ihr nicht gedanklich dieses Teil vom Körper reiße.

Gleichzeitig frage ich mich, was sie angestellt hat, dass auf ihr Antlitz ein Kopfgeld ausgesetzt ist, sie nicht auffindbar war und ich genötigt bin, den Auftrag zu erledigen.

Ich will mir gar nicht vorstellen, was man Grausames mit ihrem zarten Körper anstellen könnte. Das darf ich auch nicht. Diesen Job muss ich abschließen und selbst wenn ich solche Aufträge normalerweise nicht annehme, bleibt mir diesmal nichts anderes übrig.

Ich nehme das kleine vorbereitete Fläschchen aus der Tasche und halte es kurz zwischen Daumen und Zeigefinger.

»Sanfte Tour?« Sein amüsierter Unterton bringt mich zum Seufzen.

»Vielleicht.«

»Du bist sicher, dass du das durchziehen willst. Noch ist sie ein reizender Anblick, Trash.« Das sehe ich auch. Ich bin ja nicht blind. Was mich wiederum an seine Masche erinnert, wie er Frauen zu seinem Willen manipuliert.

»Hast du ihr nur die Einladung gebracht oder auch das Kleid?«

»Nein und Ja. Ich habe ihr ein Kleid gebracht, aber sie trägt es nicht.«

Daraufhin schüttele ich beschämt den Kopf.

»Ich habe eins ausgesucht, das viel schöner ist und mit viel weniger Stoff«, gibt er in seinem Stolz getroffen wieder. »Das Kleid, was sie trägt, hat sogar Ärmel und noch nicht einmal einen Ausschnitt.«

Und dennoch sieht sie verführerisch sexy aus.

»Mach dir nichts draus, Sloan. Sie ist bestimmt prüde oder so.«

»Oder sie versteckt etwas.«

»Und was bitte? Waffen könnte ich sofort erkennen.«

»Willst du es herausfinden?« Zweideutig hebt er die Braue und setzt dieses herausfordernde Lächeln auf.

Veronica

So luxuriös die Räumlichkeiten auch wirken, mit den endlos hohen Wänden, den Gewölben und den Säulen, sie überreizen mich. Laute Musik dringt durch die Menschenmassen zu mir, übertönt die vielen Gespräche zwischen den elegant gekleideten Gästen und selbst das farbreiche Lichtspiel kostet meine Gelassenheit. Zwar arbeite ich in einem Geschäft und bin Ansammlungen gewohnt, dennoch fällt es mir schwer, das falsche Lächeln auf den Lippen zu halten. Angespannt folge ich Jessy zur Theke, lasse mir den Mantel von einem Mitarbeiter abnehmen und schaue mich weiter um. Dabei bin ich, wie beim Eintreten in diese andere Welt, nervös. Als wir die Einladung vorgezeigt haben, schon am großen Tor, wohin uns das Taxi gebracht hat, dachte ich, es wird auffliegen, dass wir uns unbefugt auf dem Gelände befinden. Nur war dem nicht so. Der Wachmann hat uns durchgewunken und obwohl uns kaum einer bewusst wahrnimmt, fühle ich mich beobachtet. Wie eine kleine Kriminelle, die ich einmal war, gehe ich neben Jessy.

Zugegeben, sie hat nicht untertrieben, dass es sich um einen exklusiven Club handelt. Es ist keine anspruchslose

Disco oder eine andere Art Tanzlokal. Von außen sieht es nach einem Palast aus, mit einer weitreichenden Einfahrt und einem freundlichen Parkservice. Von innen, nachdem wir ein langes, stilles, mit rotem Teppich ausgelegtes Foyer durchquert haben, erstreckt sich ein großer Raum, dessen Ende durch die vielen Besucher nicht zu erahnen ist. Moderne Beleuchtung und die ebenso modische Einrichtung stehen im Kontrast zu den stuckverzierten Wänden, hohen, breiten Durchgängen und sich spiegelndem Marmorboden.

Es ist wie bei ihm. Klassisch trifft auf modern und laut auf Eleganz. Falls der Besitzer dieses Lokals ebenfalls so ein Soziopath ist, wie er einer war, ist es nur ein weiterer Grund, warum ich hier verschwinden sollte. Jessy spürt meine Anspannung nicht, bestellt uns Drinks und strahlt noch heller als die sich bewegenden Lichtkegel.

Weiterhin lasse ich mir nicht anmerken, wie immens mich diese Situation überfordert und ich meinen unterdrückten Ängsten ausgeliefert bin. Denn es ist lange her, dass ich das letzte Mal zwischen so vielen Leuten in einen Raum stand. Und das zu einer Zeit, wo ich durchgehend in Gefahr war. Wenn nicht durch ihn, dann durch seine unzähligen Feinde, die an jeder Ecke lauerten. Die zunehmende Furcht, erwischt und von allen Anwesenden vorgeführt zu werden und die Befürchtung, unter den eleganten Menschen ein bekanntes Gesicht zu entdecken, macht es nicht besser. Mir ist unwohl und ich fühle mich beobachtet.

Eine Hand legt sich auf meinen Arm und ich zucke vor Schreck zusammen.

»Was machst du hier?« Er reißt mich herum, ich verliere den Halt und falle gegen seine harte Brust. »Habe ich nicht gesagt, du sollst warten?« An den Schultern drückt er mich zurück und sein wutentbrannter Blick durchbohrt mich wie ein Messer. Seine Hand hebt sich ... klatsch ... Mit einer Wucht, die mir den Atem nimmt, zieht der Schmerz sich von der Wange direkt in meine Beine, reißt mich um und ich stürze zu Boden. »Da kannst du auch gleichbleiben!« Vor mir stehend öffnet er seine Hose. »Sei endlich folgsam!« Durch die Haarsträhnen, die mir im Gesicht kleben, sehe ich meine Aufgabe auf mich zukommen und will es nicht. Dennoch bleibt mir nichts anderes übrig und ich nicke ergeben.

»Geht es dir gut, V?« Jessy sieht mich skeptisch an und ein fragender Schatten huscht über ihr Gesicht. Mein Mund ist trocken und der Puls rast bei den aufblitzenden Bildern. Rasch schüttele ich die Erinnerung weg und lege die Hand auf ihre.

»Alles gut, hier ist nur viel los.« Um sie nicht noch aufmerksamer zu machen und sie zu beruhigen, verfestigt sich mein gespieltes Lächeln und ich lasse den Blick augenscheinlich über den Raum fliegen.

»Ein Wahnsinnsladen, oder? Und, V? Habe ich zu viel versprochen?«

Das Thema zu wechseln, kommt mir wie gerufen.

»Hast du keine Angst, dass man uns auf die Schliche kommt?«

Stutzig zieht sie ihre Brauen zusammen und beugt sich zu mir rüber.

»Was meinst du, V?«, flüstert sie unschlüssig.

»Na, weil wir keine Einladung haben.«

»Haben wir doch.«

»Jessy!« Ungewollt werde ich lauter. »Wir gehören nicht hierher und die Einladung ist nur eine Verwechslung! Ich bin ein Niemand, schon vergessen?«

Als hätte sie jetzt erst verstanden, was ich meine, atmet sie entspannt durch.

»Mach dich locker, V.« Sie streicht mir das offene gelockte Haar über die Schulter und lächelt mitfühlend. »Das ist eine einmalige Gelegenheit, V. Nie wieder werden wir diesen Laden von innen sehen. Also lass uns das genießen, solange wir nicht rausgeschmissen werden.«

Ich will aber keine Aufmerksamkeit erregen und hier bekommt man sie automatisch, wenn man unberechtigt anwesend ist. Allein mein brasilianisches Aussehen sticht schon heraus. Dabei wäre es für uns beide besser, in der Menge unterzugehen. Außerdem ist damit zu rechnen, dass auf so einer Party Leute sind, die seinen Anhängern mitteilen, mich hier gesehen zu haben. Dann wüssten sie, dass ich in Manhattan bin, falls sie überhaupt noch nach mir suchen. Hier sind bestimmt einige Sympathisanten des Kartells. Nur wie werde ich unsichtbar, wenn diese Unterstützer für mich unbekannt sind und es nur eine Vermutung ist? Wie fällt man als Brasilianerin nicht auf?

»Willst du einen Drink?« Neben mir hält sie ein Martiniglas hoch. Dankend nehme ich es an und sehe an ihr vorbei, an einem Tisch einige Latinas. Lächelnd schaue ich zu, wie sie aufstehen und zusammen mit Männern in Anzügen auf die Tanzfläche schreiten.

»Lust zu tanzen, Jessy?« Nun lächele ich sie an und ihre

Augen werden ganz groß.

»Ja, natürlich! Komm!« Sie stellt ihr Martini ab und lässt sich nicht aufhalten. Ich hingegen lasse mein Drink nicht allein. Da kann dieser Ort noch so nobel und gehoben sein. Also nehme ich, nach einem Schluck, das Glas gleich mit. Aus Gewohnheit drücke ich mit dem Ellenbogen die kleine Handtasche an meine Körperseite und bewege mich mit weichen Hüftschwüngen zu den Bässen, während Jessy fröhlich und besonnen zu den Klängen tanzt, als wären wir wirklich eingeladen worden. Fast steckt sie mich mit ihrer heiteren, aufgekratzten Art an, wäre da nicht dieses Gefühl.

Denn ein leichtes Kribbeln breitet sich auf meinem Rücken aus. Zunehmend wird es stärker. Tanzend bewege ich mich im Kreis und schaue mich unauffällig um. Suchend, nach demjenigen, der mich wohl beobachtet. Es ist nur ein Gefühl. Aber es verstärkt sich mit jeder Minute.

Dann sehe ich jemanden an eine Säule gelehnt, dessen Blick starr auf mich gerichtet ist. Ein großer Mann in Schwarz. Seine Hemdärmel sind, im Gegensatz zu allen anderen, locker hochgeschlagen und verschränkt. Breite Unterarme stechen hervor. Durch das gedämpfte Licht wirken seine Gesichtszüge düster und dennoch wachsam. Nur sein dunkles, dichtes Haar, das dazu einlädt, mit den Fingern durchzufahren, macht ihn sympathisch. Alles andere erscheint mir bedrohlich. Was möglicherweise auch daran liegt, dass er sich nicht umschaut oder weggeht. Er steht da und betrachtet mich.

Aus der kleinen Entfernung sieht er attraktiv aus. Aber ich mache mir nichts aus Männern. Sie reizen mich nicht mehr, so wie früher. Das ist vorbei. Durch ihn hat sich das schnell geändert. Deswegen drehe ich mich desinteressiert um und versuche, wirklich Spaß zu haben und die Musik zu fühlen und mich treiben zu lassen.

Jessy hat recht. Der heutige Abend ist etwas Besonderes. Einmaliges.

Selbst das Kribbeln ignoriere ich dabei und tanze. Zwar weniger ausgelassen als Jessy, die nun auch fremde Männer lachend antanzt, aber immerhin bleibe ich in der Umgebung der Latinas, verschmelze mit ihnen in dem rhythmischen Schall und dem ähnlichen Tanzstil.

TRASH

Himmel, hat sie einen Hintern. Weniger lasziv als ihre Begleiterin, aber durchaus verlockender schwingt sie ihre Hüften. Unsicher sucht sie ihre Umgebung ab. Merkt sie vielleicht, weshalb sie geladen wurde? Ahnt sie, dass hier ihr Verderben wartet? Warum ist sie überhaupt der Einladung gefolgt, wenn sie ohnehin gesucht wird? Wie eine Partymaus sieht sie nicht aus und sticht sogar mit ihrem Aussehen hervor. Dennoch ist ihr anzumerken, wie eingeschüchtert sie ist, dass sie schließlich versucht, neben den Mexikanerinnen weniger Aufmerksamkeit zu erwecken. Was ihr nicht gelingt. Dafür ist ihr Hintern zu prall und die Bewegungen haben eine zu hypnotische Wirkung.

Eine, die mich schwer schlucken lässt, als sie mir die Sicht beim Umdrehen nimmt und mich mit ihrem grellen Augenpaar entdeckt. Ihr Blick, mit dem sie mich fixiert und ausgiebig mustert, lässt mich bereuen, dass ich diesen verdammten Auftrag durchziehen muss.

Den großen Abstand zu ihr möchte ich am liebsten sofort überwinden, die Finger in ihre zierliche, kurvenreiche Figur pressen und sie zwingen, all das zu tun, wonach mein

Schwanz gerade verlangt. Er pulsiert eingezwängt in der Hose, mit jeder Sekunde, in der ihr Blick auf mir haftet.

Ich sehe ein Szenario vor mir, wie sie in diesem hautengen Kleid an den Ketten hängt, schreit und vor Schmerzen weint. Der schwarze Stoff klebt an ihrer schweißbedeckten Haut und ich nehme mir Zeit, sie davon zu befreien. Nur, um ihr dann noch mehr Qualen zu bereiten. Scheiße, ich muss sie haben.

Erneut schlucke ich schwer bei der Vorstellung, wie die roten Striemen auf ihrer bronzefarbenen Haut zur Geltung kommen und langsam anschwellen, um sich dann zu verfärben. Dieser Gedanke muss ganz schnell wieder aus meinem Kopf. Ich spüre bereits meine Finger nach ihr zucken. Und das ist sicher kein gutes Zeichen.

Wenn ich versage, kann ich mir das nicht verzeihen. Die Schönheit vor mir ist lediglich eine kleine Schlampe, die sich mit den Falschen angelegt hat, und sollte nicht zum Problem werden. Nichts darf meiner Planung dazwischenkommen. Die Zeit läuft mir ohnehin schon davon. Und ich stehe hier und ergötze mich an ihrem verlockenden Anblick.

Plötzlich trifft mein Blick das Grün ihrer Iriden und sie dreht sich desinteressiert um. Fassungslos sehe ich dabei zu, wie sie meinem Blick ausweicht und ungerührt weiter tanzt, als wäre da nicht die elektrisierende Spannung zwischen uns.

Zähneknirschend kann ich mich kaum zurückhalten, als sie wieder mit dem prallen Hintern im Takt zur Musik schwingt und mich ohne ein Lächeln oder Zwinkern stehenlässt.

Das ist mir noch nie passiert und löst eine ungewollte

Wut in mir aus. Sie hat sich einfach umgedreht und zieht mich knallhart wieder mit ihrem Tanz in ihren Bann, aus dem noch nicht einmal ich mich befreien kann. Das ist für meine Selbstbeherrschung zu viel und ich gehe zu ihr. Ich habe eh keine Zeit, da kann ich auch jetzt schon eingreifen. Zwar ist Sloan noch unterwegs, aber seine Hilfe brauche ich nicht. Die Zeitspanne, bis er da ist, werde ich angemessen nutzen.

Als ich mich ihr nähere, hat sich ihre Anspannung gelöst. Sie gibt sich nun völlig der Musik hin und wiegt ihre Hüften immer auffordernder, was mir den letzten Rest meiner Beherrschung raubt. Jegliche Mauern durchbricht sie, als ihr lockiges, volles Haar hin und her schwingt. Ich kann mich nicht mehr halten und anstatt sie lässig, wie geplant, von der Tanzfläche zu ziehen, stelle ich mich nah hinter sie. Wie in Trance verfällt sie dem Lied und ohne sich umzudrehen, bemerkt sie zwar meine Anwesenheit, drückt mir jedoch unerwartet und tanzend ihren Hintern entgegen.

Scheiße!

Automatisch lege ich die Hände an ihre Taille, sauge ihren verführerischen Duft in mich auf und kriege kaum noch Luft bei ihren aufreizenden Bewegungen. Fest kralle ich mich in ihr Fleisch, damit ich ihr nicht hier und jetzt die Kleider vom Leib reiße und mich wie ein Tier auf sie stürze. Sie raubt mir den Verstand, steuert mein Triebgefühl und ich will sie umso mehr.

Der Plan! Ich muss mich zur Besinnung rufen, bevor ich etwas anstelle, was ich später bereuen werde. Lächelnd entdecke ich das halbleere Glas in ihrer Hand und während ich sie mit einer Hand noch bei mir halte, hole ich mit der anderen das kleine Fläschchen heraus. Ohne dass sie es merkt, schraube ich es mit einer Hand auf. Nachdem ich sichergestellt habe, dass sie mit leicht gesenkten Lidern die Melodie genießt, leere ich es in ihren Drink. Erleichtert, wie mühelos mein Plan aufgeht, verfalle ich wieder ihren Bewegungen und nehme diesmal über ihre Schulter hinweg genauer wahr, wie zufrieden ihre Augen halb geschlossen sind und ihre langen Wimpern im Schein des bunten Lichts leicht glänzen. Ein Schweißfilm hat sich auf ihrer zarten Haut gebildet, lädt mich ein, sie weiter zu erkunden. Als ich wieder beide Hände an sie lege und über ihre Körperseite die einprägenden Kurven nachfahre, öffnen sich leicht ihre vollen Lippen.

Augenblicklich vergesse ich, wo wir sind, presse sie an mich, fahre hoch zu ihren Brüsten und neige den Kopf zu ihrem Hals. Als hätte ich sie genau damit aus dem Tanz gerissen, dreht sie sich um und ...

Der Inhalt ihres Glases fliegt mir ins Gesicht. Reflexartig schließe ich die Augen und als ich sie sofort wieder öffne, steht sie wütend vor mir, mit einer Hand an der Hüfte.

»Arschloch!«, schimpfte sie auch noch, während die Spirituose auf meiner Haut kribbelt und an mir herunterläuft.

Einatmen ... ausatmen, sage ich mir und wische mir übers Gesicht.

Einatmen ... Sie dreht sich um.

Ausatmen ... Sie wirft mir einen wütenden Blick über die Schulter zu.

Einatmen ... Ausat ... Scheiß drauf!

Ein, zwei, drei schnelle Schritte und ich bin bei ihr. Am

Arm reiße ich sie im Gang mit mir und bleibe auch nicht stehen.

»Lass mich los!«, schreit sie und versucht, sich aus meinem Griff zu lösen. »Spinnst du? Lass mich sofort los, sonst schreie ich!« Sie merkt nicht, dass sie es bereits tut und sich niemand dafür interessiert. Noch nicht einmal mein schnell hochfahrender Puls und genauso wenig die pulsierende Wut in meinen Gliedern.

Niemand schüttet mir einen Drink ins Gesicht! Niemand! Auch nicht so eine kleine, heiße Schlampe!

Ungeachtet ihrer lauten und körperlichen Gegenwehr schreite ich mit ihr über die Tanzfläche. Als sie anfängt, nach mir zu schlagen, drehe ich mich um, hebe sie kurzerhand hoch und werfe sie mir über die Schulter. Zwar schlägt sie mit ihren Fäusten nun auf meinen Rücken und zappelt, während ich an der Bar vorbei die erste Sicherheitstür durchquere, aber ihren Hintern direkt neben dem Gesicht zu haben, ist eine willkommene Entschädigung. Den langen Flur laufe ich entlang und obwohl ihr Kleid nun viel zu hochgerutscht ist, flammt meine Wut nicht ab.

»Du Scheißkerl! Lass mich runter! Sofort!« Sie füttert auch noch den brutalen Zorn, der wie ein hungriges Tier ihr naives Verhalten ausnutzt. Ich lechze sogar nach mehr, nur um alles an ihrem Körper auszulassen, will sie schreien hören. Erneut richtet sich beim Gehen mein Schwanz auf. Ja, ich muss sie haben. Nachdem ich sie bestraft habe. Wahrscheinlich wird sie das nicht überleben!

Noch zwei Türen. Zwei schwere Türen und sie wird dem Monster begegnen, das sie gerade immer weiter herausfordert.

Endlich habe ich sie, mit ihr auf der Schulter, bestritten und die große Metalltür zu meinem persönlichen Spielzimmer lacht mir entgegen.

Vor dieser bleibe ich stehen und schließe die Augen. Den kleinen Kampf von ihr ignoriere ich, presse nur ihre Beine fester an meine Brust und atme genießerisch ein. So viele schöne Dinge warten nun auf uns.

Als könne sie meine innere Vorfreude spüren, hält sie inne und schenkt mir einen Moment lang eine bedeutsame Ruhe. Dann schließe ich die Tür auf.

Gemeinsam mit ihr betrete ich den Schlachtraum und schalte das grelle, klinische Licht der Neonröhren an. Sie ist still, abwartend und ich genieße ihre greifbare Unsicherheit, die sich wie Angst anfühlt. Es ist ein herrliches Gefühl.

Spontan entscheide ich mich für den Stuhl, greife aber zunächst aus dem Regal ein Seil. Das Hanf, welches zu einem freundlichen Band der Fesselung geflochten wurde, ist sicher nicht mein Favorit. Viel lieber möchte ich sie an Ketten sehen. Dafür haben wir jedoch noch allerhand Zeit. Unzählige Dinge, die ich mit ihr anstellen kann, schweben mir vor, während ich sie auf den Stuhl setze und sie sogleich fessele. Sie beglückt mich, als sie wieder anfängt, sich zu wehren und mir einige Schimpfwörter entgegenwirft. Doch schneller, als ich erwartet habe, ist sie fixiert und ich trete zurück, um mir mein kleines Spielzeug genauer anzusehen.

Ihr wütender und zugleich ängstlicher Blick bereitet mir eine gefährliche Freude. Es gibts nichts Stärkeres, Intensiveres als die Vorfreude. Sogar eine kleine Neugier, wie spitz ihre Schmerzensschreie sein können, beflügeln mich in andere Sphären. Ich bin mir nicht mehr sicher, ob es wirklich noch Wut ist, die in mir wallt oder viel eher die Begeisterung, dieses kleine, hübsche Geschöpf zu schänden. Alles in mir pumpt in einem Kreislauf, der mich mit einer neuen, unbeschreiblichen Energie versorgt.

Mit verschränkten Armen vor der Brust lege ich den Kopf schief und betrachte sie eingehend. Sie und ihren wütend werdenden Blick.

»Ich lasse mich nicht unterkriegen«, flüstert sie mehr zu sich selbst und ihre Gesichtszüge verhärten sich. Kampflustig merkt sie nicht, dass sie längst verloren hat. Also gehe ich zum Regal und nehme zunächst den Rohrstock.

Als ich damit vor ihr stehe, hebt sie nur eine Braue und schnaubt, was mich neugierig macht.

Wo ist ihre Angst hin? Die werde ich wohl abermals entfachen.

Nur ein Schritt trennt uns und ich hebe den Stock. Mit der Spitze streiche ich ihr Knie entlang nach oben und sie reagiert nicht.

»Hast du keine Angst?«

»Pff. Vor einem Rohrstock? Ganz sicher nicht.«

»Nein. Vor mir.« Mit der Spitze des Stocks drücke ich ihr Kleid höher, bis es sich in ihrem Schoß rafft.

»Nichts könntest du tun, was mir Angst machen würde.«

Sehr mutig. Also warte ich nicht und hole aus. Rauschend schneidet der Stock die Luft und prallt klatschend auf ihre Oberschenkel. Stöhnend verzieht sie das Gesicht. Schreit nicht. Keine Tränen bilden sich in ihren Augen und sie sieht mich herausfordernd an, als ihre

Muskeln sich wieder entspannen.

»Du bist gefesselt. Ich könnte dich Stunden über Stunden schlagen.« Sie zuckt mit den Schultern und mir entgleiten kurz die Gesichtszüge. Wo sind nur die gewohnten Schreie? Und das bekannte Betteln?

Nichts.

Erneut prallt der Rohrstock auf ihre Beine.

Und wieder.

Und fester.

Ich genieße, wie sie aufstöhnt und höre erst auf, als ich das verräterische Glänzen in ihren Augen erkenne. Freudig strahlen mich die Striemen an und ich atme eine süße Luft ein.

»Das wars?«, fragt sie mich und nimmt mir die Befriedigung gleich wieder. Sie entreißt sie mir mit ihrem unbeeindruckten Blick, sodass ich ihr die Haut bei lebendigem Leib abziehen und mich in ihren Tränen suhlen möchte. Es schockiert mich jedoch so immens, sodass ich sie ungewollt anstarre.

»War es das? Oder ist das nur das Vorspiel?«

Sie beeindruckt mich. Tränen haben sich in ihren Augen gebildet, aber sie drückt sie herunter. Stark, wie eine winzige Löwin sitzt sie vor mir und ich scheine sie sogar zu langweilen. Auf ihren Körper hinabschauend erkenne ich noch nicht einmal ein Zucken oder Zittern ihrer Beine. Ihr Verhalten ist nicht gespielt. Ihr Mut auch nicht vorgetäuscht. Sie hat keine Angst. Warum nicht?

Allein dieser kalte, vom Boden bis zur Decke weiß geflieste Raum sollte sie schon ins Schaudern bringen, bei der Größe und den Folterutensilien an den Wänden und in den Regalen. Die riesige Badewanne mit dem Stöpsel, der von der Decke hängt. Die vielen Ketten mit den Arm- und Beinmanschetten aus Stahl. Hat sie sich nicht umgeschaut?

»Sieh dich um, kleine Löwin«, rate ich ihr. »Der Stock ist noch nicht einmal das Vorspiel.«

Langsam gleitet ihr Blick aufmerksam durch den Raum und ich gebe ihr die Zeit, alles zu begutachten, sich eine Meinung zu bilden, wo sie sich hier befindet. Und sie nimmt sich diese, um den Ort eingehend zu prüfen. Dabei mustere ich ihr Gesicht, suche darin den Schock oder zumindest eine kleine Erkenntnis.

Dann zuckt sie überraschend mit den Schultern. »Nett. Eine nullachtfünfzehn Folterkammer für den gelangweilten Clubbesitzer von gegenüber.«

»Clubbesitzer von gegenüber?«

Jetzt sieht sie zu mir herauf und ich nehme die erste schockierte Reaktion wahr.

»Oh, bist du nicht der...«

»Doch, wie kommst du darauf?«

»Wenn der Raum nicht vermietet wird, für das Foltern zwischen Tanz und Cocktails, dann ist das die einzige sinnige Schlussfolgerung.« Womit sie Recht hat.

»Ist es so?«

»Was?«

»Wird der Raum vermietet?« Sie sagt es so selbstverständlich, dass mir bewusst wird, wie viel sie in ihrem recht jungen Alter gesehen hat.

»Nein.«

»Bist du jetzt fertig? Meine Freundin sucht mich bestimmt.« Überrascht hebe ich die Brauen und mustere ihre ungerührte Erscheinung erneut. Sie fordert mich weiter heraus, was mich zürnt. Nun streift mein Blick, nach dem perfekten Folterinstrument suchend, durch den Raum. Und findet diesen an der Wand. Gerade als ich darauf zusteuere und innerlich juble, klingelt mein Handy.

Jetzt sieht sie mich auch noch auffordernd an.

»Willst du nicht rangehen?« Die anfängliche Sicherheit darüber, dass sie nicht schauspielert, verfliegt, als ich kleine Schweißperlen auf ihrer Stirn entdecke. Hier läuft einiges falsch und auch anders als sonst. Dieses hübsche Ding schätze ich falsch ein. Den Gedanken werfe ich aber über Board, als das Klingeln penetranter wird und hole den Störenfried genervt aus der Tasche.

Sloan.

»Ja?«

»Bin da, aber wo bist du? Und verdammt, wo ist die Kleine?«

»Wir sind gerade beschäftigt. Bis gleich.«

»Halt!«, ahnt er schon, dass ich auflege. Ich atme tief durch.

»Ja, was denn?«

»Wo. Bist. Du?«

»Im Schlachtraum.«

»WAS?« Als hätte er mich nicht richtig verstanden. Hat er aber, also lasse ich diese Frage unbeantwortet und schaue zu meinem Spielzeug hinab, die mich kritisch fixiert. Was geht ihr nur durch den Kopf?

»Trash, komm sofort da raus! Du machst alles kaputt!«

Vielleicht. Höchstwahrscheinlich. Ganz sicher.

Bei der Erkenntnis fühlt sich mein Nacken verspannt an und ich lasse den Kopf kreisen.

»Trash! Komm da raus!«

»Sie hat mir einen scheiß Drink ins Gesicht gekippt!« Ich klinge ungewollt trotzig. Und auch viel zu rechtfertigend. Er hingegen bleibt am anderen Ende still.

»Bist du noch dran?« Wieder schaue ich zu dem gefesselten Mädchen, auf dessen Lippen sich ein leichtes Lächeln bildet. Sie ist ein Miststück. Wo ist nur ihre Unsicherheit hin? Sie macht mich wahnsinnig. Nicht nur ihr Aussehen, auch ihr undurchsichtiges, wirres Verhalten.

»Ja, bin ich.« Er klingt amüsiert und ich wende ihr den Rücken zu, damit sie mich nicht weiter verwirrt.

»Sie ist also dem großen, bösartigen Trash auf die Füße getreten?« Seine Belustigung kann selbst sie hören.

»Hey!«, will ich ihn ermahnen, wogegen er direkt in ein lautes Gelächter verfällt, was meine Wut wieder aufs Neue entfacht.

»Sorry, Mann. Aber die Kleine ist mir sympathisch.« So ein Idiot. »Schon gut, ich kann deinen brutalen Zorn bis hier spüren.« Von wegen, er hat weder Gefühle noch ist er emphatisch oder ähnliches. Er verarscht mich dreist weiter. Weshalb ich weiterhin schweige.

»Komm raus, wir treffen uns am Seiteneingang. Wir haben für deine Spielchen keine Zeit und wir brauchen sie noch«, erinnert er mich leider daran, warum sie überhaupt hier ist.

»Bis gleich.« Nachdem ich aufgelegt habe, wende ich mich dem Grund allen Ärgers zu und stecke das Handy derweil zurück.

»Planänderung, ich bin fertig mit dir.« Verdutzt sieht sie mich an. »Wir fahren.«

»Fahren? Wohin?« Jetzt steht ihr die blanke Angst ins

Gesicht geschrieben. Dieser Raum, in dem sie gefesselt ist, mit einem Fremden und unzähligen Utensilien, um jemanden qualvoll sterben zu lassen, schockieren sie nicht, aber eine Fahrt schon?

Veronica

Er wird mich von hier wegbringen und so, wie er schaut, gegen meinen Willen. Nur wieso? Was geht hier vor? So langsam bin ich mir sicher, dass ich nicht wegen eines verletzten Stolzes hier sitze. Zumal ich bemerkt habe, dass er mir etwas in den Drink gekippt hat. Fast habe ich mich von seiner Hitze und diesem stählernen Körper an meinem Rücken ablenken lassen. Für einen Augenblick habe ich mich durch die Musik und seine anziehende Nähe in seiner Berührung fallen lassen.

Nun schrillen jedoch die Alarmglocken um ein Vielfaches. Denn viel mehr steckt dahinter und diese Erkenntnis jagt mir einen Schauder über den Rücken.

Dabei darf ich ihm meine Angst darüber nicht zeigen. Genau daran wird er sich ergötzen und das Ganze noch weiter überreizen. Denn eben diese Reaktion erwartet er und wird mir mehr Qualen bereiten als die längst brennenden Schenkel.

Mit Schmerzen komme ich zurecht. Und bei ihm fällt es mir umso leichter. Seine Erektion ist durch die Hose zu erkennen und bestätigt mich in der Vermutung, dass ihn mein Leid anmacht. Es war von vornherein klar, dass er mich nicht töten wird. Das hier ist sein Spiel.

Sein Weg, um Befriedigung zu erlangen - und wenn ich

eines im Haus des Monsters gelernt habe, dann nach mehr zu fragen, anstatt zu weinen. Denn sonst wird es nur grausamer.

So, ohne die unzähligen Tränen und das Betteln, sind solche Männer nur verwirrt und ihnen vergeht die Lust. Es gibt nicht viel, womit er mir Angst machen könnte. Einiges habe ich erlebt und niemals könnte er drankommen.

Aber wegfahren?

Warum?

Wohin?

Wer war das am Telefon?

Weshalb verzichtet er auf seine Erlösung, um mich stattdessen zu entführen?

Das ist das entscheidende Wort. Denn er löst nicht die Fesseln, sondern steht nun vor einem Regal und nimmt eine Flasche heraus, zusammen mit einem weißen Tuch. Ich brauche nicht das Etikett lesen, um zu wissen, womit er gerade auf mich zusteuert.

Anstatt das zu tun, was er sich längst in den Kopf gesetzt hat, verschränkt er die Arme auf dem Rücken und stellt sich vor mich. Seine großgewachsene, düstere Gestalt, mit der Narbe quer über seinem linken Auge und den harten Gesichtszügen, ist nun viel angsteinflößender als aus der Ferne. Schweigend sucht er in meinem Gesicht die Ängste, die ich zu unterdrücken versuche.

»Ich kann dir also doch eine Reaktion entlocken.«

Meine Furcht schlucke ich schwer hinunter, lecke mir die Lippen und lächele ihn müde an.

»Du meinst abgesehen von Langeweile? Den Abend habe ich mir wesentlich amüsanter vorgestellt.«

»Das wird er wohl nur noch für mich.« Sein diabolisches Lächeln kriecht mir unter die Haut. Selbst das lasse ich mir nicht anmerken und recke das Kinn.

»Ah verstehe, du stehst auf Nekrophilie.«

Damit entlocke ich ihm die ersehnte Reaktion, hole ihn komplett aus der Reserve. Ungläubig reißt er die Augen auf.

»Was hast du gesagt?«

»Nekrophilie ist, wenn -«

»Ich weiß, was das ist!«, knurrt er wütend und ihm entgleisen die Gesichtszüge völlig. Längst ist seine Erektion verschwunden, was mich erfreut und bestätigt.

»Wie kommst du darauf?«

»Na, du versteckst auffällig das Chloroform hinter dem Rücken und behauptest, heute Spaß zu haben. Was soll ich sonst denken?«

Erleichtert genieße ich, wie ihm die Kinnlade herunterfällt und er mich fassungslos ansieht. Darauf weiß er nichts mehr zu sagen und schüttelt den Kopf, als könne er selbst nicht glauben, dass ich ihn gerade schachmatt gesetzt habe.

Mit einem kalten Ausdruck wendet er sich mir durchdringender zu. Vor mir geht er in die Knie und legt musternd den Kopf schief.

»Warum machst du mich so neugierig?«

Darauf runzle ich verwundert die Stirn, kann mich seinen Blick dennoch nicht entziehen. Seine Augen locken mich und erwecken in mir dieselbe Neugier, die er wahrscheinlich verspürt. Er streckt die Hand aus, legt sie an meine Wange und eine ungewollte Wärme zieht sich über meine Haut.

»Du bist viel zu mutig.«

Zwar ziehe ich den Kopf zurück, doch noch immer liegt seine raue Hand mit faszinierendem Blick auf meiner Wange und sein Daumen streicht sanft über meine Unterlippe. Obwohl ich das nicht möchte, ich das verhindern will, sehe ich ihn starr in die Augen und verwandle mich in eine Statur, unwissend was gerade passiert. Verständnislos, was in mir gerade vorgeht.

Dankbar und erleichtert beobachte ich, wie er den Kopf schüttelt, während er seinen Arm zurückzieht und sich aufrichtet. Mich damit endlich aus dieser unwirklichen Situation befreit, die ich nicht deuten kann.

»Du weißt nicht, was dich noch erwartet. Dein Mut ist beeindruckend.« Dennoch fällt es mir immer schwerer, die Fassade aufrecht zu erhalten. Die Ungewissheit, was nun geschehen wird und welchen Zweck es erfüllen soll, treibt mir eine fürchterliche Angst in die Glieder. So sehr ich meine Atmung auch reguliere, während er sich umdreht und sich durchs volle Haar fährt, rauscht der erhöhte Blutdruck durch mich hindurch. Er bräuchte mich nur zu berühren und würde umgehend an der schweißbedeckten Haut und dem rasenden Puls erkennen, wie einschüchternd diese Situation für mich ist. Zugleich ist seine Anwesenheit, seine Art anders. Er wirkt einnehmend. Befreiend. Ansprechend. Was mich noch mehr verwirrt und mich verängstigt.

Schweigend stellt er sich hinter mich und drückt mir kurzerhand das leicht feuchte Tuch auf Mund und Nase. Instinktiv halte ich die Luft an, obwohl mir längst bewusst ist, dass ich verloren habe. Er wartet nicht ab, bis ich zwangsläufig wieder atme, sondern pikst mir schmerzhaft zwischen die Rippen, sodass ich reflexartig tief einatme und automatisch meinem Verderben entgegensteuere.

Ein bitterer Film legt sich auf meine Zunge und die Lider werden schwer, während mir schwindelig wird. Die Anspannung versiegt und unfreiwillig entspanne ich, trotz des Drucks seiner Hand im Gesicht, bis mir schwarz vor Augen wird.

TRASH

»Noch immer grimmig wegen des verschütteten Drinks?«

»Sie hat ihn nicht verschüttet, sondern mir geradewegs ins Gesicht gekippt!« Wir sitzen noch keine Stunde im Auto und Sloan nervt mich schon. Genauso wie seine dämliche Maske. »Und nein, deswegen nicht!«

»Oh, was hat das kleine, süße Ding denn gemacht, dass du noch immer so schrecklich tödlich gelaunt bist?«

»Sei einfach still und lass mich fahren, wir haben zehn Stunden vor uns!«

Zehn Stunden, in denen ich mir ausmale, sie für ihre Art regelrecht zu zerfleischen und zu ficken. Nicht unbedingt in dieser Reihenfolge. Aber ficken steht ganz oben. Mehrfach.

Sie hat mich beeindruckt. Gleichzeitig treibt sie mich in den Wahnsinn. Gerade als ich dachte, sie so weit zu haben, veränderte sie ihr Verhalten und erwischte mich eiskalt.

Und jetzt kann ich nichts von dem unternehmen, was sich vor meinen Augen bildet, während ich Manhattan mit ihr und Sloan verlasse.

»Warum hast du überhaupt so lange aus dem Club gebraucht?« Schließlich war ich mit der kleinen Löwin als erster am Wagen.

»Ich musste mich um ihre aufgebrachte Freundin

kümmern.« Seine Blicke auf mir spürend schaue ich kurz zu ihm rüber und erahne unter der fratzenähnlichen Affenmaske mit dem vollen schwarzen Haar seinen abschätzigen Gesichtsausdruck.

»Was denn? Ich habe dafür gesorgt, dass sie von einer Horde Testosteron abgelenkt ist. Und es hat geklappt.«

»Natürlich, sie hat nicht laut herumgeschrien, weil es ja gar nicht auffällig ist, ihre Freundin, wie ein Höhlenmensch, auf der Schulter von der Tanzfläche zu tragen. Was war denn mit ›entspannt entführen ohne großes Aufsehen‹?«

»Spontane Planänderung.«

»So spontan, dass selbst die bezahlten Kerle sie nicht mehr wollten. Und ich sie beruhigen musste. Und bevor du fragst, sie lebt noch und schläft ihren plötzlichen Rausch aus.«

Nickend bin ich etwas erleichtert, dass wir nicht mehr Schäden meines impulsiven Verhaltens erwarten müssen.

»Sie hat es dir angetan, Trash.«

»Sei still und zieh die dämliche Maske ab!«

»Nein, sie ist meine Versicherung! Hast du dir mal Gedanken darüber gemacht, warum wir sie am Leben lassen sollen?«

Nein, das habe ich nicht. Es ist ein erzwungener Auftrag. Da bringt es eh nichts, Fragen zu stellen.

»Siehst du. Ich schon. Was ist, wenn wir ihr doch versehentlich wehtun? Wir sind keine Bodyguards. Dennoch muss sie am Leben bleiben und falls wir ihr unbeabsichtigt ein paar Knochen brechen, möchte ich zumindest nicht, dass sie sagen kann, wer es war. Versicherung, du verstehst!«

Für jemanden, der lächelnd süße Welpen umbringt, ist es zumindest kein schlechter Einfall. Dennoch haben wir das nicht nötig.

»Erzählst du mir noch, warum wir überhaupt die Strecke fahren?«

»Ich überlasse Katy keinen Idioten.«

»Ah, stimmt. Die eine Hübsche gegen die andere.«

»Lass das! Schlimm genug, dass sie von ihr erfahren haben!«

»Siehst du, deswegen die Maske. Du hast einen Ruf, du wirst erkannt und es ist schnell klar, mit wem du so verkehrst. Ich bin der tödliche Geist von nebenan.«

»Du bist ein Idiot. Die Löwin schläft tief und fest.« Im Rückspiegel gehe ich auf Nummer sicher und sehe sie nach wie vor auf der Seite liegen, gefesselt und mit dem schwarzen Sack über dem Kopf. »Außerdem kann sie dich ohnehin nicht erkennen.«

»Aha, Löwin? Oh, sie wird nicht lange blind sein, Trash. Und du wirst es bitter bereuen.«

Bevor ich mir einen weiteren Schlagabtausch an diesem Abend gebe, beiße ich die Zähne zusammen.

»Sei jetzt still und lass mich weiterfahren.« Angespannt wandert mein Blick wieder zum Rückspiegel, der mir ihre zierliche Silhouette unter dem Stoff zeigt. Weiterhin liegt sie bis zur Schulter zugedeckt und ich entspanne die Finger ums Lenkrad, als sie noch immer so daliegt, wie ich sie hingelegt habe.

Mit ihrem wechselnden Verhalten hat sie eindeutig mein Interesse geweckt und das ist für keinen von uns gut. Zumal Neugier zu den stärksten Triebfedern gehört und ich nicht die Zeit habe, dem nachzugehen. Ungewollt bildet sich vor mir diese Vorstellung von ihr, nackt, gefesselt und mit Tränen übersät. Durch den toughen Eindruck, den sie bei mir hinterlassen hat, kitzelt sie einen neuen, sehr unbekannten Nerv in mir. Ich will sie brechen, wie niemanden zuvor und erwarte von ihr, dass sie bis zum Ende kämpft.

Vor mir sehe ich sie, auf aufgeschürften Beinen knien. Unzählige Tränenstreifen auf ihren Wangen und rot unterlaufenen Augen. Kleine Blutstropfen, durch die strammen Hiebe, aus ihrer Haut laufen. Ihr bettelndes Gewimmer. Ihr Aufgeben, weil sie dem nicht mehr standhalten kann.

Dann erst würde ich sie nehmen. Mich tief in ihr versenken und ...

Ein piepsendes Geräusch, als würde eine Zeituhr ablaufen, ertönt laut neben mir und ich schaue knapp zu Sloan, der sein Handy in der Hand hält. Ich sehe sogleich, dass er den Ton an der Seite herunterregelt.

»Was ist das?«

»Eine Erinnerung.« Obwohl er seine Worte gewohnt gelassen ausspricht, spüre ich die Gefahr dahinter.

»Will ich wissen, was für eine Erinnerung?«

»Wenn du so fragst, nein.«

Es geht um Katy.

Automatisch stellen sich meine Nackenhaare auf.

»Sag es!«, knurre ich ungewollt. Allein die Vorstellung, dass diese Schweine Katy in ihren Fängen haben und sonst was mit ihr anstellen, macht mich tobsüchtig.

»Nein, du fährst gerade und ich weiß, wie du abgehst,

wenn es um das blonde Ding geht.«

»Sloan!«

»Allerdings beschleicht mich ein merkwürdiges Gefühl.«

»Du hast keine Gefühle, Sloan und jetzt sag schon, was du für eine Nachricht bekommen hast.«

»Gut, es ist vielmehr eine Ahnung. Und im Gegensatz zu mir hast du intensive Gefühle, gerade was Katy angeht, also beschränken wir uns darauf, dass du fährst und ich mich um alles andere kümmere.«

»SLOAN!«, brülle ich nun.

»Schon gut. Eine kleine Erinnerung, dass wir noch drei Tage Zeit haben. Was gut ist, weil wir nur noch einen Tag brauchen.«

»Kannst du mir bitte den VERDAMMTEN Gefallen tun und mir sagen, was es mit der Nachricht auf sich hat.«

»Fahr rechts ran.« Was ich bei der nächsten, sich ergebenden Möglichkeit auch mache und sein Smartphone an mich reiße. Da entdecke ich sie.

Gefesselt, mit einem gebundenen Tuch zwischen ihren Lippen. Schwarze Schlieren, die ihre Tränen hinterlassen haben und der verschmierte rote Lippenstift vollenden das Bild. Es ist ein Video und obwohl der Ton aus ist, kann ich anhand ihrer schnellen und ungleichen, arrhythmischen Bewegungen erkennen, dass sie schmerzerfüllt wimmert und sich schon längst ergeben hat.

Unter anderen Umständen würde mich dieses Szenario befriedigen. Mich faszinieren. Aber das hier ist nicht irgendeine Schlampe, die ich dominiere. Das hier ist Katy. Aufs Handy starrend zieht sich mein Herz merkwürdig brutal zusammen.

»Wir können das müheloser anstellen. Auf unsere typische Art...«

»Nein!«, bremse ich ihn sofort aus. Das würde nur für Rache sorgen, weil wir nie alle gleichzeitig töten können und mindestens einer fliehen kann. Dann wäre sie auch nicht in Sicherheit und würde es ein weiteres Mal nicht überleben. »Wir halten uns an den Plan.«

»Trash, es wäre so leicht und die Frauen sind nicht in Gefahr. Auch nicht deine Löwin.«

»Hör auf damit! Und was ist nur mit dir? Bist du mordlustig? Sonst sind dir andere auch egal, also warum willst du dein Glück herausfordern?«

»Wir hatten lange nichts mehr so Aufregendes wie eine Kartellauslöschung.«

»Sloan!« »Aber -« »Nein. Ich will keinen Krieg mit einem Kartell.«

»Wie du willst. Dem Ganzen traue ich trotzdem nicht, Trash. Wir sollten uns zumindest absichern.«

»Sie wollen nur die kleine Löwin.«

»Dennoch war es unnötig, uns auf das Ablaufen der Zeit aufmerksam zu machen.«

Jetzt kratzt es an seinem Stolz. Trotzdem hat er nicht ganz unrecht. Wir sollten uns für alle Fälle absichern.

»Wir halten in Philli und nehmen uns ein Hotel. Darum kannst du dich jetzt kümmern.« Zur Bestätigung nickt der Affenkopf und ich schmeiße ihm das Handy auf den Schoß. Dort werden wir uns eine Versicherung besorgen, damit nichts schiefgeht.

Veronica

Ein kurzes Knallen, was ich durch den Körper spüre, weckt mich unsanft, mit dröhnenden Kopfschmerzen. Der bittere Geschmack auf der Zunge lässt meinen Mund trocken werden und ich bemerke sogleich, dass ich gefesselt bin.

»Oi Linda.« Das freundlichste Lächeln seit langer Zeit, gerade als ich mit prall gefüllten Taschen den Lebensmittelladen verlasse. Groß, schlank und nicht nur sein eleganter Anzug verrät mir, dass er sich hier in der Favela verirrt haben muss. Ein Tourist und ich schenke ihm mein nettestes Lächeln, bevor ich an ihm vorbeigehe.

»Esperar.« Er stellt sich mir in den Weg. Seine blauen Augen leuchten mich erwartungsvoll an und seine große Hand legt sich an meinen Arm. Schüchtern gleitet mein Blick zur Seite, obwohl ich eigentlich wegrennen muss, bevor der Ladenbesitzer merkt, dass ich ihn bestohlen habe.

»Sprichst du meine Sprache?«

»Ja«, gebe ich zu, da ich diese durch den Tourismus früh gelernt habe. Zwar ist dieser Mann wesentlich älter als ich, aber nicht zu alt, um ihn nicht attraktiv zu finden. Er schüchtert mich sogar ein, mit seinem Aussehen und der Art, wie er mich betrachtet.

»Dann komm, lass uns etwas trinken gehen.« Er zeigt hinter sich auf einen großen, teuren SUV und ich reiße die Augen auf. Selten

verirrt sich so ein Wagen in die Favela Rocinha. »Wie heißt du?«

»Veronica und ich muss dringend nach Hause.« Da ich die Lebensmittel meiner Mutter bringen muss.

»Dann fahre ich dich dorthin.«

Mit strahlenden Augen nicke ich und lasse mich zu seinem Auto führen. Gemeinsam mit mir setzt er sich nach hinten. Zwei weitere Männer sitzen vorne, weshalb sich mein Misstrauen meldet. Gerade hier sollte ich nicht in so einen Wagen steigen. Aber er ist keiner von hier. Er ist kein Brasilianer.

»So ein schöner Name. Veronica.« Er spricht es so genüsslich aus, als lasse er sich meinen Namen auf der Zunge zergehen.

»Ich habe dich beobachtet.« Der Wagen fährt los und ich gerate in leichte Panik, bei seinen Worten. »Du bist hübsch und raffiniert.«

»Den Rest kann ich auch zu Fuß gehen.«

»Ganz ruhig, Veronica. Dir passiert nichts und es ist auch nicht schlimm, dass du geklaut hast. Du faszinierst mich, nichts weiter.«

Ich glaube ihm nicht, auch wenn er mich so freundlich ansieht. Einen Arm auf die Lehne gelegt hat und so begehrenswert dasitzt.

Noch immer zieren ihn sein strahlendes Lächeln und seine leuchtend blauen Augen, die mich auf eine andere Weise verunsichern als die Tatsache, dass ich bei einem Touristen im Auto sitze.

Er greift nach vorne zur Mittelkonsole und reicht mir eine Flasche Wasser. In meinen Fingern ist sie kühl und ich verstehe gar nicht, wie das bei der Hitze sein kann, selbst wenn der Wagen klimatisiert ist.

»Trink. Es ist heiß.« Die Wärme bin ich gewohnt, weshalb ich verharre. Doch als sein Blick auffordernder wird, als wäre es keine freundliche Geste, sondern ein Befehl, schraube ich die Flasche auf. Zögerlich trinke ich einige Schlucke. Nickend verfestigt sich sein Lächeln und ich kann in seinem Gesicht ablesen, dass es noch nicht reicht und ich mehr zu mir nehmen soll.

Schließlich setze ich die Flasche ab und verschließe sie.

Plötzlich wird mir schummrig. Vor meinen Augen verwandelt sich der gutaussehende Fremde in ein verschwommenes Bild. Ich will ihm die Flasche zurückgeben, doch sie gleitet mir aus den Fingern.

»Was ... ist ...«

»Shhh.« Er zieht mich an sich und um mich herum wird alles schwarz.

Genau so, wie jetzt, bin ich schon einmal aufgewacht. An jenem Tag, als er mich entführt hat. Als ich mich mit meinen fünfzehn Jahren selbst in Gefahr gebracht habe. Naiv und von seinem Aussehen geblendet, bin ich in der Hölle erwacht.

Nun liege ich, unwissend, was mich heute erwartet, auf kalten Polstern und mir wurde die Sicht genommen. Ein innerer Drang zwingt mich zur Bewegung und ich kämpfe dagegen an. Dennoch weiß niemand, dass ich wach bin, und ich muss mich ruhig verhalten, damit ich vielleicht mehr über meine Lage herausfinden kann. Nachdem ich meine Atmung durch die letzte Erinnerung wieder reguliert habe, konzentriere ich mich auf die Geräusche meiner Umgebung. Auf die Gerüche und ...

Ich bin nicht allein.

Ohne mich zu bewegen, ohne wirklich Laute wahrzunehmen, spüre ich die Anwesenheit einer weiteren Person. Zwar bin ich mir nicht sicher, aber ich ahne es. Mit Sicherheit ist mein Entführer hier. Ein undefinierbares Geräusch und es fühlt sich so an, als würde man mich beobachten. Automatisch bekomme ich Gänsehaut. Ich spüre weichen Stoff an den Beinen und ein leichtes Gewicht auf mir, als liege ich unter einer Decke und hoffe, dass meine Haut unentdeckt bleibt. Dann spüre ich ihn näher an mir. Auch, wie sich Fingerkuppen meinen Arm entlang nach oben streicheln. Sanft. Behutsam. Und ich versuche, mir jegliche Reaktion zu verkneifen. Er gleitet mir mit den Fingern über die Schulter und streicht mir das Haar zur Seite. Nichts mehr.

Still und in vollkommener Ruhe ist keine Spur seiner Anwesenheit merklich. Die Luft zwischen uns ist jedoch schwer und angespannt und wiegt mich in einer gefährlichen Unsicherheit.

Plötzlich ein Griff um meinen Hals und ich kann das Einatmen nicht verhindern. Unnachgiebig drücken seine Finger meine Kehle zusammen.

»Ich weiß, dass du wach bist. Dein schnell zuckender Puls hat dich verraten.« Dumpf und leicht abgeschwächt kommen diese Worte aus dem Mund eines Mannes, der nicht mein Entführer ist. Ein anderer, mit einer weniger rauen Stimme, spricht sanft zu mir. Seine Finger lockern sich und sein Daumen streichelt auf und ab, direkt an der Halsschlagader.

»Ich mag es, wenn man es direkt unter der Haut pochen sieht.« Er nimmt die Hand von mir und dem Geräusch nach zu urteilen schätze ich, dass er sich anders hinsetzt. »Hast du gut geschlafen?«

Ich antworte nicht und beginne, mich zu bewegen, um zu erkennen, wo ich mich befinde. Schätzungsweise liege ich auf der Rücksitzbank eines Autos mit Lederbezügen.

»Hast ja nicht lange geschlafen.«

»Wo bin ich?«, frage ich vorsichtig und genauso freundlich, wie er mit mir spricht.

»An einer Tankstelle und wir warten auf Trash.«

»Trash?« Achtsam, weil ich ihn nicht einschätzen kann, richte ich mich auf und er hindert mich nicht daran, mich hinzusetzen.

»Du hast ihn bereits kennengelernt. Groß, hässlich, die Narbe am linken Auge.«

»Ah, der Trash.« Nicht, dass ich auch nur einen anderen kenne, der so heißt. Seine freundliche, amüsierte Art ist zwar erheiternd, ich bin mir jedoch meiner Situation bewusst. Genauso der Tatsache, dass gerade die charmanten Männer gefährlich sind. Diese kann man nämlich nie einschätzen. Keine Bedrohung sieht man bei ihnen kommen, somit ist es unmöglich, einen Umstand zu beeinflussen.

»Also?«

»Mh?«

»Hast du gut geschlafen?«

»Angenehm erholsam.«

Er lacht dunkel auf. Überraschend höre ich die Autotür aufreißen und zucke unwillkürlich zusammen. Genauso schnell habe ich meine Fassung zurückgewonnen, als ich seine Stimme höre.

»Was tust du da? Warum ist sie wach?«

»Weil ich ausgeschlafen bin.«

Er knurrt etwas Unverständliches und durch die Bewegung des Autos spüre ich, dass er sich hingesetzt hat. Kurz darauf knallt die Tür wieder zu. Es amüsiert mich sogar, wie leicht er sich reizen lässt. Leider muss ich zugeben, dass die ganze Erscheinung von ihm und wie schnell er sich von mir beeinflussen lässt, mich nicht nur belustigt, sondern mir auch einen Schutz gibt. Eine kleine Sicherheit, die Situation zu verändern und damit reizt er mich. Zu sehr.

»Hast du dich um alles gekümmert?«

»Ja, es gibt nur ein winziges -«

»Besprechen wir gleich, kümmere dich um -«

»Die Löwin?«, gibt der Fremde belustigt wieder und Trash knurrt auf.

»Siehst du, dafür ist die Maske gut.«

Maske ...

Da wird mir schon die Haube vom Kopf gerissen und ...

»AH!« Ich schrecke zurück, als genau vor mir ein grauenhaftes Affengesicht zum Vorschein kommt. Während mein Puls bis zum Anschlag pumpt, legt er den Kopf schief und bringt mich damit zum Schmunzeln. Es ist nur eine Maske. Eine wirklich erschreckende Nachbildung, wenn man damit nicht rechnet.

»Hey«, kriege ich kaum über die Lippen, als dieses Ungetüm mich noch immer betrachtet.

»Hey, kleine Löwin, habe ich dich erschreckt?«

Schmunzelnd hebe ich eine Braue.

»Du siehst es nicht, aber unter diesem Silikon versteckt sich ein wahnsinnig gutaussehender Mann.«

»Weshalb du natürlich diese Maske tragen musst.«

Ein sympathisches Lachen ertönt. Obwohl ich ihn nicht sehe, hat er einen enorm positiven Einfluss auf mich. Er macht mir keine Angst, dabei sollte ich die haben und bettet mich sogar in eine gefährliche Freundlichkeit, die ich ungewollt annehme.

»Mach schon!« Im Gegensatz zu Trash.

»Tut mir leid, Löwin. Der Herr hat gesprochen.« Vor meinen Augen erscheint ein weißes Tuch. Der Affenkopf vor mir, mit seiner herzlichen Stimme, hat eine so hypnotisierende Wirkung auf mich, sodass ich anstandslos tief einatme, als er mir sanft den Stoff auf Lippen und Nase drückt.

»Bis später.«

TRASH

Mir missfällt es, dass Sloan ihr mehr Aufmerksamkeit schenkt, als es gerade angebracht ist. Sie ist nicht irgendeine Schlampe, mit der er spielen kann. Die kleine Löwin ist wichtig, um Katy zu befreien. Wenn ihr irgendetwas passiert, wird nicht er leiden, sondern die kleine, unschuldige Blondine, die zwischen die Fronten geraten ist.

Vielleicht hätte ich wirklich auf Sloan hören sollen und mir eine Bedrohung nicht gefallen lassen sollen. Nur haben sie eben Katy.

Meine kleine Katy.

Ich starte den Wagen und merke im Augenwinkel, wie Sloan unsere Gefangene beobachtet.

»Sloan! Du wolltest mir sagen, dass es ein Problem gibt.«

»Oh... äh... ja.« Er dreht sich um und lehnt sich im Sitz zurück. Noch immer trägt er diese dämliche Maske.

»Zieh das Ding aus, sie ist bewusstlos.«

Schließlich zieht er das Teil von seinem Kopf und richtet sich die zerzausten, dunklen Haare wieder auf die eine Seite.

»Also. Das Problem. Unser Safehouse ist Geschichte.«

»Wie kann das sein?«

»Razzia.«

Geschockt werfe ich einen Blick zu ihm rüber.

»Sieh mich nicht so an, Trash. Das kommt davon, wenn man sich das teilt.«

»Es ist ein Hotelzimmer.«

»Und wir sind nicht die einzigen Kriminellen, die dort hin und wieder abtauchen. Die Lage ist zu einladend für andere, wie uns.«

Und wir sind zu selten da, um es ganz zu besetzen. Dafür haben wir auch zu viele. Nur eben keins auf diesem Weg. Wir müssten in die andere Richtung, was unmöglich ist, da wir erst die Versicherung abschließen müssen.

»Warum haben wir nicht zuerst für Absicherung gesorgt?«, spreche ich meinen Gedanken laut aus.

»Weil es zu schnell gingund vor allem, weil es um Katy geht. Das Mädchen macht dich immer wieder angreifbar.«

Seinen letzten Satz ignorierend denke ich weiter laut nach.

»Wir müssen irgendwo abtauchen. Unauffällig.«

»Schwierig. Nur ein heruntergekommenes Motel ist noch frei. Alles andere ist belegt. Irgendwo findet wohl eine Veranstaltung statt.«

Ein Motel ist keine gute Idee. Aber die einzige Möglichkeit, ohne weite Strecken oder Schlenker zu fahren.

»Wir könnten einen Umweg -«

»Nein. Wir nehmen das Motel.«

»Trash, ich habe das nicht checken können. Du handelst durch sie wieder unüberlegt. Dabei bist du der Clevere von uns beiden.«

»Ich will nicht unnötig Zeit verlieren.« Er weiß genau, dass die Versicherung ihre Zeit braucht, genauso wie das Sicherstellen, das es aufgeht, falls man uns auflaufen lässt.

»Wir haben drei Tage.«

»Die nicht ausreichen könnten, wenn Bianca sich querstellt.«

»Wer überzeugt sie?«

Gute Frage.

»Ich«, entscheide ich spontan. »Du verärgerst sie nur mit deinem Charisma.«

»Sie ist die Einzige, die immun dagegen ist. Eine schreckliche Person.«

»Du passt auf das Mädchen auf. Lässt aber die Finger von ihr«, mache ich ihm unmissverständlich klar. Er sieht mich bedeutungsvoll an, aber das kann er sich schenken. Hier geht es nicht um diese kleine, verstörend anziehende Schönheit, die mich mit ihrem Verhalten reizt, sondern ausschließlich um Katy. Wenn Sloan das verinnerlichen würde, könnte er sich das dämliche Grinsen, welches ich im Augenwinkel vernehme, verkneifen.

Also geht es in Richtung Philadelphia. In ein fremdes, nicht ausgekundschaftetes Motel.

Nach einigen Stunden kommen wir schließlich an. Es sieht von außen noch heruntergekommener aus, als ich es erwartet habe. Was für uns aber ein Vorteil sein könnte. Es wäre nur die heutige restliche Nacht und der halbe morgige Tag. Bis dahin haben wir alles für die Weiterfahrt geklärt.

»Das ist es also.« Sloan schaut zu mir rüber.

»Ja.«

»Ich sehe mich umund du gehst schon mit ihr rein?«

»Machen wir so.«

»Also keine weitere Dosis für die Löwin?«

»Nein, sie muss jetzt wach werden. Es ist zu auffällig,

wenn ich sie reintrage«, gebe ich zu und frage mich zugleich, wie ich das bei ihrer Art hinbekommen soll. Sloan nickt und steigt, wie ich, aus.

Ich warte noch einen Moment, bis Sloan mit seiner Maske in der Hand von der Dunkelheit der Nacht verschlungen wurde und öffne dann die Hintertür. Mein Blick fällt zunächst auf die kleinen High Heels und die daran angewinkelten, nackten Beine. Die Decke ist verrutscht und lädt mich ein, sie zu berühren.

Wie von selbst legt sich meine Hand auf ihre nackte Haut und für eine Sekunde glaube ich, dass mir das Herz stehenbleibt, bei der samtweichen Wärme, die mich in Empfang nimmt. Rasch ziehe ich mich zurück und raufe mir das Haar.

Diese Frau ist eine Versuchung, die meinen Tod bedeutet.

Ich darf sie nicht in meinen Verstand lassen. Selbst den Reiz muss ich unterdrücken. Also wende ich sie mir weniger sanft zu, ziehe sie ruckartig an den Knöcheln zu mir und sie wird wach. Ich gebe ihr kaum Zeit und zerre an ihrer zierlichen Figur, die mich unbefriedigt zurücklassen wird, in den Stand.

Mehrfach zwinkert sie und stöhnt, wackelig auf den Beinen, auf und raubt mir den Atem.

Ich muss mich unter Kontrolle bekommen.

Sie starrt mich kurz verwirrt an, bis ihr wohl bewusst wird, wer ich bin und was passiert ist und zeigt mir dann wieder ihren herausfordernden Blick.

»Guten Morgen.«

Sie schaut sich um. »Ist es nicht nachts?«

»Gute Nacht hat aber eine andere Bedeutung.« Kurz nickend scheint sie mir recht zu geben und ich komme direkt auf das Wesentliche.

»Wir werden heute hier übernachten. Ich löse die Fesselnund du spielst die liebe, folgsame Freundin.«

Sie hebt eine Braue. »Warum sollte ich das tun? Du hast dich mir nie vorgestellt.«

»Ich bin Trash und jetzt los.« Ich ziehe das Messer aus der Tasche und sie knurrt.

»Das weiß ich schon längst.« Erneut sieht sie sich um. »Wo ist der Affenmensch?«

Bei der Bezeichnung räuspere ich mich kurz, obwohl ich lieber lachen möchte.

»Wie du siehst, nicht da. Kannst du dich jetzt zusammenreißen?«

Noch immer sieht sie sich um und ich begreife es, als ich gerade das Seil durchtrenne. Schlagartig presse ich sie gegen den Wagen und sie schreit spitz und erschrocken auf. Ihre Hände legen sich abwehrend auf meine Brust und sie versucht, mich wegzudrücken.

»Eine Flucht ist unmöglich, also versuch es gar nicht.«

Wütend stiert sie mich an und stemmt sich weiterhin gegen mich, ohne Erfolg zu haben. Was leider an meiner Selbstbeherrschung kratzt und der Wille, sie gerade hier zu nehmen, wird fast übermächtig.

Den Arm an ihr vorbei auf das Dach des Autos gestützt und die andere Hand an ihre Taille gepresst, drückt sie zur Abwehr ihren ganzen Körper gegen meinen. Sie merkt nicht einmal, wie ihre Brust sich mir entgegenstreckt.

»Geh von mir weg!«

Damit sie mir nicht in die Weichteile treten kann, drücke ich noch mein Knie zwischen ihre Schenkel und sie reißt wütender die Augen auf, als sie merkt, wie fest ich sie fixiert habe.

»Geh weg!«

Gegen meinen pulsierenden Schwanz, der diese Nähe als Einladung sieht, behalte ich die Kontrolle und knurre:

»Gib auf und tu, was ich dir sage!« Ihre Wehr hört schlagartig auf. Als wäre ihr ein Geistesblitz gekommen, sieht sie mich frech an.

»Einverstanden, unter einer Bedingung.«

Misstrauisch schätze ich ihre erneute Verhaltensänderung ab und beschließe, mich darauf einzulassen.

»Die da wäre?«

»Beantworte mir eine Frage.«

Nickend gebe ich sie frei, bevor ich ihr noch die Kleidung hier auf dem Parkplatz vom Leib reiße. Sie darf mich nicht so reizen und ich mich nicht mehr so nähern. Trotzdem nehme ich, für das kommende Vorspiel und die Tatsache, dass sie mir nicht entkommen soll, ihre Hand und verschränke unsere Finger in einem festen Griff.

»Du musst mir nicht die Hand brechen.« Sie ziert sich, doch ich lasse sie nicht los, als ich sie über den Parkplatz ziehe.

»Also, Trash«, betont sie und ich schaue auf sie hinab. Allein, dass wir Händchen halten, ist mir eigentlich zu viel. Das lasse ich mir aber nicht anmerken. »Wohin fahren wir und warum?«

»Eine Frageund die beantworte ich dir, wenn wir im

Zimmer sind.«

Abrupt bleibt sie stehen und ich muss sie schon fast hinter mir her schleifen.

»Was soll das? Komm jetzt!«

»Ich spiele nur mit, wenn ich weiß, was mich nach der Entführung erwartet!«

»Das könnte ich dir nicht einmal sagen, wenn ich es wollte!«

Stutzig sieht sie mich an und kräuselt niedlich die Augenbrauen. Oh man!

»Was soll das heißen?«

Ich atme tief durch und beuge mich zu ihr runter.

»Das soll heißen, dass du jetzt mitkommst und ich dir dann verrate, wohin deine Reise geht. Punkt!«

»Trash.« Sie sagt meinen Namen so abfällig, als würde sie mit einem kleinen Jungen reden, der keine Ahnung hat. »Du willst doch das ich brav bin und so tue, als wäre ich deine süße, liebevolle Freundin, oder?« Sie redet überspitzt, als erwartet sie von mir, sie auch noch gegen ihren Willen zu heiraten.

»Also verrate mir dieses kleine Geheimnis, dann wird das kein Problem werden. Ansonsten -« Sie schaut sich offensichtlich um, was mir nicht zusagt. Sie hat mich regelrecht an den Eiern und das gefällt mir nicht.

»Schon gut. Ich bringe dich nach South Carolina.«

Schlagartig huscht ein dunkler Schatten über ihr Gesicht, was ich trotz der schlechten Beleuchtung dieses Ortes erkenne.

»Nein! Warum? Nein, das kann nicht sein!« Ihre Fassung ist weg und augenblicklich ist ihre Handfläche, die ich halte, nass. Klitschnass.

»Nein!«, wiederholt sie entsetzt und sieht mich entgeistert an. Der Schock ist ihr buchstäblich ins Gesicht geschrieben. Leicht öffnen sich erneut ihre Lippen, nur diesmal kommt kein Ton heraus. Dieses neue, ängstliche Verhalten wundert mich nicht. Schließlich habe ich ihr gerade gesagt, dass sich das Kopfgeld erledigt hat. Die Suche beendet ist und ihr Versteckspiel nichts gebracht hat. Sie wurde gefasst.

»Nein, Trash«, klingt sie nun den Tränen nah, obwohl ich keine erkenne. »Was zahlt man dir?«

Damit habe ich nicht gerechnet.

»Ich zahle dir das Doppelte.« Dem lache ich entgegen.

»Fünfhunderttausend wurden auf deinen lebendigen Kopf ausgesetzt.«

»Fünfhundert ...«, stockt sie.

»Ja.«

»Ein Kopfgeld?«

»Ja.«

»Das ist...« Sie findet keine Worte.

»Ja, du scheinst jemandem sehr wichtig zu sein.«

»Bin ich nicht. Kann ich nicht. Scheiße, sie wissen es!«

»Was wissen sie?«

Sie schaut an mir vorbei in die Ferne. Kurz drehe ich mich um, folge ihrem Blick, aber sie scheint in ihren Gedanken gefangen zu sein.

»Also? Erzählst du mir, was du angestellt hast?« Sie sieht zu mir auf und in ihrem Blick ist ein tiefer Schmerz zu erkennen, der mich erneut stutzig macht. Da sie jedoch nicht antwortet, lasse ich es gut sein.

»Gehen wir.«

Ich hätte ihr noch nichts sagen sollen. Denn obwohl sie mir folgt, sehe ich ihr an, dass sie einen Ausweg sucht. Nur gibt es diesen nicht.

Wir betreten das Motel und schreiten den Flur zur Rezeption entlang, der genauso veraltet und heruntergewirtschaftet wirkt, wie man es von außen annimmt. Neben mir verlangsamt sie ihren Schritt und ich mustere ihr Gesicht. Skeptisch sieht sie zu dem Mitarbeiter hinter dem Tresen. Ich folge ihrem Blick. Er macht einen nervösen Eindruck, was aber selbstverständlich ist, für diese Uhrzeit und bei meiner Gestalt. Sie jedoch sieht sich genauer um. Abwartend und neugierig lasse ich das zu, selbst als sie kritisch stehen bleibt und in den Nebenflur schaut. Da steht allerdings nur eine Reinigungskraft, die Handtücher auf einen Wagen faltet.

Dann sieht sie mich an und unsere Blicke treffen sich. Etwas hat sich verändert, denn jetzt lächelt sie triumphierend und geht zügig an meiner Hand voran zur Rezeption. Mein Handy holt sich piepsend meine Aufmerksamkeit und ich nehme es aus der Tasche, um drauf zu schauen.

Sloan:

Rezeption rechts, durch die Küche, Lieferanteneingang. JETZT!

Was zum ... ich lasse sie los und in dem Moment rennt sie vor. Ich will direkt hinterher, öffne den Mund ...

»FBI! Bleiben Sie ...« Den Rest, von einem Mann, der sich als Gast ausgegeben hat, bekomme ich nicht mit, weil es gleichzeitig laut wird.

Überall stehen Polizisten. Ich sehe zur Löwin, die hinter dem Tresen zusammen mit dem Mitarbeiter in Deckung geht.

In Sekunden begreife ich, dass sie freies Schussfeld haben, und renne los, mache einen Satz über den Tresen und ziehe die Knarre, als währenddessen die ersten Schüsse fallen. Ich schnappe mir die Löwin am Oberarm und zeige mit dem Lauf auf den Angestellten. Wir brauchen genügend Deckung, wofür er sorgen wird.

»Steh auf!«, brülle ich ihn gegen die Lautstärke an. Ängstlich richtet er sich mit erhobenen Händen auf, Ruhe tritt ein und ich lege den Arm um ihn, halte die Knarre auf seine Brust gerichtet und schiebe ihn vor mich, während die Löwin in meinem Griff zetert.

Die Polizisten brüllen los, was ich ignoriere, während ich mich darauf konzentriere, Sloans Anweisungen nachzugehen. Unbeschadet und ohne ein weiteres Zusammentreffen mit einem Cop, gelangen wir in die recht kleine Küche und ich gebe den Mann frei. Mit dem Lauf auf die Löwin gerichtet zwinge ich sie, voranzugehen und den Lieferanteneingang zu benutzen.

»Schneller!«, ruft Sloan, der bereits parkt. Ich schubse sie regelrecht durch die offene Hintertür und setze mich neben sie, während er losfährt.

Mein Freund, wie er nun mal ist, hat uns den Weg hieraus vorbereitet. Ich will gar nicht wissen, wie er das geschafft hat. Das Einzige, was für mich klar wird, ist, dass er

Nagelbänder aus dem Wagen der Cops geklaut hat, um uns somit eine sichere Weiterfahrt zu ermöglichen. Allerdings brauchen wir jetzt einen anderen fahrbaren Untersatz.

Umgehend bemerke ich einen Cop hinter uns. Mit rasantem Tempo biegt Sloan immer wieder ab, schleudert uns auf den Sitzen hin und her.

Er schaut in den Rückspiegel, ich aus dem Heckfenster. Die Waffe bereit und den Finger an der Fensterarmatur, um zur Not zu schießen, wenn es das erfordert.

Nach einer gefühlten Ewigkeit, in der mein Puls tobt und mir der Schweiß die Schläfen herunterläuft, komme ich zum Atmen.

Fassungslos darüber, was gerade passiert ist, mit einem Herzschlag, der auf Hochtouren läuft, lehne ich mich zurück, als Sloan den letzten Verfolger abgehängt hat.

»Das war knapp.«

»Das war eine Falle!« Und dann fällt es mir auf. »Du hast es gewusst!« Ich wende mich ihr zu und mustere ihre verunsicherte Gestalt. Selbst ihr Puls ist an ihrem Hals sichtbar am Rasen.

»Wie?«

Sie legt den Kopf schief, ignoriert meine Frage und sieht zu Sloan.

»Hallo Affenkopf.«

»Hallo Löwin«, gibt er gelassen wieder und ich beiße die Zähne zusammen.

»Dass du das Ding wieder trägst!«

»Ja, so bleibe ich der Geist, der euern Hintern rettet. Außerdem macht es mir auch keinen Spaß, das jetzt zu tragen. Ich schwitze mir einen ab.«

»Dann zieh sie doch aus«, sagt die Löwin neben mir und ich rolle die Augen, bei der Sanftheit ihrer Stimme, als wäre sie nicht die hinreißende Ausgeburt des Advocatus diabolis.

»Kann ich nicht, meine Liebe.«

»Weil du nicht möchtest, dass ich dich jederzeit wiedererkenne.«

»Genau.«

Genervt lasse ich den Kopf zurückfallen und mir fällt sofort wieder ein, was ich eigentlich wissen wollte.

»Wie hast du es bemerkt?«, wende ich mich ihr erneut zu. »Du hast es direkt gewusst, nicht wahr?«

»Sie hat es gewusst?«, fragt Sloan und ich höre das Misstrauen in seiner Stimme heraus. Sie anscheinend auch, sonst würde sie sicher nicht antworten. Er scheint ihr mehr Angst zu machen als ich.

»Nein, nicht dass es das FBI ist, aber ja. Ich habe es geahnt.«

»Nein, gewusst. Du hast mich so siegessicher angeschaut, als hättest du deine Fluchtmöglichkeit schon vor dir gesehen.«

»Habe ich ja auch.«

»WIE!«, brülle ich nun aufgebracht. Das alles zerrt an meinen Nerven. Das hätte gerade schiefgehen und alles zerstören können. Dieses Ding sitzt nun wieder gelassen neben mir und übertrumpft mich auch noch.

»Fahr runter, Trash. Wir müssen dringend untertauchen.«

»Bianca.«

»Bist du irre? Zuflucht und eine Versicherung? Weißt du, was uns das kostet?«

»Wenn ihr mich ausliefert, habt ihr Geld genug!«, meint die Löwin schnippisch und ich schüttele den Kopf.

»Nein, man bezahlt sie nicht mit Geld, sondern mit Gefallen. Sloan, fahr uns zu ihr. Den Rest erledige ich. Wir haben hier in der Nähe kein Safehouseund wir müssen sicher sein.«

»Wie du meinst.«

Und jetzt will ich nicht weiter mit ihm oder ihr diskutieren. Daher lehne ich mich mit geschlossenen Augen zurück. Denn sie wird mir noch verraten, was sie genau gesehen hat.

Veronica

In einem modernen, luxuriösen Zimmer eingesperrt, in einer Villa von dieser Bianca, die ich nicht gesehen habe, sitze ich auf dem Bett, dem Affenkopf gegenüber. Durch die Maske lässt er mich nicht aus den Augen und beobachtet mich offensichtlich, was zunehmend meine Nerven strapaziert.

»Was ist denn?«

Er legt den Kopf schief, was mit dieser Affenfratze merkwürdig aussieht. Ein Grad zwischen Belustigung und Besorgnis tut sich in mir auf. Wie auf Messers Schneide ist meine Zukunft ungewiss. Wer sind diese Männer genau? Warum soll ich zurückgebracht werden? Was wird man mit mir machen?

Darauf gibt es nur eine beklemmende Antwort.

Irgendwie muss ich hier verschwinden, mich befreien. Gleichzeitig hat mich auch die Neugier geweckt, denn warum ist das FBI hinter uns her? Sicher nicht wegen mir, was diese Männer noch gefährlicher macht, als ich angenommen habe.

»Was hat Trash damit gemeint, dass du es gewusst hast?«, reißt mich der Affenmensch aus den Gedanken.

»Mh?«

»Du hast es vor ihm bemerkt. Wie? Trash ist sehr aufmerksam, ihm entgeht sonst nichts.«

Ich schnaube. »Das gerade war aber sehr offensichtlich.«

»Erkläre es mir.« Sein Kopf legt sich auf die andere Seite und ich muss schmunzeln.

»Okay, fangen wir mit dem Flur an. Er wies Bilderspuren auf. Also, dass man kurz zuvor Bilder abgehangen hat. Warum tut man das, wenn der Laden ohnehin schon eine Bruchbude ist? Na ja, weil man sie schützen möchte. Wenn man nichts hat, sind einem die Kleinigkeiten schon wichtig.«

Der Kopf wandert schweigend zur anderen Seite und ich fahre fort.

»Wir haben mitten in der Nacht, jetzt mittlerweile-« Ich schaue auf den kleinen Wecker am Nachttisch. »Zwei Uhr. Aber da saß ein Mann mit einer Zeitung. Ein Mann in einem Anzug, mit glänzenden Schuhen, der Zeitung von letzter Woche und einer sichtbar teuren Armbanduhr. Solche Männer landen nicht in einer Absteige und wenn sitzen sie nicht mit einer alten Zeitung mitten in der Nacht im Flur, sondern vögeln die Sekretärin.«

Sloan lacht und ich mache mit meiner Beobachtungstour weiter.

»Abgesehen davon, dass dieser Laden sich sicherlich keine Servicekraft leisten kann, hat diese aber nachts versucht, Handtücher zu falten. Und war zu sehr auf uns fixiert, als auf ihre Arbeit. Noch ungewöhnlicher waren ihre Boots. Niemand arbeitet in diesem Job mit Boots an den Füßen. Sneakers, Laufschuhe, meinetwegen auch mit Pumps, aber niemals mit schweren, schwarzen Boots. Aber es war in erster Linie der Angestellte hinterm Tresen. Es war ihm ins Gesicht geschrieben, dass es knallen wird. Nur halt nicht wie.«

»Was hast du getan?«

Verwundert über diese Frage sehe ich ihn nur ratlos an.

»Warum ist ein Kopfgeld ausgesetzt worden, von einem Kartell, das du mit dieser Beobachtungsgabe unterstützen kannst?« Weil ich das Oberhaupt getötet habe und sie es wissen. Sage stattdessen aber:

»Ein Kartell zahlt so eine Summe für meinen Kopf?«

Schweigend spüre ich seinen fixierenden Blick auf dem Körper. Auf einmal nimmt er mein Handgelenk in einen festen Griff und zieht die Hand zu sich.

»Weißt du, Veronica, ich bin auch sehr aufmerksam.« Mein Name auf seinen Lippen gefällt mir nicht. Es klingt aus seinem Mund nahestehend und so, als würde er mich kennen. Dabei hat er keine Ahnung, wer ich bin, was ich erlebt habe und warum er nie zu meinem Vertrauten werden kann.

»Eine hübsche Frau, in so einem Kleid in einem Club, erregt Aufmerksamkeit.«

»Aha.« Ich will meinen Arm zurück, doch er gibt mich nicht frei. Umschließt den Unterarm sogar mit seiner anderen Hand.

»Für gewöhnlich sind die Frauen im Club leichter bekleidet.« Er schiebt den Ärmel hoch und legt die vernarbte Haut frei, sodass ich die Luft anhalte. Ich will mich befreien, doch als ich selbst die verheilten Verbrennungen sehe, den Schmerz der Vergangenheit erahne, als er mich absichtlich mit Benzin überschüttet hat, um mich anschließend anzuzünden, stockt jede Bewegung.

»Ich wette, dass sich noch mehr unter dem Kleid versteckt. Unterschiedliche Narben, die eine Geschichte erzählen. Die deine Geschichte erzählen. Also tu nicht so, als wüsstest du nicht, dass ein Kartell dich haben will. Die Frage ist nur, warum.«

Kaum lockern sich seine Finger, ziehe ich ruckartig meinen Arm zurück.

»Bin ich jetzt hier eingesperrt?«

»In diesem Zimmer, nein. In dieser Villa, schon.«

Ich streife die Schuhe von den Füßen und stehe auf.

»Gut, dann vertrete ich mir die Füße. Ich habe ja lange genug geschlafen.« Ich warte auf keine Antwort und spaziere aus dem Raum. Mit dem Gedanken, mich umzusehen, um eine Fluchtmöglichkeit zu finden, gehe ich den Flur entlang, bin aber längst nicht mehr hier. Die Erinnerung daran ist greifbar. Hörbar. Spürbar.

Ungewollt halte ich mir den Unterarm und dränge die Vergangenheit zurück.

Schnell pumpt das Herz merklich im Brustkorb. Ein starkes Schwindelgefühl tritt ein und während bei den aufkommenden Bildern, die ich mit aller Gewalt zurückdränge, meine Beine weich werden, haftet das Kleid an meiner schweißgebadeten Haut. Gerade, als mich das Empfinden einer qualvollen Zeit zu überrollen droht, höre ich lautstarke Geräusche, die mich in den Flur zurückholen.

Qualen. Leid. Wie in Trance gehe ich diesen nach und komme am Ende an einer halb geöffneten Tür zum Stehen. Erst jetzt, als das Szenario zu den Lauten sich zu einem Bild in mein Hirn brennt, verstehe ich das zuvor fehlinterpretierte Gestöhne und die klatschenden Klänge einer altbekannten Musik.

Nur ist diese lustvoller Natur und nicht die meines eigenen Leides.

Auf dem Bett kniet Trash. Nackt. Und er ist nicht allein.

Ich beobachte ein intimes, vertrauliches Treiben und erstarre. Mein Blick verharrt auf Trashs Rücken, dessen ganze Fläche tätowiert ist und unter dem riesigen Totenkopf seines Kreuzes bewegen sich seine Muskeln in einem rotierenden Takt, sodass es wirkt, als würde der schwarze, getuschte Schädel mit mir reden. Hypnotisiert betrachte ich ihn weiter und bin selbst von diesem knackigen Hintern beeindruckt, der sich vor und zurückbewegt.

Dass er muskulös, attraktiv und ein Prachtexemplar ist, war mir von vorneherein klar. Nur so, wie er vor dieser schlanken Frau kniet, die ihm den Po entgegenstreckt und wie er ihr rotes Haar um die Hand gewickelt hält, wirkt er ganz anders auf mich. Ich sehe sogar große knallrote Handabdrücke auf ihrer Pobacke und geschwollene Striemen auf ihrem Rücken, als hätte er sie geschlagen.

Tatsächlich spüre ich es, wie lange nicht mehr, heiß auf der Haut kribbeln. Als mein Blick zu der Stelle wandert, wo die zwei Keuchenden und Stöhnenden miteinander verbunden sind, beginnt meine Mitte wie nie zuvor zu zucken. So einen intensiven Eindruck eines Aktes, der lustvoll stattfindet, habe ich nie miterlebt. Es ist faszinierend und zugleich erregend, wie seine volle Länge in dieser Frau verschwindet.

Vor und zurück.

In einem schwungvollen Takt.

Es ist unmöglich, mich abzuwenden. Zu sehr zieht mich dieses erregende Bild, diese Geräusche von kehliger Leidenschaft und aufeinanderprallenden Körpern und die lustgeschwängerte Luft in den Bann.

Ungewollt pressen sich meine Schenkel zusammen, was mich wachrüttelt.

Ich bin feucht.

War ich das jemals zuvor?

Schockiert über das, was ich selbst empfinde, durch ihn und diese Frau, drehe ich mich schlagartig um und gehe.

Er hat etwas in mir ausgelöst. Trash.

Noch immer kribbelt meine Haut. Es ist nicht nur dieses Bild, sondern er. Und plötzlich taucht ein anderes Bild auf. Eins, wo er genau das mit mir anstellt. Heiß kribbelt meine Haut. Meine Mitte beginnt zu zucken und ich kann spüren, wie er mich berührt, mich ausfüllt und ...

Himmel, wo kommt das denn her? Das darf nicht! Nur ist seine Anziehungskraft auf mich so gewaltig, dass mein Mund ganz trocken wird.

Ich will ihn!

Nein!

Ich schüttele den Gedanken fort. Zu grotesk ist diese Vorstellung. Noch nie hatte ich Sex aus Lust. Das wird sich sicher auch nicht ändern. Ich steigere meinen zügigen Schritt, ohne zu wissen, ob ich vor den zwei Liebenden oder mir selbst weglaufe.

Unbemerkt schaffe ich es zurück in mein Zimmer, wo der Affenkopf auf dem Bett liegt. Ich kann nicht erkennen, ob er schläft oder nicht, aber noch immer rast mein Puls und ich bekomme das Szenario nicht aus dem Kopf. Also beschließe ich, etwas Untypisches für mich zu tun, und lege mich einfach neben den Fremden ins Bett. Dabei wende ich ihm den Rücken zu und schließe die Augen, obwohl ich weder müde bin noch schlafen könnte.

TRASH

Als ich Sloan vom Babysitten ablösen möchte und ins Zimmer zurückkehre, trifft mich der Schlag. Sie liegt auf der Seite und er hat schlafend den Arm um sie gelegt und sich sogar an sie herangekuschelt.

Was soll denn der Scheiß?

Unerwartet überfällt mich eine Mordswut. Als hätte mein bester Freund mir ins Gesicht geschlagen, verkrampfe ich und ein Knoten knüllt sich im Magen zusammen.

Scheiße!

Ist das Eifersucht? Bin ich tatsächlich neidisch, weil er in Löffelchenstellung mit der Löwin im Bett liegt?

Scheiße, ja! Und es macht mich rasend!

Dabei ist die Reaktion unverständlich. Denn Katy ist die einzige Frau in meinem Leben, die mir Emotionen entlocken darf. Nicht irgendeine gesuchte Schlampe, die mir den Kopf fickt!

Dann fällt mein Blick auf ihr Gesicht und meine Wut verpufft.

Ihr Ausdruck ist so starr und kalt. Den Kopf schief gelegt probiere ich, ihren Blick aufzufangen, drehe mich sogar um und versuche, den fixierten Punkt zu erahnen, aber da ist nur die leere Wand.

Die flache Hand vor ihrem Gesicht hin und her

bewegend unterbreche ich den Blick zu der unbekannten Stelle. Doch sie zuckt noch nicht einmal mit den Wimpern.

Sie ist gar nicht hier. Mit offenen Augen träumt sie.

Immer schneller bewegt sich ihr Brustkorb auf und ab, was mich wundert.

Was sieht sie?

Ich beuge mich zu ihr runter, strecke die Hand nach ihrem Handgelenk aus und als ich sie berühre, schreckt sie sprunghaft auf.

Sie erschrickt so dramatisch, dass sie hochspringt, über Sloan rückwärts stolpert, die Balance verliert und schreiend vom Bett fällt.

Verwirrt schaue ich hin, wo sie bäuchlings gelandet ist und ...

FUCK!

Der Rock ihres Kleides hat ihren prallen Hintern freigelegt und enthüllt diesen prachtvollen Arsch, der zur Hälfte mit schwarzer Spitze bedeckt ist. Blitzartig habe ich Bilder vor mir, die ich gerade noch erlebt habe.

Nur ist es nicht Bianca, in die ich mich geradewegs versenke, sondern die verschreckte Löwin, die sich schnell wieder erhebt.

Es sind auch keine roten Haare, an denen ich den Kopf in den Nacken ziehe, während ich die rastlose Lust befreie. Es sind diese dunklen Locken, die dieses freche Mädchen gerade versucht, zu richten, als sie aufrecht steht.

Obwohl ich den Frust an Bianca ausgelassen habe, befriedigt bin, pulsiert mein Schwanz bei ihrem Anblick gegen die Hose und schreit nach Freiheit.

Ich wische mir einmal durchs Gesicht, um Fassung zu

gewinnen.

»Guck nicht so, ich habe mich nur erschreckt«, motzt sie mich an und setzt sich an die Bettkante, weit von Sloan entfernt.

»Ich mich auch, als ich gesehen habe, wie ihr kuschelt.«

»Kuschelt? Du hast Wahnvorstellungen! Du bist wohl übermüdet.« Sie steht auf und macht eine einladende Armbewegung zum Bett. »Du darfst gerne mit deinem Freund kuscheln. Ich setze mich auf den Sessel.« Und geht zu dem, der in der Ecke des Raumes steht.

»Nein. Sloan muss eh aufstehen - Willst du ihn vielleicht wachküssen? Ihr scheint euch näher gekommen zu sein.« Den wütenden Unterton kann ich nicht vermeiden und sie schnaubt nur zur Antwort, als sie sich armeverschränkend dort hinsetzt. Kurz hebe ich die Braue und sie wendet den Blick von mir ab. Also schaue ich zu dem schlafenden Sloan.

Unfassbar, dafür, dass er auf sie aufpassen soll.

»Sloan!«, brülle ich und trete gegen einen Fuß des Bettes. Nun schreckt er auf, setzt sich und bringt seine Maske wieder in die richtige Position.

Dass er so überhaupt einschlafen konnte, mit dem Ding auf dem Kopf, ist mir ein Rätsel.

»Ich bin da!«

»Ja, das sehe ich.« Ich ziehe aus der Tasche den Zettel und reiche ihm diesen. Er liest ihn sich durch und steht endlich auf.

Geradewegs geht er auf die kleine, merkwürdige Löwin zu, nimmt sein Smartphone in die Hand und mit »Bitte Lächeln«, macht er ein Foto. »Sieht hübsch aus«. Er schaut auf sein Handy und beginnt zu tippen.

»Wozu dient das Bild?«

»Musst du nicht verstehen«, gebe ich knapp wieder und setze mich auf den Stuhl gegenüber von ihr.

»Dabei verstehe ich so viel.«

»Aha.«

»Zum Beispiel, wie das mit dem Geld gemeint war.« Darauf runzele ich die Stirn und Sloan hält inne, um sie durch die Maske anzusehen.

»Also, dass Bianca kein Geld nimmt. Aber für eine Hure habe ich dich auch nicht gehalten.«

Wow.

»Du hast Bianca gefickt?«, wendet sich mein Freund mir aufgebracht zu. »Hast du den Verstand verloren? Was meinst du, was Katy davon hält?«

Sicher nicht viel.

»Oh, noch eine Geschäftsbeglückung?«

»Was?«, sehe ich nun zu ihr und verstehe nicht ganz, was sie mir damit sagen will.

»Ist Katy noch eine Kundin von dir, die du vögelst?«

Bei diesen Worten springe ich wutentbrannt auf.

»Pass auf, was du sagst!«, brülle ich lautstark durch den Raum.

Schlag auf Schlag ist mein Puls am Anschlag und zur Not bin ich auch bereit, diesem hübschen Ding das Maul zu stopfen, wenn sie es zu weit treibt!

Umgehend stellt sich Sloan zwischen uns.

»Setz dich und komm wieder runter!«, brüllt nun er und drückt mich in den Sessel.

»Was giftet ihr euch an? Ist ja nicht auszuhalten.« Er sieht zwischen uns hin und her. Dann zeigt er auf die Löwin, die mich durchgehend auf unterschiedlichen Ebenen bis auf die Knochen reizt.

»Katy ist -«

»Niemandund das geht dich auch nichts an!«, fahre ich dazwischen.

»Oder so, ja. Und du, Trash, mach sie nicht so an, ich halte deine Anspannung kaum aus. Überleg dir lieber, wie du aus der Nummer mit Bianca wieder rauskommst.«

»Bin ich schon, habe abgespritzt!«

»Oh Gott!«, stöhnt sie auf und Sloan kichert leise.

»Na, dann hoffen wir mal, dass es reicht, um unbeschadet davonzukommen. Dass du einfach deinen Schwanz nicht in der Hose lassen kannst.«

»Sage ich das nicht sonst zu dir?«

»Ja und ich bin weg. Bringt euch bitte nicht um.« Damit geht er und ich übernehme für ihn den Aufpasser, was bei der Zicke, die da im Sessel ist, schwierig wird. Letztlich brauchen wir alle nur eine volle Mütze Schlaf, weshalb ich aufstehe und die wenigen Schritte auf sie zu mache.

»Komm, leg dich ins Bett und schlaf weiter.«

»Ich habe nicht geschlafen.« Nein, sie hat nur geträumt. Einen Alptraum, davon bin ich überzeugt.

»Leg dich trotzdem ins Bett.« Ich versuche, ruhig zu bleiben, obwohl meine Tonlage ungewollt befehlend ist. Leider bleibt sie stur sitzen.

»Ich bin nicht müde. Leg du dich doch hin.« Sie lächelt mir gespielt ins Gesicht, was mir die Geduld endgültig nimmt. Am Arm zerre ich sie in den Stand und sie beginnt, direkt mit mir zu kämpfen, während ich sie zum Bett schleife.

Unerwartet entwickelt sie enorme Kräfte, weshalb ich sogar mit beiden Händen nach ihr greifen muss. Wie eine Schlange windet sie sich aus meinem Griff, sodass ich nachgreife und ruppiger werde. Unterdessen schubse ich sie weiter. Direkt gegen die Wand. Wie von selbst umschließe ich ihre Handgelenke, presse sie über ihren Kopf und fixiere sie mit meinem Körper.

»Beruhigt dich«, hauche ich und ihr Blick nimmt mich gefangen. Nah an ihrem Gesicht nehme ich jede Reaktion in mich auf. Ihre Pupillen weiten sich und ihre Lippen öffnen sich leicht. Durch ihre schnelle Atmung drücken sich ihre Brüste an mich. In Sekunden kribbelt eine Hitze durch mich hindurch, was ich zu ignorieren versuche.

»Lass mich los«, schimpft sie leise, aber ihr Körper schreit etwas ganz anderes hinaus. Ich kann regelrecht ihren Herzschlag hören, ihren Duft in mich einatmen und werde von ihr in einen Bann gezogen, der mich verrückt werden lässt.

»Dabei willst du doch genau das hier. Und viel mehr.«

»Sicher nicht! Geh und nimm dir die Rothaarige!«

So herausfordernd, wie sie ihr Kinn reckt, wie sich mich verlangen ansieht und zugleich von mir loskommen will, trifft sie auf noch mehr Neugier in mir. Schafft es, mich von innen zu erwärmen und ein neues elektrisierendes Gefühl in mir zu wecken, welches mein Herz schwer werden lässt. Bereue sogar, Bianca gefickt zu haben, anstatt diese wilde Löwin. Bei dieser Erkenntnis lasse ich sie schlagartig los und ziehe sie von der Wand weg.

Ich brauche Abstand zu ihr. Allerdings lässt sie sich meine ruppige Vorgehensweise nicht gefallen und schubst mich weg. Erneut beginnt ein Kampf, wo ich sie zum Bett zwinge und sie sich mit allen Kräften wehrt und schimpft.

Gerade, als ich sie aufs Bett werfen möchte, setzt sie ihr Gewicht ein, bringt mich aus der Balance. Mit den Unterschenkeln treffe ich seitlich gegen die Bettkante, indessen ihre Finger sich abwehrend in meinem Shirt verheddern. Gemeinsam stürzen wir schließlich aufs Bett.

Ich finde mich auf ihr wieder.

Ihr Duft kriecht mir erneut in die Nase und ihre schnell bewegende Brust drückt sich gegen meine.

Genau zwischen ihren Beinen positioniert bemerke ich diese Kraft von ihr ausgehen, die mich lockt, Abscheuliches mit ihr zu tun. Starr liege ich, genauso wie sie, da und unterdrücke das Verlangen.

Trotzdem dürfte sie die Erektion an sich wahrnehmen und allein der Gedanke macht mich umso mehr an.

Schwerschluckend tadele ich mich selbst und denke an meine kleine Katy.

Über sie gebeugt, schaut sie durch mich hindurch. Leblos liegt sie unter mir. Die Arme neben ihrem Körper, als wäre sie tot. Nur ihre hektische Atmung zeugt von ihrer Lebendigkeit.

Ich mustere sie genauer, wackele mit der Hand vor ihrem Gesicht und schon wieder ist sie weit weg.

Haben wir ihr zu oft Chloroform gegeben und sie hat nun bleibende Schäden? Was ist mit ihr?

Das Verlangen tauscht seinen Platz mit Besorgnis und ich stehe langsam und vorsichtig auf.

Am Bettrand stehend fliegt mein Blick über den erlahmten Körper und ich entdecke, dass ihr Kleid bis zur

Bauchmitte gerafft ist. Geschockt fällt mir bei diesem Anblick die Kinnlade herunter.

Ich brauche einen Moment, um die Fassung zurückzugewinnen, und traue meinen Augen nicht, als sich mir eine Stahlhand ums Herz legt und es brutal zerquetscht.

Ich bin ja schon ein übler Sadist, foltere zum Spaß und hinterlasse gerne persönliche Markierungen, aber dieses Bild, an dieser wunderschönen Frau, ist erschreckend und trifft mich unvorbereitet.

Eine breite, dicke Narbe, die von ihrem Slip über den Bauch geht und unter dem Stoff ihres Kleides verschwindend. Einige unförmige, als wäre sie in Flammen geraten und viele kleinere, schlecht verheilte zieren wie ein helles Kunstwerk des Grauens ihre bronzefarbene Haut.

Dann trifft mich die Neugier.

Ich will wissen, wo diese Narben enden, was sich noch unter dem Kleid verbirgt, und erinnere mich direkt an Sloans Worte, als ich die bedeckten Arme sehe.

›Wer weiß, was sie versteckt.‹

Schmerz. Sie verdeckt das Leid ihrer Vergangenheit.

Automatisch lege ich zwei Finger an die Narbe, die meine linke Braue teilt, und schließe die Lider.

Tiefdurchatmend will ich mehr wissen, öffne die Augen. Noch immer liegt sie versteinert da und ihre Haut schimmert bereits leicht vor Schweiß.

Ein Alptraum. Ein Flashback.

Sie hat Höllisches miterlebt.

Deswegen ist sie so achtsam. Darum ist sie so furchtlos.

Wer hat ihr das nur angetan?

Ich ziehe das Messer heraus und kehre unauffällig aufs

Bett zurück, klettere langsam über sie, um sie nicht zu erschrecken, und beuge mich vor.

Über ihr, sodass ich mich auf ihre Beine setzen kann, um sie zu fixieren, lasse ich die Klinge aus dem Griff springen und ziehe vorsichtig den Stoff von ihrer Haut. Behutsam teile ich das Kleid.

Auf einmal kehrt sie in ihren Körper zurück, will ruckartig, mit aufgerissenen Augen aufspringen und ich setze mich auf ihre Beine, nachdem ich das Messer zurückgezogen habe.

»Leg dich hin«, befehle ich leise und ruhig. Sie schluckt und gehorcht, was mich zunächst wundert. Reglos liegt sie wieder da und legt die Arme neben ihrem Körper ab.

Dann beuge ich mich skeptisch vor und will das Kleid weiter teilen. Blitzschnell berührt sie meine Hände, um mich aufzuhalten.

»Lass mich angezogen. Du kannst das auch so tun.«

Leicht verwirrt frage ich: »Was tun?«

»Mich vergewaltigen.« Womit sie mich erneut unvorbereitet trifft.

»Tu es einfach so.«

Wie zum Teufel kommt sie denn darauf? Gut, ich sitze auf ihr und will ihr das Kleid zerschneiden.

»Ich will dich gar nicht ficken«, sage ich so, als wäre sie eine Abscheulichkeit, weshalb ich mir gegen die Stirn schlage, bei dem Ausdruck in ihrem Gesicht.

»Ah. Nein. Ich will dich schon fickenund Vergewaltigung ist eine interessante Option, falls du nicht dasselbe möchtest, aber gerade jetzt will ich dich aus diesem Kleid befreien.«

Entgeistert sieht sie mich an.

»Halt einfach still«, merke ich selbst, was für einen Blödsinn ich da rede und beeile mich.

Doch in dem Moment, als ich die zerschnittenen Hälften ausbreiten möchte, legt sie ihre Hände darüber.

»Nicht.«, bittet sie fast tonlos. Dennoch entferne ich ihre Finger, breite das Kleid aus und erstarre.

Obwohl ich schon mit einer Verformung ihrer Haut gerechnet habe, übertrifft dieser Anblick meine Vorstellungskraft.

Wie konnte sie nur so viele Verletzungen überleben?

Keine Ahnung, welches Gefühl gerade überwiegt.

Hass. Trauer. Wut. Schuld.

Sie sind unterschiedlich alt, einige dürften nicht älter als ein Jahr sein. Wiederum befinden sich darunter ältere, bleichere. Narben über Narben.

Sie wurde jahrelang misshandelt.

Das macht mich noch aufmerksamer und ich stehe auf. Sie bedeckt mit dem Stoff wieder ihre Haut, aber jetzt möchte ich ihre ganze Geschichte erkennen und beginne an ihren Füßen.

»Was machst du da?«, fragt sie mich, als ich ihren rechten Fuß anhebe und diesen genauer untersuche.

»Ich lese deine Geschichte.« Sie will ihr Bein zurückziehen, doch ich halte den Unterschenkel in festem Griff und mein Blick fällt auf ganz schwache Narben an ihrem Knöchel. Sie fallen gar nicht mehr auf, nur bei genauerem Hingucken. Sie wurde vor Jahren über einen längeren Zeitraum gefesselt. Ich lege die Hand an die Stelle und streichele mit dem Daumen über den kleinen

Farbunterschied.

»Wie alt bist?«

»Einundzwanzig.«

»Wie alt warst du, als man dich entführt hat?«

»Fünfzehn. Aber woher -«

»Jeder Körper erzählt seine eigene Geschichte, kleine Löwin. Man muss ihm nur zuhören. Falls er nicht mit dir spricht, kannst du es von der Haut ablesen.« Und sie hat eine grausame Geschichte. Eine, die ich jedem meiner Opfer erspare.

»Seit wann bist du frei?« Ich beuge mich vor und hauche ihr einen Kuss auf die längst verheilte Narbe. Ich nehme den anderen Fuß und erkenne eine ähnliche, die auf dasselbe schließen lässt.

»Ein Jahr.«

Auch dort hauche ich einen Kuss hin.

»Was tust du da?«

Meine Tour über ihren Körper geht weiter. Ich erkenne gut verheilte Operationsnarben an ihrem linken Knie.

»Eine OP?«

»Es war komplett zertrümmert.«

»Du scheinst es aber gut bewegen zu können.«

»Ich war fünfzehn. Und wurde von Spezialisten operiert und war lange Zeit in Behandlung.«

»Wer war das?« Ich küsse auch diese Stelle und gleite weiter hoch.

»Ein Toter.«

»Seit wann?«

»Vor einem Jahr.«

»Also steht das in Verbindung mit deiner Freiheit.

Deiner Flucht.« Sie nickt und ich beuge mich zu ihrem Bauch. Kuss über Kuss. Immer weiter küsse ich die verformte, vernarbte Haut und egal, wohin ich meine Lippen blind lege, ich treffe eine Narbe. Es ist ein grausames Bild und dennoch lebt sie.

Sie hat das alles überlebt.

Küssend gleite ich höher zu ihrem BH und sie streicht mir die Haare aus der Stirn.

»Warum tust du das?«

Ohne mich von ihrer Haut zu trennen, schaue ich zu ihr hinauf, treffe ihren grün leuchtenden Blick, der mir bis ins Mark fährt.

»Schuldgefühl?«

»Warum das?«

»Weil ich nicht besser bin. Weil ich von dir träume, was ich Schlimmes mit dir anstelle. Weil ich grausam bin.«

»Das weiß ich.« Ihre Finger gleiten sanft durch mein Haar und gerade verändert sich irgendetwas. Ohne den Blickkontakt abzubrechen, küsse ich mich weiter an ihr hinauf bis zu ihren Hals, wo keine Narben mehr sind, weiter über ihre Wangenknochen und schließlich beuge ich mich über ihr Gesicht.

Ihre strahlenden, smaragdgrünen Augen durchbohren mich und treffen auf meine schwarze Seele. Indessen beuge ich mich weiter runter und küsse sie.

Unsere Lippen treffen behutsam aufeinander und es ist wie eine Explosion. Elektrische Ströme bringen mein Blut zum Kochen und als sie mich gewähren lässt, ihre Lippen öffnet, bin ich dem Verderben nah. Sie geißelt mich mit ihrer neckenden Zunge, mit ihren Händen um meinen Hals und foltert mich mit dem leisen Stöhnen in meinen Mund.

An ihr werde ich zerbrechen.

Dennoch kann ich nicht von ihr ablassen. Berühre sie, wo ich kann, während ich mich mit einem Arm neben ihrem Kopf abstütze.

Ich will sie.

Jetzt!

Und anders.

Das geht aber nicht. Es funktioniert nicht. Ich kann sie nicht weiter schänden.

Trotzdem muss ich in ihr sein. Ich will ihre Wände teilen und mich in ihr versenken.

JETZT!

Als ich mein Becken vorschiebe, ihr zeige, wie hart ich bin und wie dringend ich sie will, drückt sie mich unerwartet an den Schultern zurück. Dieser stummen Bitte komme ich nach und sehe sie an.

»Ich kann das nicht«, erklärt sie. Verständnisvoll und mit harten Eiern nicke ich, hauche ihr einen letzten Kuss auf die Lippen und stehe auf.

»Zieh das Kleid komplett aus.«

Sie setzt sich auf und während ich die Decke unter ihrem Hintern herausziehe, versuche ich, nicht auf die vielen Taten, die auf ihren Armen hinterlassen wurden, zu starren. Ich streife mir die Schuhe ab, ziehe die Jeans und das Shirt aus und lege mich zu ihr ins Bett.

»Was ist mit Sloan?«, fragt sie mich, als ich sie in meine Arme ziehe und sie das zulässt.

»Der hat noch etwas zu erledigen und wird sicher dann schlafen gehen.«

»Wo?«

»Er hat ein eigenes Gästezimmer. Schlaf jetzt.« Ich küsse ihren Haarscheitel und decke uns beide zu.

Veronica

Zum ersten Mal, abgesehen von meiner Jugend, wache ich ohne Alpträume auf. Sogar beschützt.

Ich konnte mich in seinen Armen für einen Moment fallen lassen.

Doch jetzt ist der Tag wieder angebrochen.

Ich sitze im Schneidersitz auf dem Bett, ins Laken gewickelt. Als wäre nichts gewesen, als hätte sich zwischen uns rein gar nichts verändert. Als hätte er nicht etwas in mir ausgelöst, was ich noch nie gespürt habe, sitzt er im Sessel und schaut zu Sloan, der am Bettende auf seinem Handy tippt.

Plötzlich springt er auf.

»Ich wusste es!«

Mein Blick folgt seinem Affenkopf zu Trash, der ihn fragend ansieht.

»Ich wusste, dass etwas an der Sache faul ist!«

»Erläuterst du uns das?«

Sloan geht auf Trash zu und hält ihm das Handy hin.

»Es war kein Zufall, dass wir nur in diesem Motel absteigen konnten. Sie wussten es nicht. Aber es war eine Möglichkeit. Wer weiß, wie viele Motels sie noch auf dem Weg nach South Carolina observieren.«

Mit großen Augen sieht Trash auf das Display und schaut zu mir.

»Warum wirst du vom FBI gesucht?«

Was? Ich werde was?

Perplex kann ich gar nichts darauf antworten.

»Schau dir an, wann die Fahndung rausgegangen ist!«

Trash wendet den Blick von mir ab, zurück aufs Display.

»Nur eine Stunde nachdem wir den Club verlassen haben?!« Völlig entgeistert sieht Trash nun zu Sloan.

»Sie war die ganz Zeit in deren Visier.«

Sie haben mich beobachtet? Mich? Warum?

»Warum?«, fragt nun auch Trash und mit offenem Mund schüttele ich langsam den Kopf, begreife nicht, was gerade hier passiert.

Nein! Das kann nicht sein.

»Nein, das kann nicht sein!«, sage ich schließlich leicht verwirrt. »Mir wäre es aufgefallen, wenn man mich observiert.«

»Das bekommt man nicht immer mit, die Frage ist nur, warum?«

»Ich glaube ihr, Trash. Sie sieht ihre Umgebung.«

»Ich bin vorsichtig und das FBI wäre mir aufgefallen.«

»Das ist mir egal!« Trash steht auf. »Ich will lieber den Grund dafür wissen.« Und schaut zu Sloan. Schnell greife ich ein.

»Ich weiß es nicht. Ich weiß nicht, was ich getan haben soll, was ihre angebliche Beobachtung begründen würde.«

»Sloan?«

»Ja. Ich erledige das.« Er dreht sich zum Gehen um.

»Warte.«, hält Trash ihn auf. »Ihre kleine Freundin. Eine

Stunde später ging die Fahndung raus.«

»Was soll Jessy damit zu tun haben?«

Beide sehen mich merkwürdig an.

»Ihr meint, sie hat die Suche veranlasst.«

»Wäre eine Möglichkeit.«

»Und wie, bitte? Eine Vermisstenanzeige macht man bei der Polizeiund das FBI schaltet sich bestimmt nicht ein.«

Der Affenkopf mustert meine ganze Figur und sieht zu Trash.

»Hey, Löwin. Sie weiß doch von deinen Narben. Und wie sie entstanden sind.«

»Nein!« Genau das nicht. Sie weiß gar nichts. Sie ist einfach eine Person, die da ist, ohne groß Fragen zu stellen.

Trash hebt die Braue. »Ihr wohnt zusammen. Natürlich weiß sie davon. Und auch, dass ein Kartell dafür verantwortlich ist!«

Das habe ich ihm gar nicht gesagt. Also woher will er das wissen?

»Nicht alle Menschen sind dumm, Löwin. Ein paar denken auch mit.«

»Dennoch weiß sie nichts.«

»Hat sie dich nie nackt gesehen?«, mischt sich Sloan ein.

»WAS? NEIN!«, wehre ich mich schockiert. Trash sieht mich zweifelnd an. Was geht in ihren Köpfen vor?

»Wir machen keine halbnackte Kissenschlacht oder laufen nackt durch die Wohnung. Die Tür ist verschlossen, wenn ich schlafe oder mich umziehe.«

»Ist sie nie überraschend ins Bad gekommen?«

»Ähm. Selbst diese Tür kann man verschließen. Ich habe nie die Ärmel hoch gemacht und nie mit ihr darüber gesprochen. NIE! Sie weiß nichts.«

»Sie hat nie gefragt?«, will Trash wissen.

»Was sollte sie denn fragen? Wenn du nicht weißt, dass etwas vorhanden ist, kannst du danach auch nicht fragen!«

»Stimmt«, gibt er mir recht. Anhand seines Blickes versucht er dennoch, Jessy das mit dem FBI anzuhängen. Selbst wenn Jessy mal etwas von mir gesehen haben sollte, kann sie nicht auf ein Kartell schließen. Sie ist ein normales, fröhliches, hilfsbereites Mädchen und wäre eher auf die Idee gekommen, dass es ein Ex oder meine Eltern waren, als eine kriminelle Organisation zu verdächtigen.

Sloan verlässt das Zimmer und lässt mich mit dem großen, angsteinflößenden, viel zu gutaussehenden Kerl allein, der vergessen hat, wie sanft er meinen Körper gehuldigt und diesen um Verzeihung gebeten hat, ohne eine Tat begangen zu haben. Vielleicht wird das noch kommen.

Spätestens dann, wenn er mich ausliefert.

»Trash?« Ich suche seine Aufmerksamkeit, als er sich mit dem Rücken zu mir an die Bettkante setzt.

»Ja«, antwortet er, ohne sich umzudrehen.

»Wann wirst du mich ausliefern?«

»Sobald alles vorbereitet ist. Spätestens übermorgen.«

Es hat sich nichts geändert.

Da steht er auf und dreht sich zu mir um. Lange mustert er mich, ohne etwas zu sagen und ich recke das Kinn, weil mir dieser Blick nicht gefällt.

»Warum fragst du?«

»Ich dachte ...«

»Dass ich dich nicht mehr ausliefere?«

Irgendwie schon. »Ich...«

»Ah, verstehe.« Ein bitteres Lächeln legt sich auf seine Lippen. »Das ist nur eine Nummer von dir. Dein Fluchtweg.«

Er dreht sich um und ich begreife seine Worte. Er denkt, ich habe ihn gewähren lassen, damit er mich aus Emotionen heraus freilässt.

»Nein, warte!«

An der Tür bleibt er stehen und dreht sich mit vernichtendem Blick um.

»Ich besorge dir Kleidung.« Und geht.

Geschockt starre ich auf die geschlossene Tür und weiß selbst nicht, was ich denke und fühle.

Trash hat etwas in mir ausgelöst!

Trash meint, ich spiele mit ihm!

Trash ist gegangen. Wütend!

Und ich sitze betäubt da und kann in erster Linie nicht glauben, dass ich mich in seinen Armen so wohlgefühlt habe. Das Einzige, was mich ein bisschen aufmuntert, ist, dass Jessy womöglich doch etwas damit zu tun haben könnte. Vielleicht hat sie einen Typen vom FBI kennengelernt. Wenn jemand sehr überzeugend ist, dann sie. Dass sie mich einfach fallen lässt und sich nicht dafür interessiert, dass ihre Freundin entführt wurde, kann nicht sein.

Und eventuell kann sie mir sogar helfen, nicht ans Kartell ausgeliefert zu werden. Ich habe da schon eine Idee.

TRASH

Sie denkt tatsächlich, dass ich auf ihr Spiel hereinfalle. Für einen kurzen Augenblick, als sie ruhig und entspannt in meinen Armen gelegen hat, ihre warme Haut meine berührte und als sie jeden Kuss von mir erwidert hat, habe ich es fast geglaubt. Ich weiß selbst nicht, was ich mir dabei gedacht habe. Eigentlich soll sie mir auch nichts bedeuten. Sie dient einem Austausch. Was aus ihr wird, muss mir egal sein. Die Löwin ist mein Auftrag. Nicht mehr und nicht weniger.

Dennoch macht es mich wütend. Es enttäuscht mich, weil ich nie so sanft zu jemandem bin, außer zu Katy. Niemals zuvor habe ich so selbstverständlich irgendjemanden in den Arm genommen, wie die kleine Blondine, die immer mein Herz erweicht. Aber sie hat es geschafft. Diese provozierende Löwin hat mich tief berührt und jetzt stehe ich da, mit diesem Emotionsscheiß und bin mir nicht sicher, ob ich diesen Auftrag überhaupt erfüllen kann, trotz ihrer List.

»Hier, sieh dir das an.« Sloan kommt mir entgegen. Er hält mir das Display mit einer geöffneten E-Mail hin. »Das hat mir unser Informant geschlüsselt gesendet.«

Ich lese und mir wird Einiges klar.

»Sie ist eine Zeugin.«

»Ja«, bestätigt er. »Du solltest mit Bianca reden, bevor das ausartet. Jetzt sehen die Dinge ganz anders aus. Mit dem FBI an den Fersen wird der Auftrag umso schwieriger. Wir können sie nicht so schnell loswerden. Ich rufe Vincents Leute an, ob wir sie nicht direkt beseitigen sollen.«

»Nein!«, wende ich direkt bei seinen letzten Worten ein.

»Trash! Sie ist eine Kronzeugin gegen das Kartell. Das FBI wird nicht lockerlassenund das ist der einzige Grund, warum das Kartell sie haben will. Da können wir das auch selbst regeln und die Sache ist erledigt. Du bekommst Katy wieder und wir machen einfach unseren Scheiß weiter.«

»Wir töten sie ganz sicher nicht!« Wobei es selbst für sie die bessere Option ist, wer weiß, was Vincents Leute mit ihr anstellen.

»Hast du sie gevögelt, Trash? Hat sie so'ne Wunderpussy, dass du nicht mehr klar denken kannst?«

»Ich habe sie nicht angefasst«, mildere ich den Umstand ab.

»Sie ist nackt unter der Decke! Ich habe diese Maske auf, aber ich bin nicht blind!«

»Ich habe sie nicht gefickt, klar!«, brülle ich.

»Meinetwegen«, winkt er ab. »Aber es ist die einzige Option! Wir schaffen es nicht bis South Carolina. Wenn sie gegen Vincent aussagt, können sie sich denken, dass wir genau dahin fahren werden! Sie werden uns abfangen.«

»Dann müssen wir schlauer sein!«

»Super Trash, das ist nicht besser. Du weißt, was sie mit ihr machen werden, ein sanfter Tod ist besser für sie und wir wären aus der Sache raus.« Er spricht meinen Gedanken aus, aber ich kann sie nicht umbringen. Ich muss mir einiges einfallen lassen. Etwas, wobei wir alle gut davonkommen.

»Hast du die Ausweise vorbereitet?«

»Das bringt doch nichts! Sieh sie dir doch an! Wir reden hier vom FBI!«

»Hast du oder hast du nicht?«

»Ja.«

»Gut. Du besorgst ihr Kleidung. Frag Bianca, geh einkaufen. Ist mir scheißegal, wie du es machst. Ich rede mit Veronica.«

»Veronica, nicht Löwin?«

Seine Frage übergehe ich bewusst. »Sie hätte uns das sagen müssen. Sie tat so, als wüsste sie nichts vom FBI, dabei arbeitet sie mit denen zusammen.«

»Weißt du, was wirklich komisch ist?«

»Mh?«

»Warum lassen sie die Kronzeugin herumlaufen?«

Das ist wirklich eine gute Frage, da die Zeugen sonst wie Schwerverbrecher weggesperrt werden, damit sie nicht abhauen.

»Vielleicht besteht ihr Deal darin.« Ich glaube meinen Worten selbst nicht, kann mir aber darüber nicht den Kopf zerbrechen. Wir haben keine Zeit mehr.

»Geh und besorg alles. Ich rede mit ihr.«

Damit kehre ich wieder zurück und frage mich gleichzeitig, warum ich überhaupt das Zimmer verlassen habe, wenn ich noch nicht einmal meine eigentlichen Aufgaben erledige. Diese Frau zieht mich sogar zu sich, wenn es sich nicht um ihren Körper dreht.

Als ich das Zimmer betrete, sitzt sie noch immer so da, wie ich sie zurückgelassen habe. Nur ihr Ausdruck in den

Augen ist verändert.

»Du hast mir nicht gesagt, dass du eine Zeugin fürs FBI bist«, lege ich direkt los, sobald die Tür hinter mir geschlossen ist.

»Warum sollte ich dich über etwas informieren, wovon ich nichts weiß?«

»Du wirst doch wohl wissen, dass du eine Kronzeugin bist!«, werde ich gleich lauter, als sie mich versucht, mich zu verarschen! Da springt sie vom Bett auf, klammert sich ans Laken und stiert mich wütend an.

»Ich bin keine Zeugin! Ich habe mit dem FBI nichts am Hut!«

»Hör auf mit dem Spielchen! Die Information kommt direkt vom FBI!«

Sie stampft auf mich zu und vor mir stehend trifft mich ihr zorniger Blick.

»Was stimmt nicht mir dir, hä? Ist es, weil ich nicht mit dir schlafen wollte?«

»Oh, schlechte Idee, so das Thema zu wechseln!«

Mit einer Hand drückt sie mich weg. »Wir sind noch beim selben Thema! Du hängst mir etwas an, weil ich die Beine nicht breit gemacht habe, was du nicht gewohnt bist. So armselig, mir etwas vorzuwerfen, was nicht stimmt. Du lieferst mich eh aus, also was willst du noch von mir?«, zischt sie wütend und will an mir vorbei zur Tür gehen.

»Wo willst du hin? Ich bin noch nicht fertig!« Sie reizt mich bis auf Blut!

Armselig? Wirklich? Sie will es bewusst nicht zugeben, weil sie ahnt, was dann passieren wird.

»Ich suche mir Kleidung!«

»Denkst du wirklich, du könntest fliehen? Glaubst du wirklich, du bekommst auf unserem Weg eine Möglichkeit, abzuhauen?«

Sie antwortet nicht und streckt die Hand zum Türgriff aus. Mit einem Schritt bin ich bei ihr, drehe sie grob an der Schulter und presse sie gegen das Holz der Tür.

»Du hast keine Chance, Veronica! Keine Lüge der Welt kann dich retten, erst recht nicht, wenn ich die Wahrheit kenne! Es ist vorbei!«

Mit einer Hand versucht sie, mich wegzudrücken, sich zu befreien, während die andere das Laken an ihren Körper presst.

»Ich lüge nicht!«, brüllt sie und probiert, mich weiterhin zu bezwingen. Und es reicht! Diesen Kampf kann sie nicht gewinnen! Umgehend lasse ich sie mit einer Hand los und umschließe ihre Kehle. Unter meinen Fingern pocht ihr Puls und ich drücke zu.

»Du hast keine Chance!«

Zwar verändert sie ihren Blick, ich quetsche ihr aber weiter die Luft ab, sodass sich ihre Lippen leicht öffnen. Kein Ton verlässt sie und ich nehme ihr gänzlich den Sauerstoff.

Reflexartig umschließt sie mit beiden Händen meinen Arm und das Laken gleitet ihr von der gepeinigten Haut. Stockend fliegt mein Blick über ihr Körper.

Auf einmal spüre ich sie so nah. Rieche ihren Duft. Ich nehme ihre Wärme in mich auf. Und selbst ihr Puls pocht im Einklang mit meinem erweckten Schwanz.

Scheiße!

Ihre prallen Brüste, die gegen die dünne Spitze drücken

und die schnelle Atmung.

Schwer schluckend wandert mein Blick in ihr Gesicht. Erst zu diesen leuchtenden Smaragden, dann zu ihren vollen Lippen, die leicht geöffnet sind.

Scheiße!

Hitze schießt durch meine Venen. Sie entfacht dieses Verlangen, welches die Wut und die Enttäuschung auf sie verschwinden lässt und verwandelt es in einen einzigen Gedanken: Ich will sie!

Ich ziehe sie an mich und küsse sie. Explosionsartig befreit sie die Begierde in mir und ich ramme sie wieder gegen das Holz, nur, um sie mit allem, was ich habe, zu verschlingen.

Ihre Zunge umspielt meine, zieht mich in ihren Bann und ich gebe sie am Hals frei, um sie an den Hüften zu mir zu ziehen. Stöhnend schlingt sie die Arme um mich, kommt mir entgegen und krallt ihre Finger in mein Haar.

Sie macht mich wahnsinnig und ich stehe darauf.

Stehe auf ihre Lippen, die meine necken. Ihre Brüste, die sich an meine Brust drücken und ihre winzigen Finger, die nach mir schlagen, oder, wie jetzt, mir durchs Haar fahren.

Ich stehe auf ihren Duft, der mich reizt, auf diese genüsslichen Laute, die ich ihr wegküsse und auf ihren einzigartigen Geschmack, der mir den Verstand nimmt.

Zu guter Letzt stehe ich auf sie. Alles an ihr ist perfekt, treibt mich geradewegs in die Verdammnis.

Ich will sie. Muss sie besitzen. Sie muss mir gehören. Mir allein.

Als sich mein pochender Schwanz schmerzhaft gegen meine Hose drückt, meine Eier sich fest zusammenziehen, drehe ich sie an der Hüfte um, presse sie mit einer Hand am Rücken gegen die Tür und öffne den Reißverschluss. Scharf zieht sie die Luft ein, als sie meine Härte an ihrem Hintern spürt und ich ihr den Slip herunterziehe.

Und sie stöhnt auf, als ich die Finger in ihre Hüfte zwinge und mit der anderen Hand meinen Schwanz an ihre Öffnung leite.

Ein Stoß in ihre Feuchtigkeit und mein Brustkorb zieht sich zusammen. Wie im Rausch versenke ich mich tiefer in ihr. Teile ihre Wände und kriege kaum Luft bei ihrer Enge.

»Fuck!«, knurre ich, lege die Stirn an ihren Hinterkopf und halte mit beiden Händen ihre Hüfte, da wo ich sie haben will.

Immer weiter stoße ich mich in sie und sehe schon fast Sterne, weil sie sich so eng anfühlt. Verliere geradewegs den Verstand und mein Leben, so wie ich es kannte.

Stoß um Stoß kriege ich nichts mehr mit, spüre die Hitze über den Rücken bis in die Lenden fahren. Werde immer hemmungsloser, kann mich kaum noch halten und greife in ihr volles Haar, um ihren Kopf in den Nacken zu ziehen.

Die Hitze ballt sich wie eine langersehnte Erlösung zusammen, während ich mich immer schneller in sie rein hämmere.

Und ...

Verharre.

Ich stocke in dem Augenblick, als ihre Arme schlaff an ihr herunterhängen. Ihr Brustkorb zwar schnell auf und ab geht, aber ihr Gewicht gegen meine Brust lagert. Mein Blick fällt auf ihr Gesicht. Im Seitenprofil erkenne ich, dass sie wieder diesen starren Gesichtsausdruck hat, und erschlaffe in ihr.

Die Stirn platziere ich auf ihre Schulter und bleibe mit ihr so stehen. Einen langen Moment, in dem sie sich nicht bewegt und flach, aber schnell atmet. Dann lege ich die Hand an ihre Pussy, zu ihrer Klit, wo alles staubtrocken ist. Ihre Haut hingegen ist mit einem starken Schweißfilm bedeckt.

Ratlos stehe ich da, spüre meinen schlaffen Schwanz aus ihr gleiten und mir wird übel. Denn ich war in ihr, da träumt sie von einem anderen. Von etwas, was ihr widerfahren ist. Einem Missbrauch.

Sie wurde nicht nur jahrelang misshandelt, sondern auch missbraucht. Was mir nun bewusst ist und dennoch nichts an der Übelkeit ändert. Trotzdem kann ich sie so nicht stehen lassen. Deswegen schließe ich meine Arme um ihre Körpermitte und halte sie. Warte. Und überlege, was ich als Nächstes tun soll.

Stocksteif bleiben wir so, bis zu dem Zeitpunkt, wo ich aus dem Umstand heraus anfange, ihren Hals sanft zu küssen.

»Trash.« Es ist eine tonvolle Atmung, mit meinen Namen und ich verzweifele an dieser Lage.

»Es tut ...«

»Shhh.« Fester presse ich sie an mich und lasse sie nicht los. Ich will nicht, dass sie sich für etwas entschuldigt, wofür sie nichts kann. Flashbacks kann man nicht kontrollieren. Nicht aufhalten. Nicht bezwingen. Bei dem, was sie erlebt hat, hilft nicht einmal eine Therapie, nur der Tod. Trotz dieses Wissens bekomme ich ein schlechtes Gewissen, wegen der Ernüchterung, dass sie nicht an mich denkt.

Nicht mich spürt.

»Trash, es ist ...«

»Vergiss es einfach«, flüsterte ich sanft in ihr Ohr, hauche ihr einen Kuss auf die Wange und löse langsam die Arme von ihr. Ihre Wärme, sowie ihr Gewicht verschwinden von mir und es schauert kalt über meine Glieder. Rasch schließe ich wieder die Hose und lasse mir nichts anmerken.

Sie dreht sich um und ich glaube, zum ersten Mal eine ehrliche Reaktion in ihren Augen entdecken zu können. Verunsichert sieht sie mich an. Ich beuge mich herunter, um das Laken aufzuheben und es ihr anschließend über die Schultern zu legen.

»Ich spiele nicht mit dir.«

Ich nicke und schenke dem keine Bedeutung. Nicht jetzt. Auch nicht irgendwann.

»Sloan besorgt dir gerade Kleidung. Wenn er wieder da ist, müssen wir aufbrechen. Bis dahin, geh duschen.« Ich zeige auf das angrenzende Bad. »Ich muss noch etwas erledigen, dauert nicht lange.«

Nun nickt sie und geht schweigend zum Bad. Ich schaue ihr dabei zu, wie sie hinter der Tür verschwindet, und verlasse dann selbst den Raum. Schließlich muss ich für alles eine Lösung finden und brauche dafür leider auch die Hilfe von Bianca.

Veronica

Ah! Es ist so ... peinlich. Unangenehm. Wieso passiert das nur?

Er fühlte sich so gut an und dann ...

Dann kam er ... Das Monster.

Zwar muss ich mir den Kopf darüber zerbrechen, wieso er denkt, ich würde mit dem FBI zusammenarbeiten, allerdings ist das Gefühl zwischen meinen Beinen zu gegenwärtig. Trash war in mir und es fühlte sich an, als wäre ER es. Und das will ich nicht.

Durch Trash wurde ich feucht, niemals durch ihn.

Lange prasselt das Wasser auf meine Haut und obwohl ich mir nichts aus Männern mache, löst Trash etwas Intensives in mir aus, was mir jeden Schmerz der Vergangenheit nimmt.

So, wie er mich angesehen hat, habe ich wirklich keine Chance. Fluchtmöglichkeiten zu Genüge, aber bei ihm habe ich mir durch die Erinnerung alles versaut.

Nach Liebe oder einem Mann habe ich seit *ihm* nicht mehr gesucht. Wollte mich auch immer davon distanzieren und doch habe ich jemanden gefunden, der mich berührt. Der mich wollte, trotz meiner Hässlichkeit. Und jetzt ... ist alles anders.

Ich will das aber nicht.

Ich will Trash.

Nur er gibt mir dieses warme, kribbelnde Gefühl.

Es klopft an der Tür und ich schrecke auf. Da sie abgeschlossen ist, schalte ich das Wasser ab und greife nach einem Handtuch. Nachdem ich es mir umgebunden habe, öffne ich triefendnass die Tür.

Trash schaut an mir herunter und zeigt mit dem Daumen hinter sich.

»Sloan hat dir die Sachen schon aufs Bett gelegt. Sie sind von Bianca und könnten etwas ...« Er erfasst meine Brüste in seinen Blick und ich beiße die Zähne zusammen, bei dem Gedanken, er vergleiche meinen Körper mit Biancas. Die Frau, die er erst gevögelt hat. Was ich beobachtet habe. Argh! »Zu klein sein, aber wir haben keine Zeit, um shoppen zu gehen.«

»Schön.« Meine Eifersucht und das Bild, welches sich gerade vor meinen Augen formt, sind unmöglich zu unterdrücken. Forschend mustert er mich eingehend und ich atme tief durch, um dieses fiese Gefühl zu bezwingen.

»Danke.«

»Beeilst du dich?«

»Ja.«

»Du bist schon sehr lange im Bad.«

»Ja. Ich komme jetzt.«

Noch immer sieht er mich abschätzend an und ich seufze. Ich will ihm nichts Böses. Ich will ihn und mache es gerade nicht besser. Spontan überkommt mich eine Idee und ich kneife die Augen zusammen, als ich die Tür einladend ganz öffne. Und schaue zu ihm auf, als sich nichts tut. Verwirrung steht in seinem Blick geschrieben.

»Magst du reinkommen?«, flüstere ich viel zu unsicher, weil ich so etwas nie zuvor freiwillig gemacht habe.

»Warum?« Skeptisch betrachtet er mich. Ich räuspere und nestele mit den Fingerspitzen am Handtuch.

»Komm einfach rein, okay?!«

Er folgt dieser Mischung aus Bitte und Befehl. Hinter ihm schließe ich die Tür und, während er mich fortlaufend misstrauisch mustert, versuche ich, nicht vor Nervosität auszurasten.

Mit schwitzigen Händen lasse ich das Handtuch los und von meinem Körper gleiten. Mit einer gehobenen Braue betrachtet er meine vollkommen nackte Haut.

»Veronica.« Er atmet es aus, als wolle er mir unmissverständlich klarmachen, dass er mich nicht will. Aber er will das hier, ebenso wie ich.

»Shhh«, mache ich, diesmal mit einem Finger auf den Lippen und schreite zu ihm. Genau vor ihm gehe ich ihn die Knie und lege die Hände an seine Hose.

»Nicht.« Er umschließt meine Handgelenke. »Tu das nicht. Zieh dich an und wir vergessen alles.«

»Ich will aber nichts vergessen.«

»Du bist noch nicht so weit.«

»Doch.« Darüber bin ich mir noch nicht sicher. Aber ihn will ich mit Sicherheit und ihn nicht an meine Vergangenheit verlieren. Deswegen löse ich mich aus dem Griff und öffne seine Hose. Ich befreie sein halberigiertes Prachtstück und schlucke, weil er genauso groß ist, wie es sich angefühlt hat, als er in mich eingedrungen ist.

Er saugt tief die Luft ein, als ich mit der Zunge seine

ganze Länge nachfahre. Zwar zittern meine Hände vor Aufregung, weil ich das nie zuvor freiwillig gemacht habe, aber ich konzentriere mich ganz auf ihn und seine härter werdende Erektion. Ich lecke die Spitze und nehme ich ihn in mich auf. Genau in den Moment greift er mir ins Haar, lässt mir jedoch die Kontrolle. Immer tiefer und fester sauge ich, spüre, wie er in meinen Mund weiter anschwillt und seine stoßweise Atmung bekräftigt mich, intensiver fortzufahren.

Sein Knurren sorgt dafür, dass ich währenddessen zu ihm aufschaue und ich spüre eine gewaltige Hitze, als mich sein verlangender Blick trifft. Automatisch bildet sich zwischen meinen Schenkeln eine zuckende Feuchtigkeit und ich befriedige ihn leidenschaftlicher. Lasse zu, dass meine Bewegungen sich mit meinem stärker klopfenden Herzen verbinden, und spüre selbst wieder diese unbeschreibliche Begierde, ihn überall an mir fühlen zu wollen.

»Oh, kleine Löwin«, brummt er und legt den Kopf genießerisch in den Nacken, um mich kurz darauf wieder zu betrachten. Mir zuzusehen, wie seine Härte zwischen meinen Lippen verschwindet. Seine ganzen Muskeln spannen sich an und etwas Dunkles huscht ihm übers Gesicht. Dann übt er Druck auf meinem Hinterkopf aus, beginnt mich zu führen und sein Becken schiebt sich vor.

Animalisch drängt er sich in mich, während ich mich selbst bewege. Er wird immer schneller und drückt sich mir in die Kehle, sodass sich automatisch einzelne Tränen lösen. Dennoch genieße ich es und bereitet mir sogar Vergnügen, das Zucken in meinem Mund zu spüren.

»Fuck!«, stöhnt er kurze Zeit später auf und ich schmecke ihn. Stoßweise pumpt sich sein Saft in meine Kehle, auf meine Zunge und in meinen ganzen Mund.

Sanfter sauge ich weiter, gleite mit den Lippen an seiner Länge entlang und er brummt zufrieden auf. Weiterhin steht er wie eine Eins.

Lächelnd schaue ich zu ihm auf, als meine Zunge anhaltend das Spiel an seinem noch immer harten Glied fortführt. Was ihm ein weiteres Brummen entlockt.

Plötzlich packt er mich an den Oberarmen, zieht mich in den Stand. Überrascht gebe ich einen spitzen Schrei von mir, als er mich unerwartet am Hintern hochhebt. Wie selbstverständlich schlinge ich die Beine um seine Taille und im nächsten Moment drückt er mich gegen die Wand.

»Scheiße, ich will dich so sehr«, raunt er dunkel und kann mir damit ein Lächeln abgewinnen. Er positioniert seine Härte an meiner zuckenden Mitte und ich atme tief ein, als er sich in mich rammt. Eine einzelne, langanhaltende Explosion verbrennt mich, als er sich in mir bewegt. Mich dehnt. Mich aufspießt. Ich kralle die Fingernägel in seine massige Schulter, stöhne ihm ins Ohr und spüre diese ...

»Schrei!« Und ich kann es doch nicht. Habe keine Kraft mehr. Das Seil schneidet in meine Haut, durchs Körpergewicht. Als würden mir jeden Moment die Arme vom Körper abreißen, weil sie dem Druck nicht länger standhalten, und lasse ich den Kopf hängen.

»Schrei, Puppe!« Ich kann nicht. Kann nicht atmen. Fühle nur diesen Schmerz.

Fester, schneller drückt er den harten Gegenstand in mich. Wenn ich sehen könnte, womit er mich schmerzvoll penetriert, würde ich schreien. Bestimmt. Denn dieser Mann ist abscheulich grausam. Kennt keine Grenzen. Für ihn ist es eine Vorbereitung. Für mich ein Schmerz, der mich innerlich verletzt. Ich will mich wehren. Will kämpfen und schaffe es nicht. Längst habe ich keinen Boden mehr unter den Füßen. Früh hat er ihn mir genommen, als er mich an den Armen in die Luft gezogen hat. Und jetzt, nach Schlägen und Schnitten, die Pein an meiner Mitte, gebe ich auf.

Lasse mich hängen, während die Tränen zu unzähligen über die Wangen rollen. Es tut einfach so weh. Ich habe kein Gefühl mehr in den Armen, aber ein intensives zwischen meinen Schenkeln. Als würde er mich mit diesem Teil aufspießen. Mich von innen töten wollen.

Warum nur?

»Veronica.«

Ich bin hier. Hier in der Villa einer rothaarigen Frau namens Bianca und Trash ist bei mir.

Nein! Schon wieder sind die Erinnerungen zurückgekehrt und Trash ist nicht mehr in mir. Ich bin auch nicht mehr in seinen Armen, sondern liege im Bett. So schrecklich waren die letzten Gedanken nicht. Sonst habe ich immer noch die Umgebung wahrgenommen. Nur jetzt bin ich so immens überfallen worden, dass ich nicht mitbekommen habe, wie Trash mich aus dem Bad hier aufs Bett gelegt hat.

Sein mitfühlender Blick schneidet mich schmerzhaft und ich wünschte, zu wissen, was ich sagen kann, um die gegenwärtige Lage nicht zu verschlimmern.

Ich bin kaputt. Zerstört von ihm.

»Ich ...« Ich weiß nicht, was ich sagen soll.

»Schon gut. Beruhige dich und zieh dich an.« Er beugt sich vor, küsst meine Stirn und sieht mich kurz mit einem undurchsichtigen Blick an. Er verlässt den Raum und gerade, als er die Tür schließt, springe ich auf.

»Warte, geh noch nicht!«

Es öffnet sich nur einen Spalt und seine Stimme prallt wie ein Schlag auf mich.

»Hast du dich mal gefragt, ob dein Leben überhaupt lebenswert ist?«

Er wartet keine Antwort ab, ich hätte ohnehin darauf nichts zu sagen. Es schockt mich nur. Die Situation, wie auch seine Worte. Dabei habe ich darüber schon nachgedacht.

Ja, ist es.

Nur gerade fühlt es sich nicht so an.

Um mich nicht damit auseinandersetzen zu müssen, stehe ich mit flauem Magen auf und ziehe die Unterwäsche, Jeanshose und auch das weiße Shirt, welches auf dem Bett liegt, an. Im Zimmer selbst hängt ein kleiner Spiegel, in dem ich mich und meine zerzausten Locken begutachte. Mit den Fingerspitzen versuche ich, die Haare zu richten und durchzukämmen. Da entdecke ich auf einer Kommode ein schwarzes Plastikkästchen. Neugierig nehme ich es in die Hand und öffne es.

Eine Spritze und ein kleines Fläschchen. Letzteres hole ich heraus und betrachte die durchsichtige Flüssigkeit, suche verzweifelt das nicht vorhandene Etikett oder einen anderen Hinweis, was es genau ist.

Ein kalter Schauer fliegt mir über den Rücken und ich

erzittere. Waren seine Worte ein Wink? Will das Kartell mich doch nicht mehr lebend? Wäre es nicht dumm, den Beweis, mich töten zu wollen und gleichzeitig das Instrument dafür hier offensichtlich für mich liegen zu lassen?

Für so dumm halte ich ihn nicht.

Deswegen lege ich das Fläschchen zurück. Es ist nicht wichtig, was es damit auf sich hat. Ich muss nur die Flucht ergreifen, muss meine Idee umsetzen und untertauchen. Bei Trash habe ich keine Chance mehr. Ich habe ihn spätestens nach dem letzten Versuch verloren. Falls ich jemals eine Chance bei ihm hatte und nicht eine von vielen Eroberungen für ihn war.

TRASH

Im Salon bei Bianca kann ich das Geschehene vergessen und bin erleichtert, dass zumindest unsere Versicherung und meine Planänderung funktionieren. Der kleine außerplanmäßige Fick mit ihr hat dem keinen Abbruch getan. Sie ist professionell genug, um das nicht überzubewerten. Länger als erwartet haben wir alles gemeinsam geplant und auch wenn Sloan schmollend in der Ecke sitzt, stimmt er allem zu.

»Ich verstehe nicht, warum das Kartell sich nicht mit uns einigen möchte und sie lebend ankommen soll.«

»Das ist nicht wichtig, Sloan. Wenn das FBI sie bekommt, stirbt sie und das reicht Vincent.«

»Und wofür sorgen wir? Dass das FBI sie bekommt oder eben nicht?«

»Irgendwie beides.« Darüber muss ich sogar schmunzeln.

»Habt ihr darüber nachgedacht, ob mehr dahintersteckt als die Tatsache, dass sie gegen ihn aussagen soll?«, fragt uns Bianca und regt mich zum Nachdenken an.

»Das ist gut möglich. Sie war zig Jahre in Gefangenschaft. Die meiste Zeit womöglich bei ihm.«

»Vincent ist sehr ...« Bianca sucht das passende Wort.

»Leidenschaftlich.« Und hat es anscheinend nicht gefunden. »Ja, genau. Man kann das Leidenschaft nennen.«

»Echt? Das ist das richtige Wort?«

Sloan lacht auf und schüttelt den Kopf.

»Sein Besitz bleibt bekanntlich auch sein Besitz«, erklärt sie vage. Nichtsdestotrotz müssen wir los. Ihre Worte behalte ich jedoch im Hinterkopf.

Gemeinsam mit Sloan verlassen wir den Salon und holen die Löwin ab, die wartend auf der Bettkante sitzt. Folgsam und schweigend verlässt sie mit uns die Villa und ich weigere mich, über uns nachzudenken.

Unerwartet, auf der letzten Stufe der Außentreppe zur Einfahrt, gerät sie ins Stolpern, stößt gegen mich. Reflexartig bekomme ich sie zu greifen und bewahre sie vor einem Sturz. Mit großen Guckern sieht sie zu mir auf und blinzelt mehrfach. Ihre besondere Wärme gleitet zu mir rüber und ihre grünen Augen locken mich in ihren süßen Bann. Schwerschluckend bringe ich sie in den Stand und besinne mich meiner Aufgabe.

»Danke«, flüstert sie, was ich bewusst ignoriere und auf unserem neuen fahrbaren Untersatz, gesponsert von Bianca, zusteuere. Ich setze mich hinters Lenkrad, während Sloan sie auf den Rücksitz schiebt, um sich dann auf den Beifahrersitz zu setzen.

Die Stille im SUV ist erdrückend. Selbst mein bester Freund verhält sich ungewöhnlich ruhig. Ob unser Plan aufgeht, ist sehr fragwürdig. Ich werde aber weder Katy zurücklassen noch einen Krieg auslösen.

Wir fahren bereits einige Stunden, als ihre Stimme die Stille zerschneidet.

»Ich müsste auf Toilette.«

»Halte es auf.«

»Das tu ich schon die ganze Zeit.« Ich schaue in den Rückspiegel und bemerke ihr Gezappel. Seufzend halte ich Ausschau nach einer Tankstelle und sehe auch schon ein Schild, welches diese ankündigt.

»Gut.«

Kurz darauf lenke ich den Wagen auf den Vorplatz der Tankstelle, parke und steige aus. Nachdem ich sie rausgelassen habe, folge ich ihr auf Schritt und Tritt. Wenn sie dachte, ich lasse sie allein und womöglich abhauen, hat sie falsch gedacht. Anscheinend muss sie aber wirklich die Toilette aufsuchen. Denn sie ist über meine Nähe nicht überrascht. Wir betreten den Laden und sie schaut sich gleich nach dem Damen-WC um. Sie zeigt es mir sogar und ich nicke. Schnell verschwindet sie hinter dieser Tür und ich warte gleich davor.

Es dauert keine fünf Minuten, da kommt sie mit einem Lächeln heraus.

»Danke, das war echt knapp.«

Erneut nicke ich und will wieder gehen, da hält sie mich am Arm fest.

»Kaufst du mir noch Süßigkeiten? So als Henkersmahlzeit?« Erwartungsvoll sieht sie zu mir auf und ich suche in ihren Zügen die Verschwörung. Ihre Worte kann sie nicht ernst meinen.

»Komm schon, ich habe noch nichts gegessen und wir fahren noch mindestens zwei Stunden bis South Carolina.«

Sie weiß, wo wir sind. Es ist ihr bewusst, wohin ich sie bringen werde. Dennoch steht sie fieberhaft vor mir und wartet auf eine zufriedenstellende Antwort. Angestrengt überlege ich, was dahintersteckt. Was übersehe ich?

Mit Süßigkeiten kann sie sich sicher nicht befreien. Falls es jedoch ein Ablenkungsmanöver wäre, hätte sie die Toilette dafür benutzt und wäre aus dem Fenster geflüchtet. Also was geht hier vor?

Wobei sie wirklich Hunger haben müsste. Habe ich ja auch.

Schließlich mache ich eine drehende Handbewegung und sie überrascht mich, als sie sich an mir hochstreckt und mir die Wange küsst.

»Danke.« Sie strahlt mich so an, dass mein Herz sich zusammenzieht. Schon rennt sie durch die Regale und krallt sich Schokolade, Chips und Weingummi. Fast lache ich, weil sie sich so ungewöhnlich fröhlich verhält, als hätte ich ihr gerade einen Herzenswunsch erfüllt.

Vollbepackt kommt sie zur Kasse und ich lache, weil man kaum ihr Gesicht sehen kann.

»Bin so weit.«

Sie wird wohl eher an einem Zuckerschock sterben als durch Vincent oder mich.

Der Angestellte scannt alles ein und ich greife zur Tasche, um meine Geldbörse herauszuholen. Doch greife ins Leere. Verwundert suche ich alles ab.

»Sag nicht, du hast kein Geld dabei!« Geschockt sieht sie mich an und ich suche weiter, ohne ihr eine Antwort zu geben.

»Oh nein! Dann frag Sloan! Ich brauche etwas für meine Nerven. Bitteee!« Das letzte Wort zieht sie lang und ich schüttele lächelnd den Kopf.

»Nein, es ist mir sicher aus der Tasche gefallen. Ich gehe kurz zum Auto.« Als ich das ausspreche, sehe ich sie misstrauisch an. »Und du bleibst, wo du bist!«

»Jawohl!« Breit grinsend salutiert sie und bringt mich zum Schmunzeln. Dennoch traue ich dem Ganzen nicht und behalte sie mit vielen Schulterblicken im Auge. Am Auto stehend erkenne ich, dass sie mit dem Mitarbeiter spricht, was mir nicht gefällt und ich bin froh, die Geldbörse am Rand des Sitzes zu sehen. Sloans Frage, was los ist, ignoriere ich und halte nur das schwarze Leder zur Antwort hoch.

Sie plant nichts. Denn sie konnte schlecht wissen, dass mir das Portemonnaie aus der Tasche fällt. Dennoch fixiere ich sie, während ich zügig zurückkehre.

Schnell bezahle ich. Der Tankwart zeigt kurz auf uns, während er alles in eine Tüte packt.

»Ihr seid ein süßes Paar.«

»Wir sind ...«

»Ja, das sind wir!«, unterbricht sie mich und überrascht mich, als sie auch noch meinen Arm umschlingt und die Wange lächelnd an meinem Oberarm presst.

Was geht hier nur ab?

Schweigend nehme ich die Tüte und als ich mich umdrehe, nimmt sie meine Hand und verschränkt unsere Finger.

»Tschüss, schönen Tag noch«, trällert sie übertrieben glücklich, winkt mit der freien Hand und gemeinsam schlendern wir aus dem Laden. Kaum sind wir draußen, erklärt sie: »Er fand es komisch, dass du direkt vor der Tür gewartet hast. Ich habe ihm gesagt, dass du mein Freund

und sehr besitzergreifend bist. Das war doch hoffentlich in deinem Sinne, oder?«

»Hättest du das nicht ausnutzen sollen, um zu fliehen?«

»Damit du mich an der nächsten Ecke wieder einsammelst und mich dafür bestrafst? Nein, danke. Ich habe keine Chance, schon vergessen?«

»Warum glaube ich dir das nicht?«

Am Wagen angekommen öffne ich ihr die Tür und sie lässt meine Hand los. Mit einem merkwürdigen Blick trifft sie meinen.

»Es sind die letzten gemeinsamen Stunden, Trash. Das, was passiert ist ...« Sie schaut nach unten und ich öffne den Mund. Doch genau dann blickt sie wieder auf und trifft mich mit einem schmerzhaften Blick.

»Es tut mir leid«, sagt sie so bedeutsam, dass ich jede einzelne Silbe im Herzen spüre. Mein Mund wird ganz trocken und mir fehlen die Worte.

Schließlich schweige ich und schließe die Tür. Mit einem schrecklichen Gefühl, was ihr widerfahren wird, setze ich mich und starte den Wagen.

Wir fahren weiter und mit jeder vergehenden Minute zweifele ich an meinem Plan. Was ist das Beste für sie? Wo liegen die Prioritäten? Was kann ein Mensch ertragen?

Ich weiß es nicht.

Planmäßig halten wir eine Stunde vor dem Übergabeort in einer Seitengasse, wo Sloan bereits erwartet wird. Wir liegen gut in der Zeit. Alles läuft so, wie ich geplant habe und dennoch befriedigt mich die Lage nicht. Nicht das übliche Adrenalingefühl bewirkt meine Anspannung. Es ist die ruhige Löwin, die nichts von den Süßigkeiten gegessen hat. Selbst ihre Anstrengung ist für mich spürbar.

»Macht keinen Unsinn. Das kann etwas dauern«, erklärt Sloan, als er aussteigt.

Zur Bestätigung nicke ich und schnalle mich ab. Ich lehne mich zurück, presse den Kopf an die Lehne und versuche mit geschlossenen Augen, die Gedanken zu verdrängen, was ich ihr antun werde.

»Trash?«, flüstert sie und ich ignoriere es.

»Trash.« Ein Hauch. Eine Bitte. Ein kleiner Stich in meinem Herzen.

»Ja.«

»Was macht Sloan?«

»Er holt etwas ab.«

Endlich Stille und ich schaue in die innere Schwärze meiner Seele.

»Trash.« Ich atme tief durch, lasse die Augen geschlossen und höre kurz darauf, wie sie sich abschnallt.

»Die Kindersicherung ist drin, du kannst nicht ...« Doch die Geräusche und die Bewegung neben mir sorgen dafür, dass ich stoppe und die Augen öffne. Schon ist sie von hinten über die Mittelkonsole geklettert und überrascht mich, als sie plötzlich rittlings auf meinem Schoß sitzt.

Überrumpelt schaue ich sie an und sie legt mir ihre Hände an die Wangen.

»Es tut mir wirklich leid.« Dann küsst sie mich.

Sie küsst mich zärtlich, gefühlvoll, sodass ich meine Arme um sie lege und sie näher an mich drücke.

Ergebenheit, Zuneigung und unwirkliches Verlangen liegt in diesem Kuss und macht mich wahnsinnig. Ich halte mich zurück und dennoch werden ihre Lippen, ihre Berührungen und auch ihre Zunge leidenschaftlicher. Sie beginnt, ihre Hüften auf mir zu bewegen, reizt mich und reißt mich fort. Fest halte ich sie an mich gepresst und kriege kaum noch Luft.

Auf einmal löst sie sich von mir und dreht sich auf meinem Schoß. Ihre Beine stellt sie im Fußraum zwischen meine und ...

»Was machst du da?«, frage ich, als sie sich aufrichtet und die Hose samt Slip herunterzieht.

»Mach deine Hose auf.« Dem komme ich schleunigst nach. Zwischen ihren Schenkeln umschließt sie mit ihren winzigen Händen meinen Schwanz und führt ihn an ihre verdammt feuchte Pussy.

Scheiße!

Mir stockt der Atem und ...

»Fuck!«, knurre ich, als sie sich auf meinen Schwanz setzt und stöhnt. Ich lasse sie, traue mich nicht, sie zu berühren, und genieße einfach, als sie anfängt, sich auf mir zu bewegen. Anmutig lässt sie ihre Hüften kreisen, wimmert, als sie meinen Schwanz tiefer in sich aufnimmt und beginnt, mich hemmungslos zu reiten. Fassungslos und komplett aufgegeilt von diesem Gefühl und der Überraschung entgleitet mir nur stoßweise der Atem. Ich dehne sie und spüre, wie feucht sie wird. Klatschend lässt sie sich auf mich herab, härter und lauter.

Mit der einen Hand krallt sie ihre Finger in meinen Oberschenkel, mit der anderen hält sie sich an der Türarmatur fest und fickt mich.

Sie, die kleine Löwin, fickt mich hemmungslos und

überwältigt mich mit jeder Bewegung, mit jeder Reibung und mit jedem Laut.

Knurrend kann ich es nicht mehr aufhalten, umschließe ihre Hüften und hebe ihr mein Becken entgegen. Sie wird lauter und der Wagen wippt. Dennoch verliert sie sich nicht in ihre Träume, in ihrem Schmerz und ist vollkommen bei mir.

Ihre zuckenden Wände, diese triefend nasse Öffnung ...

Die Hitze kriecht mir geladen das Rückgrat hinunter und lässt meine Eier zusammenziehen. Dann krampft ihre Pussy so dermaßen zusammen, dass ich explodiere.

Erleichtert, mit einem ungewohnten Glücksgefühl, pumpe ich alles in sie und sie lässt sich schweratmend auf mir zurückfallen. Ich schlinge die Arme atemlos um sie und küsse ihren Hals.

»Was war das denn?«, hauche ich ungewöhnlich erschöpft.

»Ich habe mich verabschiedet«, flüstert sie und rammt mir damit einen Pfahl durchs Herz. Ich verliere mich in einem nie dagewesenen Schmerz und bleibe starr sitzen. Auch, als sie meine Arme wegschiebt, ihre Hose anzieht und wieder nach hinten klettert.

Es vergeht ein langer Augenblick, in dem ich mich frage, was ich hier eigentlich tue. Schließlich schaffe ich es, meine Hose zu schließen, mit dem schlimmsten Gefühl aller Zeiten. Ich sehe Sloan aus dem Haus kommen und sie schafft es noch im letzten Moment, alles zu verschlimmern.

»Ich habe Gefühle für dich.«

Veronica

Ich weiß nicht, was ich mir dabei gedacht habe, ihm das zu sagen. Aber ich war so überflutet, dass ich zum ersten Mal in meinem Leben einen Orgasmus erlebt habe, dass ich es aussprechen musste. Ich bin mir noch nicht einmal sicher, ob es Liebe ist. Nur, dass er mir etwas bedeutet, obwohl er mich ausliefert. Vielleicht liegt es aber auch daran, dass ich nicht weiß, ob mein Plan aufgeht und Jessy überhaupt die Möglichkeiten hat, mir zu helfen. Nein. Da belüge ich mich selbst. In dem Moment, als ich vor ihm auf die Knie ging und mich bewusst entschieden habe, wusste ich bereits, dass ich etwas für ihn empfinde. Nur habe ich keine Ahnung, wann genau die Gefühle kamen. Woher. Und warum. Aber sie sind ohne Zweifel vorhanden. Umso wichtiger ist es, das auch auszusprechen.

Meine letzten Worte, bevor ich sterbe.

Bewusst habe ich gewartet, bis Sloan in Reichweite ist. Denn eine Reaktion von ihm musste ich mir ersparen.

Zum Glück reagiert er auch nicht. So, als habe er das nicht gehört. Und das ist im Augenblick auch besser so. Doch als er aussteigt und zu mir kommt, wird mein Herz ganz schwer. Schweigend nimmt er meinen Arm und sieht mich durchdringend an. Mit der anderen Hand holt er ein schwarzes Kästchen heraus und ich ahne, dass es das aus dem Zimmer ist. Ich werde bestätigt, als er es mit dem Daumen öffnet.

»Es muss sein.«

Wenn ich sterbe, dann lieber durch seine Hand als durch dieses grauenhafte Kartell. Deswegen lasse ich zu, dass sich sein Griff löst, er den Ärmel hochschiebt und die Spritze mit dem Unbekannten aufzieht.

»Ich will das nicht, Veronica.« Tief sieht er mir in die Augen. »Ich wünschte, es gäbe eine andere Möglichkeit.«

»Schon gut.«

Er runzelt die Stirn, weil er sicher mit einer Gegenwehr gerechnet hat. Aber lieber so als weitere qualvolle Jahre. Den Blick von ihm abgewandt schließe ich die Augen und die Nadel bohrt sich schmerzhaft durch meine Haut. Kälte zieht meinen Arm hoch und als ich die Augen wieder öffne, zieht er die Spritze zurück und schiebt meinen Ärmel wieder runter. Schweigend setzt er sich hinters Steuer.

»Wir sind gleich da.«

Ja, das weiß ich, aber will er mich tot übergeben? Weil er weiß, was mich erwartet?

Ich schaue aus dem Fenster, merke noch keine Wirkung, sehe aber, dass wir gleich an den Punkt kommen, wo Jessy mich vor einem Jahr aufgelesen hat. Enttäuscht, dass ich bis auf die dunkle Ferne nichts erkennen kann, lehne ich mich zurück.

Es ist eh zwecklos, da das Gift sich in meinen Venen ausbreitet und mich gleich töten wird.

Plötzlich ein lautes Dröhnen, blaue und weiße Lichter

und ...

»Scheiße! Was ist das denn?«, brüllt Trash. Schnell richte ich mich auf, schaue gegen das helle Licht nach draußen und der Wagen stoppt. Überall tauchen SUVs auf, blockieren die Weiterfahrt. Immer mehr erscheinen aus der Versenkung. Wir sind komplett eingekesselt. Kein vor und zurück.

»Kommen Sie mit erhobenen Händen raus!«, dröhnt eine Männerstimme durch einen Lautsprecher.

»Fuck, was ...«

Stillschweigend, mit pochendem Herzen, sehe ich dabei zu, wie Sloan und Trash sich kurz ansehen und aussteigen. Ich kann nichts mehr sehen, das Licht blendet mich nun direkt. Kurz darauf wird die Tür aufgerissen und ein uniformierter Mann reißt mich am Arm heraus. Ich versuche geschockt, Trash zu suchen, sehe ihn aber nicht, werde nur geblendet. Dann werde ich in einen Lieferwagen gedrückt und ...

sehe Jessy.

Sie hat meine Botschaft bekommen. Es hat funktioniert!

Ich fasse es kaum.

Sofort zieht sie mich in ihre Arme und noch immer perplex, dass meine Botschaft sie erreicht hat, lege ich langsam meine um sie.

»Du musst gegen Visser aussagen, dann wirst du beschützt«, flüstert sieund mitten im Schock ziehe ich mich von ihr zurück.

»Was ...« Dann fällt mir ihre Kleidung auf.

»Du musst gegen ihn aussagen. Gegen Visser. Dann kommst du vielleicht ins Zeugensch ...«

Was sagt sie da?

Mein Blick wandert an ihrer Kleidung entlang. Ihrer eindeutigen Berufsbekleidung!

Draußen geht ein Getümmel los. Schüsse sind hörbar, was mir in meiner derartigen Lage weit weg vorkommt.

»Du arbeitest fürs FBI?«, brülle ich schockiert und mir wird schwindelig.

»Ja. Ich sollte eine Vertrauensbasis zu dir aufbauen, aber dafür haben wir jetzt keine Zeit...Hörst du es nicht?«

Mir wird richtig schwindelig.

Ich sehe, wie ihr Mund sich bewegt, aber in meinen Ohren rauscht es. Unvermittelt sehe ich sie doppelt und ...

Ich kann mich nicht mehr halten, meine Glieder erschlaffen und mein Puls pocht lautstark in meinen Ohren.

Es pfeift und so sehr ich mich anstrenge, ich kann sie nicht mehr sehen ...

Sie verschwimmt ins ...

Schwarze ... Alles wird um mich herum schwarz und ...

TRASH

Gerade als ich zu Sloan sehe, während ihm und mir die Handschellen angelegt und uns die Rechte vorgelesen werden, ertönen Schüsse.
Von allen Seiten ertönen Maschinengewehre und rasch lege ich mich, wie Sloan, auf den Boden. Durch den hohen Schusswechsel schaffe ich es, abwartend hinter einen SUV in Deckung zu gehen.

Ein lautes Getöse und viele weitere Schüsse fallen, bis nach viel Rauch Ruhe einkehrt.

Autos fahren weg, flüchten vor der schweren Munitionen, lassen uns hier im Rausch des aufkommenden Nebels.

Jetzt ist es ruhig. Viel zu ruhig.

Ich sehe mich um, sehe die letzten Agenten aus dem Wagen, wo sie die Löwin gefangen halten, hinauslaufen, zu einem anderen Wagen, der nun auch wegfährt.

»Trash?«, ruft Sloan und ich gehe aus der Deckung. Männer mit Maschinengewehren stehen über leblosen FBI Leuten und ein Jaguar bahnt sich seinen Weg vor. Unschlüssig, was hier los ist, kommt plötzlich ein bewaffneter Mann zu mir und löst mir die Handschellen.

Ich kenne ihn nicht und zu Bianca gehört er sicher auch nicht.

Die Tür des Jaguars öffnet sich und Vincent steigt aus.

»Hallo, meine Freunde.« Er kommt mit offenen Armen auf uns zu und ich will ihm direkt eine reinhauen.

»Sagt, wo ist meine Frau?«

»Hier!«, ertönt es von hinten und als ich mich umdrehe, trägt ein Mann meine kleine, leblose Löwin zu uns. Auf den ersten Blick bleibt mein Herz stehen, so wie sie an seinen Armen herunterhängt. Diese Schweine haben sie zurückgelassen.

Auf den zweiten sehe ich kein Blut und atme auf.

»Was ist mit ihr?«, klingt Vincent besorgt. Sollte er sich nicht freuen?

»Legt sie hin!« Was der Mann auch tut und schon beugt Vincent sich über sie, streichelt sanft ihre Wangen.

»Puppe, meine liebe Puppe.« Er sieht auf und verzerrt schmerzerfüllt das Gesicht, was mich wundert. »Tut doch was. Macht schon!«

»Sie ist tot«, sage ich trocken und er sieht mich an. Plötzlich zieht er eine Knarre und hält sie auf mich gerichtet.

»Ich habe gesagt lebendig«

Geschockt sehe ich auf den Lauf und erkenne Tränen in seinen Augen. Was zum Teufel ist hier los?

Und mir fallen Biancas Worte ein. Sie ist mehr für ihn.

»Ich kann sie wiederbeleben«, schaltet sich Sloan ein und ich schüttele den Kopf. Das darf er nicht tun. Sie darf nicht in seine Hände fallen. Dann lieber der Tod.

»Warte.« Er holt die Spritze aus der Innenseite seiner Lederjacke, die er ihr spritzen sollte, falls es Komplikationen gibt. »Wenn wir Katy bekommen, bekommst du das Gegenmittel, damit sie nicht stirbt. Noch ist sie nur bewusstlos.«

Was tut er da!

»Gleich ist sie tot. Deine Entscheidung.«

»Was habt ihr getan?«

»Ihr ein Gift gespritzt! Unsere Versicherung, dass wir Katy bekommen.«

Ist es nicht. Es war die Chance auf Freiheit für meine Löwin.

»Holt sie!«, brüllt er seine Männer an. Die Tür des Jaguars geht auf und Katy stürmt zu uns. Kaum hat sie mich erreicht, schlingt sie ihre Arme um mich.

»Hilf ihr. Sie darf nicht sterben.« Verzweifelt sieht er uns an und ich schlucke hart. Er liebt sie, das ist unübersehbar.

Sloan kniet sich neben sie und verabreicht ihr das Gegenmittel. Stillschweigend warten wir ab, bis sie erwacht.

Minuten vergehen und Zweifel überkommen mich, dass es zu spät ist.

Doch dann öffnet sie die Augen und ich atme tief durch.

Dann wandert ihr Blick verwirrt über uns, sie sieht Vincent und reißt die Augen auf.

»Du lebst! Wie....«

»Oh, meine kleine Puppe, ich verzeihe es dir!« Er umschlingt sie und ich erkenne die Panik in ihrem Gesicht, als sie mich sieht. Was ist das hier?

Reagiert sie so, weil ich hier noch stehe? Oder weil er ihr Angst macht?

»Ich dachte, ich habe dich verloren«, jammert der eiskalte Mafioso und küsst ihre Stirn.

»Ihr könnt gehen«, richtet er sich an uns und steht auf. »Ich habe meine Frau wieder.«

Seine Frau? Nein.

»Komm zu deinem Ehemann und in deinen Palast zurück.«

Ihre Lippen öffnen sich und starr liegt sie da. Als sie sich nicht bewegt, hebt er sie auf und trägt sie davon.

Weg von mir.

Weg aus meinem Leben.

Sie ist die Frau von Vincent Visser.

Teil 2

TRASH

»Wir müssen zurück. Ich kann sie nicht dalassen, Sloan!« Trotzdem bleibt mein Fuß auf dem Pedal.

»Und dann? Hast du gesehen, wie viele das waren? Außerdem...«

»Was?«

»Sie ist seine Frau!«

Ja, das weiß ich auch.

»Du hast ihre Narben nicht gesehen.«

»Vielleicht war er das nicht.«

Nein! Vincent hat ihr das angetan.

»Sie hat mir erzählt, dass sie mit fünfzehn entführt wurde. Und erst seit einem Jahr in Freiheit lebt.« *Mit seinem Tod.* Vielleicht ist er doch nicht ihr Peiniger. Das ergibt aber keinen Sinn.

»Hast du nicht ihren Blick gesehen, Sloan?«, bleibe ich dabei.

»Den hatte sie sicher, weil Katy in deinen Armen war.«

Ups. Ja.

Endlich zieht er die Maske ab und ich schaue in den Rückspiegel zu Katy. Verstört und eingeschüchtert zieht sie meine Jacke, die ich ihr gegeben habe, über ihre zitternden Glieder.

»Geht es dir gut?«, frage ich sie und sie hebt ihren Kopf.

»Nein«, klingt sie jämmerlich. »Du hast mir versprochen, dass mir nichts passiert.«

Habe ich und es nicht gehalten. Bei diesem weinerlichen Unterton zieht sich mein Herz zusammen.

»Sag mir, dass du sie ihm nicht gebracht hast.«

Stirnrunzelnd fällt mir darauf keine Antwort ein.

»Du darfst sie ihm nicht bringen. Er ist ein grausamer Mann.«

»Was hat er dir angetan?« Bei dem Gedanken, was dieser Kerl mit Katy womöglich gemacht hat, schließen sich meine Finger fester ums Lenkrad.

»Nichts, Trash. Sie haben mich nur gefesselt. Aber ich habe sie miteinander reden hören. Sie hat das Zimmer abgebrannt, als er geschlafen hat. Sie hat versucht, ihn zu erstechen.«

Über die Worte denke ich nach, stelle sie mir bildlich vor und Sloan antwortet ihr:

»Hast du sie nicht gesehen, Katy?«

»Wie? Wann?«

»Als du zu uns gekommen bist, lag sie bewusstlos auf dem Boden.«

»Habe ich nicht drauf geachtet.« Dass sie nachdenklich wird, kann man ihr anhören. »Ich wollte einfach nur von ihm weg und als ich Trash gesehen habe, war alles andere unwichtig. Sie war da? Sie war bewusstlos? Was ist passiert?«

»Ein Plan ist schiefgelaufen, Katy. Ihr geht es gut. Mach dir keine Gedanken«, erkläre ich rasch und ihr gefällt das nicht.

»Du darfst sie nicht dalassen! Er ist besessen von ihr! Die Männer wollen sie tot sehen und er hat eine Obsession ihr gegenüber! Er hat die ganze Zeit eine Puppe mit schwarzen Locken mit sich herumgetragen, hat damit gesprochen und immer wieder daran gerochen. Er ist völlig irre!«

»Hat er mit der Puppe seine Pläne besprochen?«, gibt Sloan belustigt von sich und ich spüre sein strahlendes Lächeln auf meiner Haut, sodass sich mir die Haare aufstellen.

»Nein! Er hat immer dasselbe gesagt.«

»Was denn?«

Sie hustet kurz, damit sie die Stimme besser verstellen kann.

»Bald bist du wieder bei mir, kleine Puppe. Bald. Du verlässt mich nie wieder.«

So dunkel und bedeutsam, wie sie es wiedergibt, klingt es noch verstörender als die Worte zuvor. Die Vorstellung, wie er mit einer Puppe im Arm herumläuft und mit ihr spricht, hört sich für mich sehr geisteskrank an. Was Sloan wiederum zum Lachen bringt.

»Ist doch sympathisch.«

»Sloan, wirklich. Er hat die Puppe auch oft geküsst. Was meinst du, was für eine Angst ich hatte. Der ist total durchgeknallt!«

Wir müssen sie daraus holen.

Nur wie?

Veronica

»Wach auf, Puppe«, flüstert er wohlwollend, streichelt mir durchgehend übers Haar und merkt nicht, dass ich die ganze Zeit schon wach bin. Er kann noch so liebevoll meine Wangen küssen, als wisse ich nicht, dass ich auf der Liege fixiert bin. Nackt. Und da ich nicht im Schlafzimmer bin, sondern in seinem für mich persönlich eingerichteten ›Raum der Einsicht‹, erahne ich, was mich erwartet. Also warum die Augen öffnen?

Warum ihm den Gefallen tun?

Stimmt, weil ich für immer seine Gefangene bin. Selbst wenn ich dieser Hölle entkommen kann, bleibt er mir im Gedächtnis und foltert meine Seele weiter.

»Komm, meine kleine Puppe, wach auf. Ich habe etwas für dich.«

Den Brechreiz bei seiner fälschlich liebevollen Art bezwungen, öffne ich widerwillig die Lider und schaue unvermittelt in dieses wunderschöne Gesicht. Ein Strahlen auf seinen Lippen und diese herzerwärmenden Grübchen, die zum Vorschein kommen. Sein Aussehen hat mich naiv gemacht, hat mich in ein Loch geworfen, wo nur Qualen auf mich warteten.

»Guten Morgen, Puppe.« Er küsst mich sanft und ich bleibe starr liegen. Reagiere nicht, spreche nicht.

»Schau, bei deiner Flucht hast du jemanden vergessen.« Er hält die Puppe hoch, die ich so sehr hasse. Nach meinem Ebenbild erschaffen, hat er mir dieses Ding zum sechzehnten Geburtstag geschenkt und es erinnert mich jeden Tag daran, dass ich einmal ein Kind war. Ein Kind mit kleinen finanziellen Sorgen und liebevollen Eltern, die mich liebten. Über Jahre habe ich mich gefragt, wie es ihnen erging, ob sie mich auch so vermissten, wie ich sie. Schließlich habe ich alle Gedanken an sie unterdrückt, um daran nicht zu zerbrechen. Doch diese Puppe, die mir verstörend ähnelt, löst den Schmerz erneut in mir aus.

»Sie ist so traurig, weil du sie allein gelassen hast. Oder hast du sie bei mir gelassen, damit ich dich nicht vergesse?« Jetzt klingt er hoffnungsvoll und bekommt keine Reaktion von mir.

»Ach, Puppe. Ich könnte dich niemals vergessen. Du bist mein Leben.« Er küsst mich erneut. »Meine Frau.«

Seine Frau. Widerlicher ist nur, dass er mich zum Bund der Ehe gezwungen hat und das gerade mal mit Achtzehn. Gepeinigt und eingesperrt wurde ich zu der Frau eines grauenvollen Menschen.

Er legt mir die schreckliche Puppe gleich neben meinen Kopf.

»Mach dir keine Sorgen. Ich verzeihe es dir. Alles.«

Er lebt. Das kann ich mir nicht verzeihen.

»Du wunderst dich, stimmt´s? Du hast gedacht, mich schwer zu verletzen. Ach, Puppe. Du musst das Messer schon tiefer in meinen Körper stechen, um mich umzubringen. Oder wolltest du mich nicht töten?«

Oh doch, und ich könnte mich dafür schlagen, dass ich geglaubt habe, seine Mörderin zu sein.

»Du wolltest mir bestimmt nur eine Lektion erteilen, weil ich mich nicht gut um dich gekümmert habe.«

Pfff.

»Reichen dir die Rosen nicht, Puppe?«

Meine Lieblingsblumen und der Grund, warum sie das Grundstück einzäunen. Weshalb die ganze Villa damit zugestellt ist. Das Einzige, was ich an diesem Ort liebe und schätze. Dabei sind sie so wie er. Wunderschön und können mich verletzen.

»Reicht dir meine Aufmerksamkeit nicht?«

Darauf kann ich verzichten.

»Du weißt doch, dass ich viel arbeiten muss. Aber keine Sorge. Ich habe deine Lektion verstanden. Ich werde abends keine Schlaftabletten mehr nehmen. Und ich werde dich auch nicht mehr alleine lassen.«

Die Bedeutung seiner Worte fährt mir eiskalt in die Glieder. Es bedeutet, dass ich immer an seiner Seite sein werde. Nonstop. Keine Ruhe. Kein Einatmen. Nur Pein.

Er tritt ein Stück zurück und beugt sich über meinen nackten Bauch. Sanft küsst er die vielen Narben, die er an mir hinterlassen hat. Sofort schießen mir Bilder vor die Augen.

Die Erinnerung und das Gefühl daran, wie Trash mich behutsam und beschützend geküsst hat. In mir eine unbeschreibliche Wärme ausgelöst hat. Schmerzhaft zieht sich mein Inneres zusammen und tränenschwer schließe ich die Augen.

Er hat mich ausgeliefert. Anstatt mich zu töten, mich vor mehr Schmerzen zu bewahren, hat er mich freigegeben. Für Geld.

Nein.

Dieses Mädchen.

Ein blondes Mädchen in seinen Armen.

Mir wird übel, wenn ich daran denke, wie er sie gehalten hat und mich, ohne mit der Wimper zu zucken, in den Armen dieses Sadisten wegtragen ließ. Er hat sich entschieden.

Ich müsste Verständnis haben. Müsste nachvollziehen können, dass er jemanden liebt und mich nicht kennt. Aber es tut weh.

So unendlich weh.

»Was ist das denn?« Sein unheilvolles Gebrüll reißt mich aus den Gedanken und ich sehe zu diesem brutal verzerrten Gesicht, dessen Blick sich auf meine Schenkel gelegt hat. Erst jetzt spüre ich die Feuchtigkeit.

»Ist das Sperma?« Er streicht mit seinem Finger an meiner Mitte entlang und hält seine Hand hoch. »Wer hat dich gefickt? Du gehörst mir! Wer war es?«

Schweigend sehe ich ihn an und eine fürchterliche, grausame Ahnung spannt meine Muskeln an.

»Was bist du nur für eine Hure?«

Klatsch

Der erste Schlag. Auf meinen Oberschenkel und wie gewohnt kribbelt es heiß.

»Du begehst Ehebruch?«

Klatsch

Der zweite Schlag. Auf meinen Bauch und ich kriege

kaum Luft.

»HURE!«

Klatsch

Der dritte Schlag und lange nicht der letzte, in mein Gesicht. Mein Kopf fliegt durch den Druck zur Seite, kribbelnder Schmerz und erste Tränen, die sich reflexartig lösen. Der gewohnte Eisengeschmack legt sich augenblicklich auf meine Zunge.

»Dafür wirst du bestraft!«, kündigt er an, womit ich ohnehin schon gerechnet habe, da ich hier liege. Hier in diesem Raum mit Folterinstrumenten.

Kurz schmunzele ich, als ich mich an Trashs kleine Kammer erinnere. Das hier wäre für ihn ein Paradies.

»Du lachst?«

Klatsch

Ein weiterer in mein Gesicht und die Haut spannt sich an. Schmerz über Schmerz brennt heiß auf der Stelle und ich gebe ungewollt weinerliche Geräusche von mir, die ihn antreiben werden, weiterzumachen.

Als ich die Augen öffne, folge ich seiner Bewegung zur Wand und erschauere, während er die Hand ausstreckt und ich erkenne, wofür er sich entschieden hat.

Ich darf nicht weinen. Ich darf unter keinen Umständen weinen.

Jede einzelne Träne wird ihn weiter anfeuern. Ihn befriedigen.

Ich darf nicht weinen.

Wie ein Mantra flüstere ich mir angsterfüllt die Worte zu. Erinnere mich an diesen Gegenstand viel zu gut und will schon schreien, als er näherkommt und sich ein triumphierendes Lächeln auf seinen Lippen bildet.

»Du weißt, ich mache das ungern.«

LÜGE!

»Ich will nur, dass du es verstehst. Meine kleine Puppe gehört mir allein.«

Vor mir stehend hält er die Machete hoch. Zugleich wünsche ich mir, dass er mich tötet. Nur würde er das niemals tun. Er macht etwas viel Schlimmeres.

Er nimmt die Puppe an sich und hebt ihr kleines Shirt hoch. Während er mir den Rücken der Puppe zeigt, hält er die Spitze an den Stoff und ritzt ein V rein. Aber das reicht ihm nicht. Genau darauf macht er ein umgedrehtes V. Sein Logo. Schwerschluckend weiß ich nun, was mich erwartet. Nur wird aus mir kein weißes Füllmaterial herausquellen, sondern Blut. Während die Puppe still bleibt, werde ich schreien.

»Du hast sie kaputt gemacht«, versuche ich mir meine Angst nicht anmerken zu lassen, obwohl ich den Schmerz schon erahne.

»Oh, Puppe. Keine Sorge. Sie wird so genäht wie du. Dann ähnelt sie dir nur noch mehr. Ihr beide gehört mir.«

Er lächelt so widerlich, als er beides aus der Hand legt, meine Beinfesseln etwas lockert, sodass er mich umdrehen kann. Umgehend fixiert er wieder meine Beine. Ich suche den Spielraum der Fesseln meiner Arme, aber er ist zu knapp. Er löst die Kette, jedoch nur, um mir die gestreckten Arme über den Kopf zu ziehen und sie dann straffer zu fixieren als zuvor.

Behutsam streicheln mir seine Fingerspitzen über die Wirbelsäule.

Nicht weinen. Nicht schreien.

Seine Berührung verschwindet und ich spüre die kalte Klinge. Dann den ...

»AHHHH!!!« Schmerz. »OH GOTT!!!!!« Tränen, Schmerzen. Ich kriege keine Luft, während das Messer meine Haut teilt. Schreie. Weine.

»OOOOOHH GOTT!!!!« Es tut so unglaublich weh. Ich ertrage es nicht. Winde mich und brennende Qualen pulsieren meinen Rücken entlang.

»BITTE!!!!« Ich sterbe an diesem unglaublichen Schmerz, der wie Gift durch meinen Körper fährt.

»BITTE!!!!!« »Ja, schrei, Puppe!«

»AHHHHHH!«

Ich zittere, spüre Kälte wie Hitze. Kriege keine Luft mehr.

Der Schmerz lässt nicht nach, obwohl die Klinge mich nicht mehr berührt. Es pocht und ich weine. Weine immer weiter, weil ich diese Qual nicht aushalte. Das Blut hinterlässt brennende Spuren, bis es auf den Boden tropft und ich heule durchgehend, bis ...

»Aber es soll doch für die Ewigkeit sichtbar bleiben. Damit jeder sieht, dass du für immer mir gehörst.«

»NEIN!«, brülle ich auf. »Bitte nicht! Bitte, Vincent! Bitte nicht!« Ich drehe den Kopf zu ihm, stehe neben mir, als er sich abwendet und zur kleinen Spüle geht und einen Becher holt.

»Bitte nicht! Ich gehöre dir!« Doch mit dem Gefäß, das mit Salzlauge gefüllt ist, steht er wieder neben mir und ich jammere weiter, was der größte Fehler ist, aber ich kann nicht anders.

»Bitte!« Er lächelt und gießt sie über mich.

TRASH

Mit Sloan sitze ich im Büro meines Clubs. Katy ist vorerst in einem Safehouse, bis Sloan sie morgen zu ihrer Mutter in Sicherheit bringt.

Doch in Gedanken bin ich bei meiner Löwin, die mir kurz bevor ich sie losgelassen habe, ihre Gefühle gestanden hat. Es zerfrisst mich.

»Wir müssen sie befreien.«

»Lustig. Und wie?«

Wenn ich das wüsste, wäre ich schon längst bei der Umsetzung. Ich lehne mich zurück und leite den Brainstorming-Modus ein.

»Bianca.«

»Das soll doch ein Scherz sein?«

»Nein.« Ich setze mich auf und sehe ihn an. Verwundert sieht er von seinem Handy auf.

»Das ist dein Ernst!?«

»Ja. Wir könnten die Versicherung nutzen, um sie herauszuholen.«

»Sag mal, auf welchem Dramafehltrip bist du denn?«

»Es wäre eine Möglichkeit, wir können sie nicht dalassen!«

»Warum nicht?«

Wütend lasse ich die Frage unbeantwortet und beiße die Zähne aufeinander, bevor ich noch über den Tisch springe und meinen besten Freund erwürge.

Er legt das Smartphone zur Seite.

»Hast du eigentlich vergessen, wie er sie begrüßt hat? Wie der Spinner abgegangen ist, als er dachte, sie verreckt und hast du Katys Worte vergessen?«

»Nein, habe ich nicht! Deswegen erst recht!«

»Trash! Und du willst die Versicherung dafür nutzen?«

»Ja!«

»Die Versicherung, dass Bianca uns hilft, seinen Cousin zu finden, ihn zu entführen, zu foltern und ihn als Austausch nimmt?«

»Ja.«

»Noch mal, hast du vergessen, wie besessen er von ihr ist? Er scheißt dann auf seinen Cousin!«

Womöglich hat er recht.

»Wir schulden Bianca noch einen Gefallen für die spontane Aktion mit dem Mittel.« Welches die Vitalfunktionen so abschwächt, dass es so aussah, als hätten wir sie vergiftet und nur wir das Gegenmittel haben. Dann nur Adrenalin spritzen müssen, damit sie wieder zu Bewusstsein kommt. Sein grausames Lachen erhellt den Raum. »Was echt meinen Humor trifft. Wir sollten ihr dafür gleich zwei Wünsche erfüllen.«

»Es war aber nicht geplant, dass du ihr das so früh spritzt. Er oder das FBI sollten sie für tot halten, damit wir sie aus dem Leichenwagen oder Krankenwagen bergen können. Du solltest ihr das spritzen, damit sie frei ist!«

»Du und dein Heldenkomplex!«

»Sloan!«

»Was denn? Du hast Katy, was willst du noch?«

»Veronica!«

»Du bist irre!« Ja, wahnsinnig nach ihr.

»Ich will sie nur in Freiheit wissen. Wir holen sie daraus.«

»Und wie?«

»Wir brauchen Informationen.«

»Also doch wieder zu Bianca.«

»Ja und dann ...« Im Stuhl drehe ich mich zum Fenster und bemerke, dass mein Plan nicht aufgehen kann, weil Visser weiß, wie ich aussehe, ich aber unbemerkt in den Dornenpalast reinkommen muss. Gleichzeitig fällt mir etwas ein und mein Blick wandert lächelnd zu Sloan.

»Was hast du dir zusammen gesponnen?«, erkennt er sofort.

»Dass die Idee mit deiner Maske gar nicht so schlecht ist.«

»Du willst sie dir leihen?«

»Nein, aber du wirst meine kleine Löwin befreien, weil Vincent Visser nicht weiß, wie du aussiehst, genauso wenig wie seine Leute.«

»Weil ich ein Geist bin, aber warum der ganze Aufwand?«

»Sloan, du musst sie befreien.«

»Und was ist damit, dass du kein Krieg führen möchtest? Warum dann nicht gleich so?«

»Weil es mir jetzt einfach scheißegal ist, Sloan. Sie soll zu mir zurückkommen und dein Geistauftreten wird mir dabei helfen!«

Mit einer Hand ziehe ich das Handy aus der Tasche und schreibe Bianca, dass wir miteinander reden müssen.

»Du weißt schon, dass sie für Infos Vorkasse verlangt?«

»Und es ist mir egal. Nur sie weiß über solche Sachen Bescheid.«

»Oh, nein. Du meinst eine Party.«

Breitgrinsend sehe ich auf, direkt in sein Gesicht. »Genau!«

»Warum?«, jammert er genervt, weil er solche meidet.

»Na, wir müssen so viele wie möglich auf einen Schlag umlegen.«

»Und mit wir meinst du mich?«

»Ja.«

Veronica

Vor Schmerzen bin ich ohnmächtig geworden und erwache durch noch mehr. Mittlerweile liege ich wieder auf dem Rücken, was ich kaum ertrage. Das Atmen fällt mir schwer, lässt mich aber vergessen, dass er sich keuchend über mich beugt. Mein Körper steckt in einer einzigen, großen Qual und Erniedrigung fest, als er sich immer wieder in mich bewegt. Ich fühle die Bewegung, die mich auf der Liege hin und her schiebt und meinen gepeinigten Rücken weiter foltert.

Längst ist das nicht das Ende. Und ich wünsche mir, abzudriften, den Qualen zu entkommen und schaffe es doch nicht, weil er zu gegenwärtig ist. Durchgehend stößt er in einem schmerzbereitenden Rhythmus in mich und ich werde zu seiner persönlichen Puppe, die ich schon immer war.

Ich schließe die Augen und will aus meinem Körper fahren, kann es nicht und weine bei den Schmerzen, die er auslöst. Die Tränen und das Schluchzen lassen sich nicht unterdrücken. Und gerade jetzt wünsche ich mir, in Trashs warmen Armen zu liegen, nicht unter diesem Monster. Weine noch mehr, als mir bewusstwird, dass ich dieses Gefühl nie wieder empfinden werde, weil ich die Puppe bin.

Zähne zusammenbeißend versuche ich, den Tränenschwall aufzuhalten, und heule erst richtig los. Gerade dann, als er sich in mich hineinpumpt und auf mich fallen lässt. Er küsst meine Halsbeuge und ich kriege mich gar nicht mehr ein.

»So ist es gut«, flüstert er gegen mein lautes Heulen an und ich hasse ihn so sehr.

Ich hasse sein pulsierendes Glied in mir, das mich verhöhnt.

Ich hasse all diese Schmerzen, die mir den Atem nehmen.

Ich hasse ihn dafür, dass er mich nicht endlich umbringt und mich stattdessen unaufhörlich weiter quält.

Vincent, das Monster, steht auf und ich lasse die Augen geschlossen. Bleibe auch liegen, als die Fesselung sich löst. Ich habe keine Kraft mehr und sich zu wehren ist zwecklos. Er hat mich allem beraubt. Wie so oft.

Er küsst meine Stirn und hebt mich schweigsam hoch. Nur bleibt das nicht lange genug. Fest an seine breite Brust gedrückt, trägt er mich aus dem Folterraum.

»Endlich habe ich dich zurück«, flüstert er und die Tränen versiegen, obwohl es noch mehr Gründe gibt, weiterhin zu heulen. Wahrscheinlich habe ich keine Tränen mehr übrig. Schon einmal war ich an diesem Punkt. Nur war damals mein Herz nicht so schwer. Vermisste nur meine Heimat und meine Familie und sehnte mich nicht nach der Nähe eines Mannes. Jetzt hat es sich geändert und dennoch schlägt mein Herz weiter, als hätte sich nichts verändert. Pumpt unaufhaltsam Blut durch meinen Körper und ich erinnere mich an Trashs Worte, ob mein Leben überhaupt lebenswert sei.

Hier bei dem Monster jedenfalls nicht.

TRASH

Sloan hält den komischen Kauz, den wir an Bianca ausliefern, in einem Griff gefangen. Ich schlage ein weiteres Mal in seinen Magen, sodass er sich endlich gefasster verhält. Merkt er nicht, dass er eh keine Möglichkeit bekommt?

Japsend beugt er sich so weit vor, wie Sloan es zulässt und ich verdrehe gelangweilt die Augen.

»Können wir ihn jetzt endlich einladen?«, frage ich Sloan. Nickend bestätigt er mir, wie genervt er ebenfalls von unserer jetzigen Arbeit ist. Dieser Auftrag ist erbärmlich. Noch nicht einmal ein bisschen foltern ist drin. Bianca will ihn unbeschadet. Fast bekommt sie auch ihren Willen.

Was ich nicht alles unternehme, für ein paar Informationen. Sloan schiebt den Mann auf den Rücksitz und ich fessele ihn an den Türarmaturen und dem Sitz. Letztlich ergibt er sich seiner ausweglosen Lage. Dennoch klebe ich ihm den Mund zu, damit er die Fahrt über still ist.

Nachdem ich mich auf dem Fahrersitz platziert habe, starte ich den Wagen und Sloan seufzt theatralisch.

»Das ist so primitiv. Ganz ohne Leidenschaft und Stil.« Fast tut er mir leid. »Das ist erbärmlich, zu was uns diese

Hexe zwingt.«

»Das ist Bianca.«

»Die meine ich doch gar nicht. Veronica! Deine kleine Löwin. Es ist eine Schande!« Jetzt wird er auch noch dramatisch, während er seine Hände hochhält. »Diese Hände sind für etwas Großes geschaffen. Für Kunst.«

»Du meinst Mord.«

»Stilvollen Mord. Unlösbaren Mord. Stillen, kreativen, großen Mord.«

Dank dieser übertriebenen Darbietung seiner offensichtlichen Psychose, verdrehe ich ein weiteres Mal die Augen.

»Schau nicht so. Du hasst so etwas auch. Du mordest genauso wie ich mit Leidenschaft. Mit dem Gespür fürs Detail und mit einem Knall.«

»Mit Geschrei und Gebettel für den außergewöhnlichen Kick. Ja, ich stimme dir zu. Nur muss ich nicht klingen wie in einem Theaterstück.«

»Aber es ist doch so. Wir wählen den Schauplatz, die Akte und auch das Ende. Dramatik trifft auf Gesang. Es ist unsere Kunst, die wir ausleben. Unsere Kreativität.«

Jetzt bringt er mich zum Lachen.

»Wirklich, Trash. Gerade fühlt es sich an, als wären wir keine Künstler an lebenden Objekten, der Schauplatz von Schmerz und Tod. Nein, wir sind ein extravaganter Lieferservice.«

»Hör auf, ich bemitleide uns schon«, gebe ich amüsiert wieder. So trostlos habe ich ihn schon lange nicht mehr erlebt. Das letzte Mal, als er mit Bianca aneinandergeraten ist und sie ihn ordentlich in die Schranken gewiesen hat. Das hat mächtig an seinem Stolz gekratzt.

»Du kannst ja kunstvoll töten, wenn du die kleine Löwin befreist.«

»Das ist doch etwas! Ich meine, man kommt nicht alle Tage dazu, ein Kartell von innen anzugreifen. Aber da liegt das Problem.«

»Das Problem?«

»Ja. Es muss etwas Besonderes werden. Etwas Großes. Etwas, woran sich etliche Generation noch erinnern sollen.«

»Übertreib es nicht, du befreist die Löwin und kommst da raus!«

Den größten Spinner von allen mit so einer wichtigen Aufgabe zu beauftragen, ist eine dumme Idee und die einzige Möglichkeit, ihr zu helfen. Ich muss mich wohl auf viele Kollateralschäden vorbereiten. Doch die nehme ich in Kauf, wenn ich sie dafür zurückbekomme.

Ich lenke die Einfahrt der Villa hinauf, wir passieren das Tor und mein Handy klingelt. Nachdem ich geparkt habe, schaue ich nach, wer ausgerechnet jetzt anruft. Da ich den Anruf ungern entgegennehmen möchte, zeige ich Sloan seufzend das Display.

»Geh ran, ich bringe den Kerl zur Königin«, bekräftigt er mich daraufhin.

Verwundert nicke ich und nehme schließlich doch ab, während ich meinen Freund nicht aus den Augen lasse, da es ungewöhnlich ist, dass er sich freiwillig und allein der Rothaarigen gegenüberstellt.

»Hey.«

»Trash, bitte. Ich will nicht zu Mama«, jammert sie direkt los.

»Katy, du bist in der Heimat sicherer. Wir haben dort genügend Leute, die auf dich aufpassen können. Hier in Manhattan arbeite ich mit Sloan allein.«

»Ich habe meinen Job und meine Freunde. Ich will nicht wieder zurück ins Kaff.«

»Ich diskutiere nicht! Ich habe die Verantwortung!«

»Hast du nicht und spiel dich nicht so auf! Ich bleibe und wenn mich jemand holen möchte, weil du diese Jobs machst, bist du schuld und nicht ich! Verlass du doch Manhattan!«

Sie kann so eine Zicke sein. Warum tu ich mir das nur an?

»Du bedeutest mir alles, Katy. Falls dir etwas zustößt, kann ich mir das nicht verzeihen.«

»Dann wechsle die Branche!« Das Freizeichen ertönt und zeigt mir, dass sie aufgelegt hat. Die ›ich habe dich lieb‹ – Tour hat dieses Mal nicht funktioniert, was sonst immer ihr Herz erweicht. Ich stecke das Handy weg und die Beifahrertür öffnet sich. Überraschend schnell ist Sloan wieder zurück und hält mir einen Zettel hin.

»Neuer Rekord.«

»Niemand bleibt länger als nötig bei der Hexe.«

»Hexe? Ich dachte Veronica ...«

»Bianca ist die Hexe und Veronica deine Löwin. Weis mich nicht auf meine Fehler hin, ich habe nämlich keine.«

»Wenn du keine hättest, müsste ich ...«

»Wolltest du nicht fahren und mich dazu überreden den Kill des Jahrhunderts hinzulegen?«

Lächelnd starte ich den Wagen und fahre von Biancas Grundstück.

»Ich muss dich gar nicht überzeugen.«

»Stimmt. Ich freue mich schon darauf.« Er reibt sich die Hände, wie ein noch viel größerer Spinner, als er ohnehin schon ist und ich glaube ihm jedes einzelne Wort. Auf der Fahrt zurück zum Club, kläre ich ihn auf, dass Katy doch nicht weggefahren werden muss. Was ihm genauso egal ist, wie alles andere. Sloan hat keine Gefühle, außer wenn es um seine kontinuierliche Mordlust geht. Die, wie mir scheint, immer anspruchsvoller und exklusiver wird.

Veronica

Gebettet in feinster Seide und in den Armen eines Soziopathen, nehme ich es mir selbst nicht übel, in keinen sanften Schlaf zu fallen. Die Erschöpfung kratzt an mir, dennoch liege ich hellwach da, starre zur Decke hinauf und danke meiner Überredungskunst und gelogenen Liebesbekundungen, dass ich Schmerzmittel bekommen habe.

Er weiß so sehr, wie alle anderen, dass ich lüge und will es doch nicht wahrhaben. Niemals könnte ich einen Mann lieben, der mir solch einen Schmerz bereitet, mich so erniedrigt. Einen Mann, der mir alles nimmt. Nie im Leben. Ich hasse ihn. So sehr wie mich. Denn ich versprach mir selbst, zu schweigen, und schaffte es dennoch nicht. Zu groß war das Leid. Dafür verachte ich mich. Er hat seinen Willen bekommen und ich nur den Schmerz und meine fehlende Selbstachtung.

Wie ein Stein liege ich auf der weichen Matratze. Selbst wenn ich mich drehen wollte, könnte ich es nicht, weil die neuen gepolsterten Manschetten, womit ich ans Bett gefesselt wurde, mich daran hindern. Zudem hält er mich in seinem Schlaf fest, wie eine weitere Fessel um meine Körpermitte. Sein gewohnter Geruch, der noch nicht einmal abstoßend ist, fliegt in meine Nase und seine Wärme schützt mich vor der Kälte in diesem Raum. Denn eine Decke habe ich nicht verdient. Nur er. Leider komm ich nicht drumherum, mich daran zu erinnern, wie schön es in Trashs Armen war. Was sich bitter auf meine Zunge legt. Denn zeitgleich erinnere ich mich an das blonde Mädchen, welches nun in seinen Armen liegen wird. Tag ein Tag aus.

Während mein geschundener Körper im Einklang mit meiner geschändeten Seele schmerzt, liegt er mit reinem Gewissen mit seiner Blondine im Bett, sie schlafen miteinander und sind glücklich.

Friedlich kann er erschöpft einschlafen, derweil ich verzweifelt die Decke anstarre. Die Wut darüber kann ich nicht verleugnen. Er hätte mich eher umbringen sollen, als mich diesen Qualen auszusetzen. Er wusste es. Hat meinen Körper gesehen und dennoch gab er mich dem Monster. Schlimmer ist nur noch, dass ich dachte, dass sich etwas verändert hat. Dass er in mir das sieht, was ich in ihm sehe. Ein Gefühl.

Er ließ mich fühlen, dass es anders sein kann. War zärtlich und beschützend. Mein Held und Henker.

Letztlich bin ich doch eingeschlafen und werde nach einer

viel zu kurzen und anstrengend fixierten Nacht von ihm geweckt. Mit unzähligen, widerwärtigen Küssen in meinem Gesicht. Kaum habe ich die Augen geöffnet, nehme ich den Geruch von frischaufgebrühtem Kaffee und Pancakes wahr. Automatisch knurrt mein Magen und zieht sich zusammen.

»Guten Morgen, Puppe. Hast du gut geschlafen?« Mich leuchten seine blauen Augen an. So, wie er dasteht, angezogen in einem eleganten Anzug, mit dem freundlichsten Lächeln, das die Welt je gesehen hat und den niedlichen Grübchen, würde ich mir nicht glauben, was für ein Soziopath er ist. Würde ich den Schmerz meiner Glieder nicht spüren. Nicht gefesselt an einem Bett auf feinster Seide liegen. Ist aber so. Selbst das Gezwitscher der fröhlichen Spatzen vorm Fenster spottet über diese Widersprüchlichkeit.

Es ist grotesk, wie seine gravierend unterschiedlichen Persönlichkeiten und sein Aussehen im Kontrast zueinanderstehen. Ich bin fixiert und er lächelt mich an, als wolle ich nicht aufstehen. Als würde ich hier darauf warten, dass er sich wieder zu mir legt und nicht weglaufen, falls sich diese Option ergeben würde. Zudem bringt er mir Frühstück, mit einer Freundlichkeit, die nur ein liebender Ehemann aufbringt und nicht ein wahnsinniger Sadist, dessen Lieblingsbeschäftigung das Foltern seiner besagten Ehefrau ist.

Vincent Visser, das Monster, ist Gottes Rache an allen Frauen, die sich von einem hübschen Gesicht beeinflussen lassen und ihre Partner danach auswählen. Dass ich mich als

Fünfzehnjährige fatal in seinen Bann reißen ließ und das mitten in der Favela, wo man niemandem traut, ist eine Satire.

Was nichts an dem Umstand ändert, dass er sich den Stuhl heranzieht und sich neben mich setzt. Dieser Morgen ist wie viele in meinen Leben, so bizarr und gewöhnlich. Denn längst habe ich gelernt, in dieser liegenden Position, nur auf einem Kissen gebettet, zu essen und zu trinken, als wäre ich nur erkrankt und mein liebevoller Ehemann kümmert sich um die Wehleidige.

Ich lasse mich, wie so viele Morgen, von ihm füttern, weil die Hungersnot größer als meine Lebensmüdigkeit ist. Mittlerweile weiß ich auch, dass der Tod durch Flüssigkeitsmangel grauenhaft schmerzvoll ist, weshalb ich es nie geschafft habe. Der Lebensmut oder der Selbsterhaltungstrieb waren immer größer. Was ich gerade nicht verstehen kann.

Er hält mir die Tasse hin und ich rieche nicht nur den heißen Kaffee, sondern auch die Prise Zimt, die ich so gern in der Flüssigkeit habe. So aufmerksam und so krank. Es ist widerlich. Aber der Kaffee, den ich in winzigen Schlucken zu mir nehme, damit ich mich nicht verschlucke, schmeckt köstlich.

Während er mich mit kleinen Bissen füttert, erinnere ich mich an einen Bericht, den ich gelesen habe, lange vor meiner Entführung. Oder kurz vorher. So genau weiß ich es nicht mehr. Woran ich mich hingegen erinnere, ist die Krankheit Namens Stockholm-Syndrom. Frauen, die entführt werden und sich in ihren Peiniger verlieben. Sie nehmen alles hin und schaffen es noch, nach der Entführung zu diesen Verbrechern zurückzukehren. Sie beschützen sogar ihren Schinder.

An mir ist dieses besondere Empfinden der Gleichgültigkeit von Schmerz und Pein vorbeigegangen. Nie habe ich etwas wie Liebe oder Zuneigung verspürt. Immer nur Verachtung, für das Leid, welches er mir zumutet.

Oft gab es Momente wie jetzt, wo er sich bemüht oder mir seine Liebe beweist. Dennoch bin ich eine Gefangene, gefesselt und das einzig starke Gefühl, welches er in mir auslöst, ist eine Mischung aus Hass und Brechreiz. Manchmal überwiegt einfach der Schmerz. Kein Geschenk, keine süßen Kleinigkeiten oder Aufmerksamkeiten können das wieder ausgleichen oder mich für eine kurze Zeit trösten.

Es wäre so viel einfacher, könnte man den Menschen ihren Charakter ansehen. Würde ein jeder so aussehen, wie innerhalb dieser fälschlichen Hülle. Dem ist leider nicht so. Deswegen lernte ich hier in der Hölle zu lesen. Die Leute in meiner Umgebung zu lesen, um das, was mich erwartet, vorher zu erkennen. Damit ich mich wappne oder sogar die Situation beeinflusse. Was bei der ansehnlichen, menschlichen Ausgabe eines Monsters schwer ist. Dennoch kenne ich ihn. Spüre es, wenn etwas in der Luft liegt und die kleinen Schnitte auf seiner ersten Hautschicht an den Armen verraten mir, dass er draußen bei den Rosen war. Bei meinen, die er extra für mich hat einfliegen lassen. Nur mag er sie nicht besonders, weil ihre Stacheln groß und messerscharf sind. Und wunderschön. Zudem strahlt er noch immer breitgrinsend, obwohl ich nach wie vor schweige, ihn skeptisch betrachte, was er nicht ausstehen kann und ihn nicht anbettele, mich loszumachen, was ihm den Anreiz gibt, mich am Morgen zu vergewaltigen.

Ich beobachte, dass kleine Blätter an seiner Hose kleben und Lehm an den Schuhen haftet und auch, dass draußen vor der Tür Laute der Angestellten zu hören sind, die durch die Villa stürmen. Es wird etwas vorbereitet und er war bei den Rosen. Ein Fest? Wieso war er dann aber bei meinen Pflanzen, anstatt die Gärtner?

»Ich habe eine tolle Überraschung für dich«, verkündet er, als ich aufgegessen habe.

»Du liebst doch deine Rosen.«

Ich schweige und er steht auf. Vom Schrank nimmt er seine Lederhandschuhe und mir schwant Übles. Etwas ganz Grausames, bei der Ruhe in seiner Stimme. Er geht zur Tür und hebt einen großen Jutesack ins Schlafzimmer, gleich zu mir ans Bettende.

»Heute ist ein besonderer Tag, Puppe. Wir feiern nämlich deine Rückkehr. Freunde, Verbündete und auch die Familie kommen.« Er stockt und schaut nach draußen. »Bis auf Luuk. Er muss etwas erledigen für mich.« Er sieht mich wieder an. »Bald wird er uns besuchen kommen und kann sich deiner Anwesenheit erfreuen.« Auf seinen genauso geisteskranken Cousin kann ich verzichten. Dieser ist keinen Deut besser und auch der Einzige, der mit mir ebenfalls machen kann, was in seinem widerwärtigen Schädel vorgeht.

»Und weil es nicht nur für mich ein besonderer Tag ist, sondern auch für dich, habe ich ein ganz besonders Kleid für dich.« Ich atme tief durch und ahne schon, was er vorhat. Das Monster bestätigt es, als er mit der behandschuhten Hand in den Sack greift und die Mousseux du Japon herauszieht. Ich erkenne die Rose mit den vielen Stacheln anhand der vollen, violetten, rosa Blüten und den dicken Trieben. Und hoffe, dass er nicht das vorhat, was ich ahne. Doch sein festgetackertes Lächeln bestätigt meine Vermutung und seine darauffolgenden Worte:

»Du hast dich doch im Holz der Rosen versteckt, Puppe. Sie gaben dir Sicherheit. Dann sollen sie dir heute Abend auch den Schutz geben, den du brauchst, damit du dich wohlfühlst. Damit du bei mir bleibst und nicht mehr weglaufen musst.« Jedes Wort ein Hieb. Er sagt es freundlich, liebevoll und voller Verständnis. Nur der Inhalt ist das Grauen. Er verspricht Schmerz und Leid.

»Siehst du, wie gut ich mich um dich kümmere? Ich denke andauernd an dich, möchte, dass es dir gut geht.« Und er möchte mich bestrafen. Mit dem, was ich liebe. Das Einzige in meinem Leben. Dieses Monster verwendet meine Liebe zu diesen Blüten gegen mich, um mich zu erniedrigen und mir Qualen zuzufügen. Und das, während der eine Mann, für den ich Gefühle entwickelt habe, gerade glücklich ist, ohne Schmerz. Er hat seine Liebe bei sich. Sie wird nicht mehr gegen ihn verwendet.

Dafür bin ich jetzt hier.

Ich bin hier und sehe zu, wie dieser Wahnsinnige Trieb für Trieb aus dem Sack herauszieht. Neben den rosa- und violettfarbenen Blüten blitzen auch andere auf und mir bleibt kurz der Atem stehen, als ich erkenne, welche es sind. Es sind Bobby James, mit ihren großen, scharfen Stacheln mit Widerhaken und den weißen kleineren Blüten. Ein prächtiges Farbenspiel breitet sich am Ende des Bettes und auf dem Boden aus, welches mir zum ersten Mal nicht etwas Lebensfreude schenkt, überdies mich in Angst und Schrecken versetzt.

Er wird es tun. Daran habe ich kein Zweifel.

Nicht weinen!

Diesmal halte ich mich daran und nehme mein kleines Glück an mich, als seine sonstigen Utensilien, die mir Qualen breiten. Nein, er wird mir diese Liebe nicht zerstören. Die nimmt er mir nicht auch noch. Er breitet die Triebe aus und schaut zu mir. Stark und unerschütterlich recke ich das Kinn und er hebt lächelnd die Braue.

»Ich mag sie wirklich nicht, Puppe. Aber an dir werden sie fabelhaft aussehen.« Weil sie mir Leid bringen werden. Weshalb ich erst recht schweige und mir die Furcht vor den Stacheln nicht anmerken lasse. Er nimmt den ersten Trieb in die Hand und mit der anderen hebt er meinen Fuß an. Mit behandschuhten Fingern wickelt er langsam die Rose um den Fußknöchel hoch zur Wade. Behutsam, als wolle er mich nicht verletzen, gleiten seine Finger über den Trieb und mein Bein. Noch ist es zu ertragen. Als er den Blumendraht aus der Tasche zückt, bilden sich Schweißperlen auf meiner Stirn. Doch erst, als er beginnt, mir die Stacheln ins Fleisch zu drücken und sie zusätzlich mit dem Draht befestigt, zuckt mein Bein reflexartig zurück und ich beiße mir auf die Zähne, bei dem stechenden Gefühl.

Mit heißen Gliedern macht er mit dieser grausamen Folter weiter. Trieb um Trieb, Wunde zu Wunde, wickelt er mir die geliebten Rosen das Bein hinauf. Jede aufkommende Träne klimpere ich weg. Unterdrücke jeden noch so gewaltigen Schmerz und schließlich lasse ich zu, dass er mich aufrecht hinstellt, damit ich mit der letzten verbliebenen Selbstachtung und der eigentlich nicht mehr vorhandenen Kraft die Rosen um meinen Körper annehme. Sie ranken über meinen Intimbereich, den Hintern hoch über den Bauch und meinen verwundeten Rücken. Sie umschlingen die Brust und enden auf der anderen Seite, den Arm herunter. Es fühlt sich wie Stunden an, bis er mit dem leidbringenden Kleid meiner Liebe fertig ist. Stolz präsentiert er sein Werk, als er mir den großen Spiegel freudestrahlend hinstellt. Wenn die Stacheln nicht schon beim Atmen wehtun würden, wäre dieses Bild aus natürlichem Grün, Weiß und Rosa-violett ein duftender Traum. Doch selbst bei angespannter, flacher Atmung ist es schwer, den Kiefer zu lockern und die aufkommenden Tränen zu unterdrücken. Ich kann mich nicht bewegen, nur zwingt er mich dazu.

»Komm, Puppe, dreh dich im Kreis.«

Mit erhobenem Kopf und der Hitze des bereits fließenden Blutes drehe ich mich langsam und mit kleinen Bewegungen, die weiter Blut fließen lassen, da die Stacheln die Haut einreißen.

Jede Mikrobewegung ist eine einzige höllische Qual und ich presse das aufkommende Schluchzen zurück, damit nicht noch mehr Leid auf mich zukommt.

»Oh, es wird ein großartiger Abend. Ich freue mich schon, dich vorzuführen.«

TRASH

Das wird nicht funktionieren. Es wäre lächerlich, wenn es wirklich aufgehen würde. Ich vertraue auf Sloans Arbeit. Auf seine Art, alles zu händeln und glaube auch, dass er mit der Situation fertig wird.

Aber es ist immer noch Sloan. Ein durchgeknallter Typ, der es liebt zu morden, noch mehr als ich. Der eine Schau, ein Bild daraus macht, statt mühelos den Plan umzusetzen.

Selbst wenn er seinen Hang für Dramatik auf ein Minimum zurückschraubt, ist es immer noch ein Kartell. Männer, die nicht vertrauen und nur bedingt der eigenen Sippe. Das macht mich mit jedem Sekundenschlag nervöser.

Deswegen sitze ich bei Bianca und warte auf den erlösenden Anruf oder eine kleine Nachricht. Zu unsicher war es, mitzufahren, um in der Nähe zu bleiben. Denn noch immer können wir davon ausgehen, dass das FBI irgendwo lauert, und mich kennen sie nun. Ich könnte im Club bleiben. Aber lieber ist es mir, direkt an der Quelle jeglicher Informationen zu sitzen, falls etwas schiefläuft. So kann ich rechtzeitig etwas unternehmen.

»Beruhig dich, Trash. Hier -« Bianca hält mir ein Glas mit

einer braunen Flüssigkeit hin und ich nehme es entgegen. »Er macht das schon. Es ist Sloan.« In einem Zug trinke ich das Glas leer und der brennende Whisky jagt mir die Kehle hinab.

»Genau deswegen ja. Es ist Sloan.«

Sie nimmt mir das Glas ab, stellt sich zwischen meine Beine und nachdem sie es auf dem Tisch neben uns abgestellt hat, legt sie mir eine Hand an die Wange. Mein Blick gleitet wie von selbst über ihre zierliche Figur in dem roten Kleid, passend zu ihren Haaren. Mit zwei Fingern unter dem Kinn zwingt sie mich, langsam weiter hinaufzuschauen, zu ihren Titten, die fast aus dem Ausschnitt fallen, hoch in ihr Gesicht.

»Du machst dir zu viele Gedanken, Trash«, haucht sie, nimmt ihre Hand zurück, um meine zu nehmen. »Soll ich dich ablenken?« Ohne eine Antwort abzuwarten, saugt sie meinen Daumen zwischen ihre knallrot geschminkten Lippen, spielt mit der Zunge daran und lutscht verführerisch weiter, sodass mein Schwanz sich an ihren Mund erinnert. Vorfreude erweckt ihn und er drückt sich gegen die Hose. Auffordernd durchbohrt sie mich mit ihren grünen Augen und mir fällt kein Wort mehr ein. Längst ist das ganze Blut in der Jeans gefangen und ballt sich dort in meinem Schwanz zu einem Verlangen. Schweigend entlässt sie den Daumen, geht unaufgefordert in die Knie und öffnet die Hose, ohne den Blick abzuwenden. Da ich genau so eine Ablenkung gebrauchen kann, löse ich mich von dem begierigen Blick und lehne mich zurück, als sie meinen Schwanz befreit und unmittelbar zu lutschen beginnt.

»Tiefer«, knurre ich und drücke sie mit der Hand an

ihrem Hinterkopf näher an meinen Schwanz. Würgend bleibt ihr nichts anderes übrig, als mich ganz aufzunehmen, während ich das Becken vorschiebe und mich in ihrem Mund versenke. Es ist so geil, dass ich mich kaum halten kann. Die Anspannung wechselt zu einer Hitze und ich dränge mich fester in sie. Ficke ihren warmen Mund und sie würgt bei jedem tiefen Stoß. Und es macht mich an.

So sehr, dass ich die Faust in ihr Haar balle und mich eine Erinnerung erreicht.

Meine Löwin, wie sie vor mir kniet und meinen Schwanz hingebungsvoll lutscht. Nur kralle ich die Finger in rotes Haar und nicht in volles, lockiges.

Abrupt verharre ich, sehe zu der Frau auf Knien herab und erschlaffe sogleich in ihrem Mund. Wütend drücke ich sie weg.

»Was denn?« Verdutzt sieht Bianca mich zu mir hoch und ich ziehe mich wieder an. »Was ist denn los?«

»Lass gut sein, Bianca.«

Allerdings hat sie das nicht vor und streift sich das Kleid ab. An ihrer hellen Haut gleitet es hinab und reizt mich nicht mehr wie sonst.

»Willst du mich nicht schlagen?« Ich hebe bei ihren Worten die Braue. »Oder mich würgen? Soll ich für dich weinen?« Erneut geht sie in die Knie, nur mit etwas Abstand zu meinen Beinen. »Soll ich darum betteln, dass du mich fickst?«

Das war einmal ein Anreiz. Jetzt gehört dieser Glanz der Vergangenheit, genauso wie diese Frau. Denn lieber möchte ich die Löwin betteln hören, sie schreien lassen und ... Bilder, wie sie im Auto meinen Schwanz geritten hat.

Viel lieber will ich genau das. Mehr als alles andere.

»Trash?«

»Steh auf.«

»Was ist dein Problem?«, zickt sie herum.

»Du! Zieh dich an. Ich werde dich nicht ficken.«

Mit gefährlich wütendem Gesichtsausdruck steht sie auf und sammelt das Kleid vom Boden, um es ruppig anzuziehen.

»Ist es wegen der kleinen Brasilianerin? Veronica?«

Darauf gebe ich ihr keine Antwort und nehme das leere Glas vom Tisch, um es hochzuhalten. Gerade als das Kleid wieder sitzt, reißt sie mir das Glas wütend und brummig aus der Hand und stampft aus dem Salon. Ich will keine andere mehr. Ich will nur noch meine Löwin.

Veronica

Jeder Schritt ein Schmerz. Jede Bewegung eine grausame Erniedrigung. Einen Weg, der unbestreitbar scheint, mit Stacheln, die einem das Fleisch aufreißen, hat er für mich gewählt. Dennoch gehe ich ihn mit erhobenem Kopf. Keine Träne verlässt mich, während ich mit kleinen, bebenden Schritten den Flur entlangschreite. Ausschließlich Schweißperlen laufen an mir herunter, als ich die Treppe hinabsteige, und brennen scharf in den Wunden.

Neben mir hält er mich an der Hand, die keine Rosen umgibt. Seine Finger sind mit meinen verschränkt und gemeinsam, wie ein liebendes Paar, betreten wir den großen Raum, wo die Gäste bereits auf uns warten. Wer mich alles umgibt und wessen Nähe ich erdulden muss, bekomme ich nicht mit. Viele Männer und nur wenige Frauen begrüßen uns und ich konzentriere mich darauf, nicht heulend zu Boden zu stürzen. Mich nicht in diesem Leid zu suhlen und zu schreien, den Schmerz herauszulassen.

Er steuert mich zur Raummitte, spricht und trotz seiner immerwährenden direkten Gegenwart ist er ganz weit weg von meinem Verstand. Weit weg von meinem Empfinden. Als würde ich neben mir stehen, längst aus meiner geschundenen Haut fahren und meinen zerstörten Körper verlassen, sehe ich, wie er mich auf ein Podest führt. Meine Glieder reagieren, ohne dass er den Befehl ausspricht, und er platziert mich mit dem Blick zum großen Tisch. Das alleine reicht ihm nicht, mich für meine Flucht in den Rosen zu bestrafen. Denn eine Kette hängt von der Raumdecke, woran er mich schon oft befestigt hat, um mich blutend im Raum schweben zu lassen. Sie ist nun auch mit Rosentrieben verziert. Er verwendet diesmal keine Manschetten, um mich zu fixieren, sondern zieht sich die Handschuhe an und schlingt mir einen rosenummantelten Gurt um die Körpermitte. Es lässt mich scharf einatmen, als sich die Stacheln durch den straffangelegten Rosengurt, tiefer in mein Fleisch bohren. Am hinteren Teil, direkt am Rücken, befestigt er die Kette. Schlimmer noch sind die Stacheln, die sich in die Wunden drängen, mich heiß aufspießen und doch nicht umbringen. Die Umgebung nehme ich in mich auf und als er sich einige Schritte entfernt, spüre ich die stummen Blicke der vielen Anwesenden und schaffe es kaum, vor Schmerzen ein Gesicht zu erkennen. Sie sind eine breite Masse Gesichtsloser und warten schweigend auf die Vollendung seines Opus. Gedimmtes Licht und ein Rauschen in meinen Ohren. Schwer und gleichzeitig bewundernd liegt die Stille im Raum. Innerlich jedoch ist es laut.

Unerträglich laut, durch das tiefe, schmerzerfüllte Geschrei in mir. Mit erhobenem Kopf nehme ich diese Pein weiterhin an, lasse nicht zu, dass er mir diese Liebe zu den Blumen zerstört, und er stellt sich vor mich. Lächelnd mustert er meine nicht vorhandene Stärke, nickt, geht in die Knie und verschwindet somit aus dem Blickfeld. Im nächsten Moment spüre ich einen Block an den Zehenspitzen und wie von selbst steige ich auf das kleine Stück. Merke dabei den stacheligen Schmerz, durch diese minimale Bewegung, wie tausend Messerstiche. Nur die Zehen stehen darauf, da ich gleichzeitig spüren kann, dass es zu schmal ist, für die komplette Sohle. Leicht tippt er gegen meine Fersen, gibt mir damit das Signal, mich aufzustellen. Die Qual schwer herunterschluckend erhebe ich mich angestrengt auf die Zehenspitzen.

Vor mir taucht er wieder auf und während ich versuche, das Gleichgewicht zu halten, das Zittern sich grausam verstärkt, bewegen sich die Stacheln mit dem wackelnden Takt in mir.

»Keine Angst, kleine Puppe. Falls du fällst, wird die Kette dich halten«, tröstet er mich, mit dem Wissen, dass dieser Sturz einen fatal unbeschreiblichen Schmerz auslösen wird, da sie nicht straff genug an mir haftet. Nur die Stacheln bohren sich in die frischen Wunden, gemeinsam mit den anderen des schmerzhaften Kleides. Bei einem Sturz würden sie zusammen die vernarbte Haut aufreißen, sie mir regelrecht vom Fleisch schälen und mich, wie nie zuvor, verletzen.

Er prüft erwartungsvoll mein Gesicht, sucht eine Reaktion und bekommt nichts von dem, wonach er sich sehnt. Gelangweilt, weil selbst die Tränen nicht fließen, dreht er sich um.

»Meine Puppe ist zurückgekehrt«, brüllte er, macht zudem eine weite, einladende Armbewegung. »Und ist schöner als je zuvor.« Lautes Klatschen, was meine Konzentration stört, Jubel und klirrende Gläser, die mich dem Schmerz näherbringen. Dennoch versuche ich zitternd, mich zu halten, mich an das Gefühl zu gewöhnen und es zu ertragen, obwohl keine Hoffnung in Sicht ist. Gerade gibt es kein ›ich muss nur bis‹, hier kommt nach der Folter nur weiteres Leid. Kein Ende. Keine Möglichkeit, dem zu entkommen. Und kein Ziel, worauf man hinarbeiten kann. Während die Gesellschaft das Scheusal zur vermeidlichen Rückkehr der Dornenprinzessin - wie sie mich nennen, beglückwünscht, entwickelt sich in mir ein unaussprechlicher Hass. Nicht gegenüber dem Monster, das mit den Gästen anstößt. Nicht gegenüber den wunderschönen Rosen, die meine Zuflucht sind. Nur auf Trash, der mir das hier hätte ersparen können. Der Mann, der sich glücklich in die Arme einer Blondine schmiegt, obwohl er weiß, welchem Leid ich ausgesetzt bin.

Ein tiefgehender Hass bildet sich und gibt mir eine merkwürdige Kraft, meinen Körper angespannt auf wenig Platz, unter noch größeren Schmerzen standzuhalten. Ich schaffe es sogar, mich den Rosen anzunehmen, weil sie mich umgeben, wie an dem Tag meiner Flucht. Sie verletzen mich, tun mir unabsichtlich weh. Aber sie sind hier und beschützen mich vor ihm, der sich mir nicht nähern kann, ohne sich selbst zu schädigen. Sie sind nach wie vor ein Schutz, halten sich an mich und in ihrer Umarmung werde ich unsichtbar für die weiteren Abscheulichkeiten, die das Monster für mich bereithält. Eine grausame Schutzschicht, deren Preis ich dafür tragen kann. Noch.

Ich starre in die Menge der Dunkelheit und nehme keinen wahr.

Doch mein Blick wird angezogen von einer einzelnen

Person. Während alle Gäste, ob Mann oder Frau, einen einzigen Klumpen darstellen, sticht diese Person heraus. Er ist wie das Licht, welches in dieser düsteren Atmosphäre seinen Glanz versprüht. Zunächst bemerke ich seine Körpergröße, seine breiten Schultern und den teuren Anzug, der seinen anziehenden Körper schmückt. Ich kann nur sein Profil erkennen. Dunkles Haar, einen Seitenscheitel, der in einer weichen Welle zur Seite nach hinten führt, kleine Stoppeln, die darunter aufblitzen und einen Schatten auf seinen Kopf werfen und schließlich zur nackten Haut seines Seitenkopfes übergehen. Hohe Wangenknochen und ein kantiges Kinn. Obwohl er mich gar nicht beachtet, mit jemandem spricht, der gegenüber im Schatten versinkt, zieht er meine Aufmerksamkeit auf sich. Wie ein merkwürdiger Sog. Von hinten wird er angetippt und dreht sich um. Ein Blitz durchfährt mich bei diesem Anblick, mit dem ich nicht gerechnet habe. Ich besinne mich, stillzuhalten und dennoch öffnen sich durch den kleinen Schock meine Lippen. Denn es ist nicht einfach nur ein Seitenscheitel auf seinem Kopf. Auf der anderen Seite - weniger als die Hälfte, sind seine Haare abrasiert. Schwarze Tusche ziert kunstvoll, in verschnörkelten Mustern, seinen restlichen Schädel, wo sie an seinem Hinterkopf unterm Haar verschwindet. Ein großes Loch in seinem Ohrläppchen, mit einem schwarzen Ring, macht dieses Bild der Unterschiede komplett. Jetzt erkenne ich auch den Ring in seiner Unterlippe. Plötzlich wirkt der Anzug an ihm falsch. Er verziert ihn nicht mehr, sondern verschandelt sein sonstiges Aussehen auf dieser Körperseite.

Niemals zuvor habe ich zwei Persönlichkeiten kunstvoll

ineinander übergehen sehen. Die Darstellung so detailliert, für alle sichtbar.

Dann wendet er sich mir zu, sieht mich unmittelbar an und verwirrt mich in nur einem Augenblick. Vor meinen Augen vermischt sich das Gute mit dem Bösen in einer Gestalt, tanzt miteinander und wird eins. Zu einer Person. Sie vereinen sich zu einem strahlenden Lächeln, welches mich trotz der Entfernung erwärmt. Es spendet mir Trost, ohne bemitleidet zu werden. Es gibt mir Halt, obwohl es mich zum Beben bringt. Und es wird stiller, obgleich längst laut gefeiert wird.

Schockartig wird der Blickkontakt abgebrochen. Genau vor mir, auf dem Podest, zwängt sich ein Junge zwischen mich und den Fremden. Fast verängstigt schlucke ich meinen Schrei hinunter und erreiche sofort wieder die Balance. Prüfend betrachtet mich der Junge ganz nah. Ich schätze ihn auf maximal fünfzehn Jahre. Wahrscheinlich wurde er vor Kurzem in die Gesellschaft eingeführt und darf nun an dem Erwachsengeschehen teilnehmen und in seine neue Position in der Familie hineinwachsen, bis sein Alter ihn ausreift für diese Stellung.

Mit großen Augen mustert er mich eingehend und seine Blicke sind mir unangenehm, gerade weil sie auf der hervorstechenden Haut meiner Brüste kleben, da, wo keine Triebe und Stacheln sind.

Er streckt die Hand aus und ich will ausweichen. Ich will schreien und ihn aufhalten und kann es nicht, mit dem Wissen, dass jede ruckartige Bewegung mich aufreißt.

Seine Finger streichen meine Haut entlang und Tränen bilden sich von selbst. Seine Berührungen werden auffordernder und ich kann nichts tun.

»Lass...«, beginne ich scharf zu flüstern und stoppe, als die flache Atmung mit dem tiefen Ton ihren Platz tauscht und der Schmerz meine Worte versiegt.

Er hingegen bekommt nichts von meinem Leid mit oder will es nicht sehen. Nimmt sogar noch die andere Hand dazu. Gerade als ich schreien und mich nicht von einem Kind berühren lassen möchte, höre ich ihn.

»Na, na, na« Er legt einen Arm um den Jungen, der verschämt seine Hände von mir zurücknimmt. »Die Puppe gehört mir. Du darfst sie nur anschauen, aber nicht anfassen.« Er schiebt ihn mit sich und ich höre nur noch, wie er ihm erklärt, dass er sich bald auch eine Frau suchen kann. Fassungslos haftet mein Blick auf den Rücken der beiden, die sich von mir entfernen. Kurz darauf schaue ich wieder zum Unbekannten, der sich von mir abgewandt hat und von der Menge verschlungen wurde.

Es vergehen gefühlt Stunden, sind aber mit Sicherheit nur einige Minuten. Dennoch ist es unter so einer Qual kaum möglich, mein Gewicht weiter auf den Zehenspitzen und die Balance zu halten. Die Gäste essen bereits, trinken und werfen Blicke zu mir rüber, die mir egal sind, in Anbetracht meines eigenen schmerzhaften Umstands und der Furcht, zu stürzen und von messerscharfen Stacheln aufgefangen zu werden.

Unvermittelt tritt eine Unruhe ein und Geschirr zerbricht, weshalb ich meinen Blick fixiere und von meiner Lage abgelenkt werde. Nacheinander stürzen Köpfe auf den Tisch, Oberkörper, die entweder vor- oder zurückfallen, einige zur Seite.

Es vergeht noch keine Minute, da ist es still im Raum. Geschockt sehe ich, dass alle Anwesenden, inklusive Vincent, bewusstlos sind. Was passiert hier? Leben sie noch? Ich blicke vorsichtig zur Seite und sehe sogar Kellner am Boden liegen und in der Ferne einen der Sicherheitsmänner. Selbst dieser liegt am Boden.

Mein Blick wandert im Raum umher und ...

»Ah!« Ich erschrecke, als der mysteriöse Fremde sich lächelnd aufrecht hinsetzt. Und dieses Lächeln ... diabolisch ... grausam ... wie vom Teufel persönlich. Kein Vergleich zu dem Strahlen. Die Stacheln in meiner Haut verblassen bei den weichen, schwingenden Bewegungen, als er sich hinstellt und ein Messer aus dem Jackett herauszieht. Mit einem Finger auf den lächelnden Lippen bedeutet er mir, still zu sein und mir bleibt das Herz stehen, als er die Klinge an die Kehle eines Gastes setzt. Blut spritzt und hält ihn nicht auf, reihum jeden zu töten.

Ein Massenmord vor meinen Augen und er lässt es mir unwirklich vorkommen. Lässt die Gäste wie Puppen aussehen und macht keinen Halt. Köpfe hängen im Nacken, Blut über Blut strömt zu Boden und er schwingt das Messer wie seinen verlängerten Arm in geschmeidiger Bewegung durch weiteres Fleisch.

Selbst die Frauen sterben und auch der Junge. Keine Gnade.

Sein Gesicht strahlt dabei, als wäre er in Ekstase, während mir speiübel wird und ich den Schock kalt in meinen Venen spüre.

Nachdem selbst die Angestellten unter seiner Klinge sterben, kommt er mit diesem Blick auf mich zu, ich beginne zu zittern und verliere die Balance. Bevor ich jedoch in die stechenden Arme meiner Zuflucht stürze, hält er mich am Oberarm, wo keine Rosen sind, aufrecht und ich rieche das Eisen an seinen blutüberströmten Händen und Anzug.

»Shhh.« Als ich ängstlich das Gleichgewicht finde, löst er sich und holt eine kleine Plastiktüte aus dem Inneren seines Jacketts.

Panik lässt mich ungewollt schluchzen und ich sehe mich schon dem Tod in die Arme fallen. Er holt daraus eine Spritze mit einem kleinen Schlauch und Beutel.

»Halt still«, flüstert er dunkel, bedeutungsschwer, kaum hörbar und nimmt meinen Arm. In meine Vene sticht er die Nadel und ich schaue dabei zu, wie er diese mit einem Klebestreifen an meiner Haut befestigt und daraufhin den Beutel an meinem Handgelenk. Verwundert starre ich auf mein Blut, welches in den Beutel fließt und verstehe nicht, was hier vor sich geht. Was passiert hier gerade? Warum tut er das?

Ich blicke auf, bei den Geräuschen von vielen Schritten. Stampfenden Stiefeln von Männern, die den Raum betreten und die Leichen wegschaffen. Ohne Tumult erkenne ich einen Schauplatz des Todes und alle scheinen es für selbstverständlich zu halten. Keiner spricht und die Toten verschwinden nacheinander, ohne jegliches Chaos. Dann steht er wieder vor mir, sieht mich an und lächelt so freundlich, als wäre der Teufel aus ihm gefahren. Strahlend, als wäre er mein bester Freund und würde mir helfen. Er hebt eine weitere Spritze hoch, vor meine Augen und zeigt mir damit die Warnung, die ich nicht verstehe. Schweigend überwindet er das Podest. Er entfernt den Blutbeutel sowie die Spritze, drückt den Daumen auf die Einstichstelle und zieht mit den Zähnen die Hülle der Nadel ab.

»Was?«, hauche ich und mein Puls schnellt ungewollt hoch. Mein Herz pumpt stark und laut unter der Brust.

Die Atmung hält inne, als die Nadel sich durch das Fleisch bohrt. Er presst die Flüssigkeit in meinen Körper und es dauert nur wenige Augenblicke, wenige Wimpernschläge, bis meine Sicht verschwimmt und ich sehe schwarz. Spüre nichts mehr.

Erschlaffe.

Teil 3

Sloan

Bewegungslos liegt sie auf dem Tisch. Den Kopf zur Seite gedreht, ihre blassen Lippen leicht geöffnet und die Augen geschlossen, sodass ihre langen Wimpern auf der Wange ruhen. Die schwarzen Locken ausgebreitet auf der ganzen oberen Fläche und mit ihrem Körper umgeben von Rosen und Dornen gibt sie uns ein anmutiges Gemälde. Frisches Blut und bereits getrocknetes bilden auf ihrer Haut rote Flüsse, während ihr Puls am Hals lebensdurstig pulsiert.

Schöner, als ich es je zeichnen könnte. Ich genieße diesen bemerkenswerten Anblick. Das ist Kunst. Faszination. Leben und Tod. Ein erregendes Bild.

»Willst du sie nicht daraus befreien?« Zwar sieht er mein Messer in der Hand und durchaus hatte ich dies vor, nur reizt mich das vor mir liegende Kunstwerk mehr und ich gehe um den Tisch herum. Ohne auf die Anwesenden zu reagieren oder sie wirklich wahrnehmen zu wollen, beuge ich mich vor, knicke eine weiße Blüte ab und drapiere damit ihr Haar. Darauf muss ich einen Schritt zurücktreten und das Gesamtbild in mich aufnehmen. Jeden Zentimeter ihrer braunen, nun bleichen Haut mit den Blutspuren und den spitzen Dornen in ihrem Fleisch für die Ewigkeit in mir speichern.

»Sloan?«

»Sei still. Deine Stimme zerstört dieses in Perfektion gearbeitete Kunstwerk.«

»Spinner.« Das ist offenkundig. Leider ist er nicht der Einzige, der die Ruhe stört. Das Klingeln des Handys übertönt die Schönheit vor mir und ich lege das Messer neben die Kreation, um nachzusehen, wer es wagt, mich in meiner Faszination zu belästigen.

Mit einem Blick schalte ich es, ohne ranzugehen, aus und widme die Aufmerksamkeit wieder dem Bild vor mir.

»War das Trash?«

»Ja.«

»Was sagst du ihm?«

»Nichts.«

»Du musst ...«

»Psst«, mache ich und hoffe, dass die hörbaren Schritte mir sein Fortgehen bestätigen, während mein Blick nicht von der zarten, vernarbten Haut, die mit Dornen umwandert ist, weicht. Es ist unglaublich, wie sie die Löwin umfassen. Sie umgeben sie, als wären sie schon immer dort gewesen.

Als wären diese Kletterrosen an ihr hinaufgewachsen, um ihr Leid und Schönheit zu vermitteln. Geradezu liebevoll halten sie die Löwin fest. Klammern sich an sie, damit sie sich nie von ihr verabschieden müssen.

»Sloan?« Ich verdrehe die Augen und wende den Blick ab, um den noch einzigen Mann neben mir in diesem Raum anzusehen.

»Bitte. Was kann ich tun, damit du verschwindest? Musst

du nicht irgendetwas schreiben? Dokumente sortieren oder kopieren?« Meine Stimme bleibt ruhig, obwohl ich ihm lieber direkt das Messer ins Auge stechen möchte.

»Seh ich aus wie eine Sekretärin?«

Mein Blick wandert über den dunklen, blauen, hässlichen, billigen Anzug.

»Nein, aber du verdienst sicher genauso wenig, sonst würdest du diesen Polyesterdreck nicht tragen.«

»Wann wacht sie auf? Wie lange wird sie bewusstlos bleiben?« Solange ich will. Worüber ich lächeln muss.

Er schnaubt, als könne er meine Gedanken lesen.

»Ich muss mit ihr reden.« Was mich kein bisschen interessiert.

»Sloan!« Ich lege den Kopf schief, mustere seine Augenränder und lächele spöttisch über seine offen gezeigte Nervosität.

»Wir werden sie morgen Mittag wegfahren.« Natürlich will er das.

»Ist sie hier nicht in Sicherheit?« Es ist ein Safehouse, mit Sicherheit ist es hier sicher. Nur kenne ich es jetzt, was ihm nicht zusagt.

»Wir bringen sie an einen anderen Ort und ich muss mit ihr reden.«

»Sie ist dann noch nicht transportfähig und Trash weiß nichts von diesem Ort, also bleibt sie hier, bis sie ausreichend versorgt wurde. Übermorgen kannst du sie haben.«

»Wenn ich mit ihr zuvor gesprochen habe.« Trotz seiner Angst mir gegenüber baut er sich auf, was mich amüsiert.

»Husch, husch.« Mit einer drehenden Handbewegung

zeige ich ihm, dass er gehen soll. »Los, geh schon. Ich muss sie aus den Rosen schneiden.« Knurrend dreht er sich um und lässt mich endlich allein.

Allein mit dieser Pracht aus genialem Schmerz und detaillierter Schönheit.

»Oh, dieser Holländer ist ein Genie.« Niemals wäre ich auf diese Idee gekommen, ihren Spitznamen so in Szene zu setzen. Sie zu foltern und gleichzeitig wertzuschätzen. Mir geht glatt einer ab.

TRASH

Warum geht er nicht ran? Was ist passiert?

Auf und Ab laufe ich Spuren über das Parkett, raufe mir die Haare und mit jeder vergehenden Minute, in der ich nichts von ihm höre, steigt mein Puls. Vor Stunden hätte er sich schon melden müssen. Der Plan ist schiefgelaufen. Mit Sicherheit wurde er spätestens in der Kanalisation aufgehalten.

Es war zu einfach.

Nicht genial genug, um sie zu befreien. Vielleicht wurde er aber auch viel früher abgefangen. Man hat ihn doch erkannt, obwohl er immer dafür sorgt, wie ein Geist umherzustreifen.

Ich muss etwas unternehmen! Jetzt! Denn längst hätte er mit ihr hier auftauchen sollen.

Es sollte mühelos vonstattengehen. Er betäubt alle, tötet jede Person im Haus und nimmt ihr Blut ab, um es überall zu verteilen, falls der Arzt sie suchen sollte. Nachdem er dann Vincent verschwinden lassen hat, sollte er mit ihr hierherkommen. Über die Kanalisation. Ganz einfach. Zu einfach.

Es reicht! Ich muss die Strecke abgehen. Deswegen marschiere ich aus dem Salon und Bianca kommt mir entgegen.

»Hast du etwas gehört?«

»Gerade den Anruf erhalten, dass sie raus sind.«

»Von wem?«, brülle ich sie ungewollt an.

»Einem meiner Leute. Sloan wird gleich hier auftauchen. Beruhige dich.«

»Er hätte vor Stunden hier sein müssen!«

»Ja. Aber er musste er Visser loswerden. Vielleicht ist da etwas schiefgegangen. Er wird kommen. Es ist Sloan.« Ja und nein. Obwohl ich mir keine Sorgen machen brauche, ist er auch der Grund, warum ich es tue. Manchmal ist er in seinem Mordrausch gefangen und sieht die Gefahr nicht kommen. Zu oft habe ich ihn aufgehalten oder aus der Scheiße geholt. Zuletzt erst bei Bianca.

»Wenn du sie jetzt suchst, den Weg abfährst, bringst du nur dich selbst in Gefahr.«

Sie hat recht. Und dennoch wird mich das nicht aufhalten.

»Überleg', Trash. Der Arzt wurde sicher schon informiert. Wenn du da auftauchst, bestätigst du nur deine Teilnahme am Geschehen. Er darf nicht wissen, wer verantwortlich dafür ist. Er soll denken, Visser und Veronica sind jemandem zum Opfer gefallen oder entführt worden. Erst zu spät wird seine Leiche auftauchen und das

Double von ihr.«

»Und wenn sie bereits geschnappt wurden? Ich weiß nicht, in welchem körperlichen Zustand sich die Löwin befindet.«

»Die Löwin?« Sie schmunzelt. »Sie schafft das, genauso wie Sloan. Warte hier oder fahr in den Club. Sie sind aus dem Palast entkommen und werden bald hier sein. Wenn nicht, würde sich Sloan melden.«

Womit sie auch recht hat und ich nicke. Widerwillig.

Er wird sich melden.

Veronica

Sonnenstrahlen dringen zu mir durch. Obwohl ich die Augen geschlossen halte, prallen diese dröhnend in meinen Kopf, hinterlassen ein Vibrieren und nötigen mich aus dem tiefen, traumlosen Schwarz zu erwachen. Häppchenweise reihen sich die Erinnerungen an das, was zuvor passiert ist und schlagartig bin ich in Alarmbereitschaft, als mir wieder einfällt, dass dieser faszinierende Mann mit einem Messer vor mir stand. Er hat mir Blut abgenommen und ein Gift injiziert. Rasch setze ich mich auf, spüre noch nicht einmal die Schmerzen, die sich wie ein Alptraum angefühlt haben. Nur meine verbundenen Arme bezeugen, dass es keine Einbildung war. Das ich tatsächlich ein Kleid aus Rosen trug. Ich ziehe das helle Laken von mir. Nackt liege ich einem Bett an einem mir unbekannten Ort, eingewickelt in Mull und Baumwolle. Mehrere Verbände sind um Beine, Arme und meinen restlichen Körper gewickelt und ich gleiche einer Mumie.

Die Füße lugen hervor, meine zittrigen Hände sind frei, sowie Hals und Kopf. Genauso wie meine Mitte. Der Nacktheit ausgeliefert, ziehe ich das Laken wieder über mich. Stehe damit auf und wickele es mir, geschützt vor fremden Blicken, um den Körper. Ein großes Fenster, welches die Sonne ungebeten hereinlässt, liegt genau an der Seite zu einer Hauptstraße. Neugier und Panik zurückgedrängt gehe ich näher dorthin und erkenne, wo ich mich in Manhattan befinde.

Nur nicht warum.

Was mache ich hier in dieser scheinbar heruntergekommenen Wohngegend, während das innere dieses Zimmers klinisch hell erstrahlt. Nicht luxuriös, nicht heimisch, nur weiß, ohne persönliche Gegenstände. Helle Wände, sowie wie Schränke und das Bett, in dem ich erwacht bin.

Warum bin ich hier?

Hätte er mich nicht ins Krankenhaus bringen müssen, wenn er mir helfen wollte? Oder war er nur ein Auftragsmörder?

Ungewiss hadere ich mit mir, den Raum zu verlassen. Doch die Neugier siegt und ich öffne leise die Tür.

Der Geruch von frisch aufgebrühtem Kaffee fliegt mir in die Nase und ich schlucke schwer, als der Flur, in dem ich stehe, genauso klinisch wirkt.

Mit langsamen Schritten schreite ich ihn entlang, die Finger fest ins Laken gekrallt und sehe mich um. Unter einer Tür leuchtet etwas Bläuliches hervor und als ich die Hand nach der Klinke ausstrecke ...

»Willst du einen Kaffee?« Verschreckt ziehe ich sie zurück und drehe mich um bei dieser Stimme, die sich vertraut anhört, ich aber nicht zuordnen kann.

Ich entdecke eine kleine Wohnküche mit jemandem, der am Tisch sitzt und die Zeitung vor sein Gesicht hält.

Ich lasse mir das Misstrauen und die Unsicherheit nicht anmerken. Wenn man mich tot sehen wollte, wäre ich es bereits und man hätte meine Wunden nicht versorgt. Deswegen gehe ich auf den Raum zu, betrete diesen und setze mich unmittelbar ihm gegenüber.

»Guten Morgen«, spricht er leise und sanft zu mir. Ich sehe vor mir, wie er das Messer lächelnd hält und schwingt und brauche ihm die Zeitung nicht wegzureißen, um zu wissen, wer sich dahinter versteckt. Ich habe seine ruhige Stimme erkannt und gleichzeitig federt die Vertrautheit mit. Etwas, was mir das Gefühl gibt, dass er nicht vorhat, mich zu töten. So freundlich und gefährlich. Wie sein Aussehen.

»Also? Kaffee?«

Schweigend starre ich auf die Zeitung, die er noch immer hochhält.

»Wie heißt du?«, will ich zusammenhangslos wissen.

»Nenn mich wie du möchtest.« Ich kenne ihn irgendwoher. Aber eben auch nicht. Verwirrt reibe ich mir übers Gesicht.

»Held?«

Da lacht er auf und gibt mir ein weiteres Déjà-vu Gefühl, welches ich ebenfalls nicht zuordnen kann. Sein Aussehen und Auftreten wären mir im Gedächtnis geblieben. Also warum nur diese Stimme und sein herzliches Lachen?

Seine langen Finger falten das Papier zusammen, legen

die Zeitung ordentlich auf den Tisch und er schaut mich mit diesen Gegensätzen, die sein Gesicht darstellen, an. Mustert meine Reaktion. Dabei prüfe ich selbst nur das, was ich bereits gesehen habe. Die Mischung aus Gut und Böse. Das Spiel von freundlich hell und gefährlich dunkel.

»Ich bin kein Held.«

»Ein heldenhafter Massenmörder?« Erneut lacht er. Seine Anwesenheit erfüllt den Raum mit Glück, Hoffnung und Fröhlichkeit. Ich kann mich seiner Wirkung nicht entziehen und lächele selbst, als er aufsteht und zur Küchenzeile hinübergeht. Dennoch brennen unzählige Fragen auf meiner Zunge.

»Warum bin ich hier?«

In eine Tasse füllt er Kaffee und fragt: »Milch und Zucker?«

»Beides. Was willst du von mir?«

Er kommt zu mir, stellt mir die Tasse hin und setzt sich wieder mir gegenüber.

»Also?«

»Also, was?«, fragt er mich, als hätte er mich zuvor nicht sprechen hören.

»Ich habe dich gefragt, warum ich hier bin.«

»Solltest du nicht fragen, wo du bist?«

»Das weiß ich bereits.«

Lächelnd mustert er erneut meine Gesichtszüge, als ich nach der Tasse greife und einen Schluck trinke.

»Woher willst du das wissen?«

Heiß gleitet mir das flüssige Gold die Kehle hinab und

erwärmt mein Inneres. Nach diesem besonderen Gefühl lächele ich zurück.

»Na ja. Die Wohnung hat Fenster.«

Leicht nickend wird ihm wohl klar, wie offensichtlich es ist.

»Beantwortest du jetzt meine Frage?« Gleichzeitig schaue ich an ihm vorbei und betrachte die Küche genauer. Auch hier befindet sich nichts Persönliches. Es wirkt fast so, als wäre das eine Musterwohnung. Rein, neu und unbewohnt.

»Du bist hier, weil ich dich nicht dalassen konnte.«

Da es andere auch getan haben, verwundert mich seine Antwort. In seinen braunen Augen erkenne ich, dass viel mehr hinter seinen Worten steckt.

»Wer bist du?«

»Ein heldenhafter Massenmörder«, wiederholt er grinsend meine Aussage.

»Das sind meine Worte. Warum konntest du mich nicht dalassen? Was soll ich hier?«

»Nimm es an, wie es ist.«

»Wie ist es denn?«

»Du bist in Sicherheit.«

Das reicht mir nicht. Gelassen sitzt er vor mir, reagiert nur mit Worten auf die Fragen, aber zeigt sonst keine Reaktion. Seine Augen wandern ruhig über meinen angespannten Körper, während er souverän, geradezu entspannt vor mir seinen Kaffee trinkt. Seine heitere Maske ist kaum zu durchdringen. Auch seine Fingerspitzen verraten nichts über ihn. Nach wie vor löst er eine ungewohnte Vertrautheit in mir aus, was ich partout nicht einordnen kann.

»Sag mir, warum du mich mitgenommen hast.«

»Wäre es dir lieber...«

»Beantworte mir nur diese Frage«, quatsche ich ihm dazwischen und er nickt kurz.

»Ich war zu einem Fest eingeladen und da habe ich dich unerwartet gesehen. Obwohl es interessant war, eine so hübsche Frau in diesen Rosen zu sehen, konnte ich dich nicht noch mehr Leid aussetzen. Ich musste dich mitnehmen.«

»Um mich zu besitzen?«

»Nein, um dir die Freiheit zu ermöglichen.« Was ich ihm nicht glaube.

»Also kann ich einfach gehen?«

»Nein, so einfach ist das nicht.« Da komme ich doch der Sache näher. Ich lehne mich im Stuhl zurück und lächele ihn so bezaubernd an, wie ich kann.

»Dann erklär es mir.«

Als würde er mich spiegeln, lehnt er sich ebenfalls zurück, nur legt er den Kopf schief.

»Du musst erst zu Kräften kommen. Deine Wunden müssen versorgt werden und, nicht zu vergessen, habe ich dich betäubt.« Erneut wandert sein Blick über mich. Nur diesmal eher ungewollt. Dennoch verstehe ich sehr gut, was er mir zwischen den Zeilen damit sagt. Ich werde diese Wohnung erst verlassen, wenn er es möchte. Und mit Sicherheit ist er nicht auf mein Wohlbefinden aus. Etwas ganz anderes schwingt zudem mit. Mich wird er mit seinem Charisma nicht blenden.

»Warum bist du so freundlich?«, spiele ich mit und er geht darauf ein, als er den Spiegel verlässt und sich vorbeugt. Er streckt die Hand zu mir aus und streicht mit den Fingerspitzen meinen verbundenen Unterarm entlang, mit dem ich das Laken fest an mich gepresst halte.

»Warum sollte ich es nicht sein?« Weil sein Auftritt bei der Party geplant war. Weil er alle betäuben konnte, um sie nacheinander zu töten. Weil er Utensilien vorbereitet hatte, um mir Blut abzunehmen. Das gibt mir zu verstehen, dass ich das Ziel war. Breit grinsend hauche ich gespielt dankbar: »Du bist ein Engel, der mir gesandt wurde.«

Was ihn wieder laut zum Lachen bringt, aber mich nach wie vor berührt. Er hat nicht vor, mich zu besitzen. Dennoch kann ich meine Wirkung auf ihn greifbar spüren. »Möchtest du etwas essen?« Kopfschüttelnd verneine ich das. Meine Anwesenheit hier ist nicht länger von Bedeutung und ich sollte besser verschwinden. Als könne er hören, was ich mir selbst zugeflüstert habe, erklärt er: »In dem Zimmer, wo du aufgewacht bist, befinden sich Schränke mit Kleidungstücken. Leider nur Männerkleidung, da man hier nicht auf Frauen vorbereitet ist.«

»Du bist nicht allein«, fällt mir seine Wortwahl auf.

»Nicht immer aber oft. Wieso? Willst du meine Einsamkeit vertreiben?«

Seine Fingerspitzen an meinem Arm, die ich kaum spüre und ein weiteres Mal ein Déjà-vu auslösen und die

Anzüglichkeit in seinen Worten, bringen mich wissend zum Lächeln, was mich auf eine Idee bringt, und ich beuge mich vor.

»Du bist hier. Ich bin hier. Warum nicht?«

Verwundert verschwindet sein Grinsen und seine Lippen öffnen sich, als wolle er etwas sagen. Doch im nächsten Augenblick springt er auf, kommt um den Tisch herum, nimmt mein Gesicht in seine Hände und küsst mich.

Er verliert keine Zeit, zieht mich an sich, ohne meine Lippen freizugeben und hebt mich an den Oberschenkeln hoch.

Auch, wenn der Schmerz der Wunden mich peinigt, gebe ich mich diesem leidenschaftlichen Kuss hin. Fest presst er mich an sich und trägt mich aus der Küche, als würden wir gemeinsam ertrinken.

Nur spüre ich leider nichts.

Keine Wärme oder gar Hitze.

Kein Kribbeln.

Nichts.

Trotzdem gebe ich mich dem hin, überkreuze unter dem Leid meines Körpers in seinem Rücken die Fußknöchel und folge seinen Lippen in diesen eigentlich angenehmen Kuss.

»Du gehörst mir, Puppe!« Die aufkommende Erinnerung, seine Stimme und dieses elendige Gefühl drücke ich von mir. Sie darf mich jetzt nicht mit sich reißen.

Zwischen unseren Körpern ist das Laken gefangen. Doch als er mich im Schlafzimmer auf dem Bett absetzt, rutscht es herunter. Gleichwohl ich nackt bin, verdecken die

Binden meine Haut und geben nur meine Scham frei. Worauf er nicht achtet, als er sich von mir löst und mit einem Handgriff sein dunkelblaues Shirt über den Kopf zieht. Mein Blick wandert über seine muskulöse, halb tätowierte Haut. Schlangen tanzen auf seinem Rippenbogen und mein Blick huscht zu dem Geschlängel, welches sich zu seiner Jeans zieht. Da fällt mir sein Gürtel auf, als er einen Schritt auf mich zu macht. Ich springe auf und meine Finger landen auf seinem Gürtel. Er hält mich nicht auf, als ich diesen öffne. Streicht mir sogar durchs Haar, als ich das Leder komplett aus den Laschen ziehe und ihn neben mir auf dem Bett ablege. Mit großen Augen schaue ich zu ihm auf, während ich an der Bettkante knie und er über mir ragt. Als ich mich an seinem Hosenbund zu schaffen mache, drückt er mich an der Schulter zurück, sodass ich mit dem Rücken auf der Matratze lande und meine Beine sich automatisch aufstellen. Er zieht sich die Hose aus und obwohl ich mir das so nicht gedacht habe, schreibe ich ihm die kleine Macht zu, als er sich über mich beugt und ich seine Härte an meiner Mitte spüre.

Hände an meiner Kehle, Schmerzen an den Rippen und das Brennen über meiner Haut ... »Meine kleine Puppe.«

Anscheinend hat er bemerkt, dass ich trocken bin. Weshalb er seine Finger befeuchtet und kurz darauf dringt er in mich ein, während die Vergangenheit an mir zieht, mich gefangen nehmen möchte.

Stöhnend, weil ein Eindringling in mir ist, halte ich mich

an seinen Armen fest und schließe die Augen.

»Du bist so eng«, raunt er ***»Oh, ich liebe dich und deinen Körper, Puppe«*** und merkt nicht, wie unerträglich sich das für mich anfühlt. Wie grausam es ist, dass sich seine Stimme, mit der vom Monster vermischt. Doch auch der Schmerz meiner Wunden am Rücken ist in dieser Position kaum zu ertragen, was mir einen guten Grund gibt, ihn wegzudrücken, als er stoßweise tiefer in mich eindringt, um mich und diese Situation unter Kontrolle zu bringen. Er lässt zu, dass ich ihn auf den Rücken presse und wundert sich kurz, als ich rittlings auf ihm sitze und meine Hüften bewege. Ich gebe mir Zeit, mich an ihn zu gewöhnen, doch immer wieder presst er sich von unten in mich und spießt mich regelrecht auf.

»Sei brav, kleine Puppe. Gib mir alles und entschuldige dich, für deinen Ungehorsam.« Jetzt darf ich nicht abdriften. Ich darf nicht in bekannte Verhaltensmuster fallen. Er greift an meine Hüften und reflexartig halte ich seine Handgelenke fest, während meine Bewegungen fordernder werden. Nichts löst er in mir aus und dennoch lasse ich den Kopf in den Nacken fallen und reite ihn.

Ich muss ihn genau an diesen einen Punkt bringen. An dem, wo er vergisst. Also lasse ich ihn los, greife nach hinten und gleichzeitig nach unten und nehme seine Hoden in die Hand.

»Ja!«, stöhnt er auf und sein Griff an mir, jagt mir Tränen in die Augen. Weshalb ich die Hand von ihm nehme, den

Gürtel angle und seine rechte Hand ergreife. Stirnrunzelnd sieht er mich an.

»Willst du das hier?«, frage ich und bewege meine Hüfte.

»Scheiße, ja!«

»Und das hier?« Erneut bewege ich meine Hüfte und lege wieder eine Hand an seine Hoden, um sie kurz zu massieren.

»JA!«, stöhnt er und stemmt sich gegen mich. Doch ich halte inne, kreise nicht mehr.

»Dann...« Ich lege sein Handgelenk in die Schlaufe des Gürtels und er will sie zurückziehen. »Du tust mir weh.«, erkläre ich. »Wenn du das hier beenden möchtest, lässt du das zu.« Und führe seinen Arm über den Kopf, nehme noch seinen anderen Arm und schaffe es, beide Handgelenke über ihm am Bettgestell zu fixieren. Was er selbstverständlich zulässt. Wie versprochen mache ich weiter. Massiere seine Juwelen und reite ihn in Ekstase. Mein Blick bleibt auf seine Fesselung fixiert, die anscheinend seiner Kraft standhält, da er immer wieder aus Reflex daran zieht.

»Ja, Löwin, mach weiter.«

Löwin.

Während ich mich bewege, blitzen Bilder auf. Und vor mir erscheint dieser Massenmörder in einer Affenmaske. Mit einer Hand halte ich seinen Mund zu. Worauf er reagiert.

»Was machst du?«, spricht er gedämpft gegen meine Finger und ich weiß augenblicklich, dass es wirklich Sloan ist. Seine verklungene Stimme. Diese Vertrautheit. Unter mir liegt Sloan.

Nur lasse ich mir meine Erkenntnis nicht anmerken,

lächele und mache:

»Shhh. Genieße.« Ich nehme die Hand weg und bewege schneller die Hüften, übe mehr Druck aus. Obwohl meine Mitte bereits brennt und ich innerlich vor Wut koche, mache ich weiter, bringe ihn zum Stöhnen, bis er unter mir zu Wachs wird.

Dann spüre ich in meiner Hand, wie er sich zusammenzieht, erkenne das Zucken in meiner Mitte und stehe langsam auf, sodass er aus mir gleitet.

»Was?« Er verzieht das Gesicht und ich mustere es zusammen mit der Fesselung. »Mach weiter.« Doch ich fixiere den Gürtel, sehe, wie er daran zerrt und erkenne, dass er fest genug ist, sodass er sich nicht befreien kann. Nachdem ich sein Knurren und seine aufkommende Wut ignoriere und mir sicher bin, dass er sich wirklich nicht befreien kann, stehe ich auf und gehe zum Kleiderschrank.

»Oh, du kleine, miese, clevere Schlampe!«

»Löwin«, berichtige ich ihn, als ich im Schrank Socken finde. »Du hast Löwin gesagt.« Er hält inne, als ich mit den gebündelten Socken auf ihn zu gehe und sie in seinen Mund stopfe.

»Ich danke dir, Sloan. Dass du mich befreit hast.« Jetzt erkennt auch er seinen Fehler und ich küsse seine Stirn. »Schade eigentlich. Du siehst wirklich gut aus. Nur will das einfach nicht mit uns funktionieren.«

Jetzt blitzt er mich wütend an.

Was mir egal ist, da ich mir Kleidungsstücke aus dem Schrank ziehe. Eine Jogginghose und einen Hoodie. Beides in Schwarz und ich bekomme ein weiteres Déjà-vu, nur diesmal erkenne ich die Herkunft. Ich schaue auf den wütenden Sloan, der sich versucht, zu befreien.

Plötzlich verfärbt sich das Zimmer blutrot. Ich halte ein Messer in der Hand und spüre das Zittern in meinen Gliedern. Blut pumpt durch meine Venen und mein Körper rät, zu laufen. Schreit danach, so schnell wie möglich aus dem Fenster zu springen, die Rosenranken hinabzuklettern und den Palast zu verlassen. Rasch schüttele ich die Erinnerung von mir ab. Ich bin nicht mehr dort. Auch wenn ich besser flüchten sollte.

Bevor ich allerdings das Weite suche, schnappe ich mir seine Hose und finde auf Anhieb seine Geldbörse.

»Wie nett du doch bist. Erst rettest du mich und dann gibst du mir auch noch...« Ich entferne alle Scheine. »So viel Geld, damit ich neu anfangen kann. Du bist ein Schatz.« Und ein Psychopath. So wie er die Leute umgebracht hat. Wie er sämtliche Kehlen durchschnitten hat, als würde in seinem Kopf ein Lied spielen, ist mehr als nur krank.

Dann sehe ich in die anderen Taschen der Hose und finde ein Messer, welches ich ebenfalls entnehme, sowie ein Magazin. Und wo Munition ist, befindet sich auch irgendwo eine Waffe.

Ich stecke alles in meine Hose und kehre zu ihm zurück.

»Vielen Dank. Du hast etwas gut bei mir, nicht heute. Aber irgendwann.« Ein weiterer Kuss landet auf seiner Stirn und er grinst mich diesmal an, anstatt in die Socke zu fluchen. Aus dem Raum hinausgeeilt, führt mich mein Weg in die Küche. Dort suche ich alles ab und finde eine Waffe in der Schublade, neben Küchenhelfer. Fassungslos schüttele ich den Kopf und verlasse die Wohnung.

Da ich barfuß unterwegs bin, halte ich mich, gerade weil

es helllichter Tag ist, im Verborgenen. Und versuche gleichzeitig, in den Menschenmassen der arbeitenden und shoppenden Bevölkerung unterzugehen. Schließlich finde ich ein Schuhgeschäft, in dem durch Ausverkauf die Hölle los ist und verschwinde ungesehen zwischen den Regalen. Schnell und während ich mich umsehe, greife ich ein Paar Sneaker in meiner Größe aus dem Fach, mache alle Zettel ab und ziehe sie an. Als würde ich nach einem neuen Paar suchen, streife ich durch die wenigen Gänge, schaue mich um und begutachte einige Exemplare auffällig, um naserümpfend weiterzugehen.

Schließlich verlasse ich den Laden, so, als wäre ich nicht fündig geworden, während mein Puls aufgeregt gegen meine Haut pumpt, und verschwinde ungesehen in der nächsten Menschentraube, die mich wegschafft. Ich folge dem Strom rasch und in dem Moment, als mein Puls aus Sicherheitsgefühl wieder normal zu schlagen beginnt, kommt die Trauer. Denn ich bin allein.

Meine einzige Vertraute arbeitet fürs FBI. Unsere Freundschaft basiert nur auf ihrer Arbeit. Ich bin die ganze Zeit über ihre Arbeit gewesen. Ein Job, den sie erledigen musste. Der einzige Mann, der je etwas in mir ausgelöst hat, hat mich ausgeliefert. Nun bin ich heimatlos und mit einigen Scheinen in der Tasche und bewaffnet unterwegs. Aber wohin unterwegs?

Mit Sicherheit wird mich Sloan suchen. Keine Ahnung, warum ich ihn interessiere. Nur war ich von vorneherein sein Ziel. Ein Geruch zieht unweigerlich in meine Nase und ich bleibe stehen, als mir eine unwirkliche Erinnerung durch den Kopf geht. Spüre plötzlich, wie Sloan mich durch die

Dunkelheit trägt - und dieser Geruch.

Ich schaue nach unten und sehe die Kanalisation.

So muss er mich aus dem Palast geschafft haben. Ich war noch nicht komplett weggetreten und das ist die beste Idee überhaupt. Sie ist so weitläufig, verstrickt und sicher. So kann mich niemand finden. Doch, bevor ich in das stinkende Etwas hinabsteige, mich wie eine elendige Ratte verstecke, brauche ich noch etwas.

TRASH

Am Rande des Wahnsinns gibt es nur eine Persönlichkeit, die mich aufheitert, die mir ein gutes Gefühl gibt und jegliche Sorgen von mir wirft, bevor ich etwas unternehme, was allen schadet.

Katy.

In ihrem Loft sitze ich auf einem dieser unbequemen, modernen Sofas und warte auf ein Lebenszeichen von Sloan. Aber vor allem, dass er mir sagt, dass es meiner Löwin gut geht. Dass sie in Sicherheit ist und bald zu mir zurückkehrt. Selbst wenn sie es nicht will. Unabhängig davon, ob sie sich wehrt oder nicht. Ich muss sie nur einmal sehen, sie spüren und dann wird sie auch freiwillig bei mir bleiben.

Mein Puls beruhigt sich, umso länger ich sie in den Armen halte, denke nur darüber nach, wie es sein wird, wenn sie den Platz mit der Löwin tauscht. Und frage mich, ob sie mich genauso beruhigen kann oder mich eher weiter in den Wahnsinn treibt. Während ich Katy, deren Oberschenkel über meinen Beinen liegen, streichele, stelle ich mir vor, dass sie die der Löwin sind. Wäre sie auch so nähebedürftig wie Katy? Und würde sie sich an mich lehnen, wie die kleine Blondine?

»Denkst du gerade an sie?«

Ich nicke und küsse ihren Haarschopf.

»Hast du ein Bild von ihr?«

Schweigend hole ich das Foto aus meiner Hosentasche, falte es mit einer Hand auf und halte es Katy hin. Mit ihren knochigen Fingern hält sie es fest und fährt mit den Fingerspitzen die dunklen Locken nach.

»Sie ist hübsch.«

Ja, das ist sie. Viel zu hübsch, um so geschändet zu werden.

»Hast du mit ihr geschlafen?«

Ich weiß, warum sie das fragt. Dennoch bin ich ehrlich.

»Ja. Habe ich.«

»Ich bin dir deswegen nicht böse. Das mit uns hat nichts mit Liebe oder so zu tun.« Zwar hat sie Recht, aber ich sage trotzdem:

»Ich habe dich lieb, Katy.« Einen weiteren Kuss drücke ich auf ihren Scheitel.

»Ich dich doch auch. Aber anders.« Sie umschlingt meine Körpermitte. Ich knicke das Bild wieder zu und stecke es zurück in die Hosentasche.

»Du bist mein Held, das weißt du, oder?«

Darauf antworte ich nicht. Wir wissen beide, dass ich kein Held bin. Ich bin ein Bastard, der das Morden liebt. Ein Monster, nicht geschaffen für diese Welt.

Sie richtet sich auf, setzt sich rittlings auf mich und

vergräbt ihr Gesicht an meiner Halsbeuge, während ihre zierlichen Arme mich fest umschlingen.

»Was ist, wenn sie wieder da ist?«

Sanft streichele ich ihr über den Rücken. Gebe ihr den Trost, den sie bei der Antwort, die sie schon ahnt, braucht.

»Was wird dann mit uns?«, hakt sie nach und noch immer gebe ich ihr keine Antwort. Wenn sie es nicht wüsste, würde sie anders fragen. Weshalb sie sich noch mehr an mich drängt, sodass ich ihren Herzschlag an meiner Brust spüre.

»Bist du dann noch für mich da?«

»Natürlich«, flüstere ich und umarme sie.

»Wirst du mich noch beschützen?«

»Immer.«

Ich bekomme kaum noch Luft, so fest hält sie mich.

»Wirst du mich abends noch besuchen, wenn ich dich brauche?«

Ich weiß, worauf sie anspielt, und ich schlucke.

»Nein.«

»Ok.«

»Es geht nicht, Katy.«

»Ich weiß.« Dennoch löst sie sich ein bisschen. Und leider tut sie etwas, womit ich nach den letzten Worten nicht gerechnet habe. Denn sie beginnt, meinen Hals mit ihren Lippen zu streichen.

»Katy.« Und zu küssen. An den Hüften drücke ich sie zurück. Sorgsam klammert sie sich an mich und bewegt auffordernd ihre Hüfte, während sie mir direkt sinnlich, auf ihre zarte Art, ins Ohr haucht.

»Ein letztes Mal, Trash.«

»Katy. Nicht«, flehe ich sie fast an. Ich will sie nicht verletzen. Aber genauso weiß sie, wie mich ihre Zartheit reizt und kann sicher schon spüren, wie unter den Reibungen ihrer Mitte mein Schwanz erweckt wird. Wie ihre samtweiche, auffordernde Stimme mich lockt und meine Hose sich drastisch verkleinert.

»Lass das«, wehre ich mich kaum glaubwürdig, da mein Puls bereits rast. Weiterhin erzeugt ihre Bewegung Hitze, die mir über den Rücken jagt und ich ungewollt meine Finger in ihr Fleisch presse.

»Sie ist noch nicht zurück, Trash. Und ich brauche das jetzt. Wir brauchen das.«

Ich springe auf, schubse sie wütend vom Schoss und drehe sie an der Schulter mit der Brust zur Lehne, während sie auf der Sitzfläche kniet. Ihr kleiner Hintern streckt sich mir wie von selbst entgegen, giert nach Schlägen und ich öffne mir die Hose, während sie ihre Jeans zu den Knien schiebt. Ich befreie meinen Schwanz und mit der anderen Hand fahre ich direkt über ihre triefnasse Spalte. Weshalb ich ungewollt aufknurre, meine Hand zurückziehe und mich mit einem einzelnen Stoß tief in sie zwänge.

»JA!«, stöhnt sie auf und ich bestätige es mit weiteren Stößen.

Genau das brauchte ich wirklich.

Mich tief in meine kleine Schwester zu versenken, ist wirklich genau das, was das Ganze noch abgefuckter macht, sodass ich die Sorgen, Ängste und auch die Unsicherheit vergesse. Ich spüre nur noch ihre kleine, enge Pussy, die wild an meinem Schwanz zuckt.

Veronica

Auf die ausgebreiteten Utensilien, die ich die nächsten Tage brauchen werde, starre ich hinab. Was tue ich hier eigentlich? Sollte ich nicht Manhattan verlassen und einen weiteren Neustart beginnen? Stattdessen wandert mein Blick über das Fernglas, die Seile und auch über die Lebensmittel, die mich hier über Wasser halten. Hier im Untergrund. In der stinkenden Kloake, der Kanalisation.

Beißend streng werden meine Reize benebelt, von dem widerlichen Gestank, den ich ertrage. Aber für was? Für Antworten, die ich wahrscheinlich nie bekommen werde?

Nein, so darf ich nicht denken. Ich muss wissen, warum jemand wie Sloan mich gefangen halten wollte. Weshalb meine einzige Vertraute fürs FBI arbeitet, mich aber nie davon überzeugt hat, zur Polizei zu gehen. Denn ich sollte erst gegen ihn aussagen, als Trash aufgehalten wurde. Wo ist sie? Was ist passiert?

Die einzige Frage, die mir beantwortet wurde, bezieht sich auf Trash. Wieso er mich ausgeliefert hat, obwohl ich etwas zwischen uns gespürt habe. Dieses Gefühl ist nur einseitig. Das ist mir jetzt klar. Denn er hat seine kleine

Freundin wiederbekommen. Im Austausch mit mir. Dieses Wissen zerrt an mir. Aber das schiebe ich zur Seite. Denn ich brauche einen Plan, um an Antworten zu kommen. Ich greife nach dem Sandwich, lasse mich gegen die Wand sinken und esse, obwohl der unerträgliche Geruch mich zum Brechen bringt. Nur muss ich an Kraft gelangen, darf mich nicht von meinem eigenen Körper in die Knie zwingen lassen und warte ab.

Ich warte auf den Einbruch der Nacht. Dann, wenn ich aus der Kloake hervorkommen und mich frei und ungesehen bewegen kann. Wenn ich alle meine Antworten bekommen habe, verschwinde ich von hier. Für immer.

Ausgeruht, satt und von frischer Luft umgeben, sitze ich im Schatten der Nacht und beobachte den Club. Die ›Mousetrap‹. Für mich eine Falle und für viele andere sicher auch. Dieser Laden ist eine brutale Mausefalle. Angelockt von ausgelassenem Tanz zu guter Musik, fließenden Cocktails und der Freude am Leben. Sie schnappt zu, wenn die Umgebung verschwindet, weil die Musik die Sinne trifft. Benebelt von Alkohol und Eleganz, gefangen genommen für sadistische Spielchen, die den Tod einfordern. Nichts weiter ist dieser Club.

Wagen für Wagen werden elegant gekleidete Feierwütige die Einfahrt hinaufgefahren und vom Parkservice in Empfang genommen. Schreiten zielsicher am Sicherheitsdienst vorbei und betreten freudestrahlend die Villa des Grauens, ohne zu wissen, dass womöglich ihr Tod dort wartet.

Ich weiß nicht, was genau ich hier suche. Was ich in Erfahrung bringen möchte. Was mir jedoch auffällt, ist, dass ich nicht die Einzige bin, die mit weitem Abstand im Verborgenen die Falle beobachtet. Denn ich würde wetten, dass, weiter abseits, in einem schwarzen Lieferwagen mit getönten Scheiben, das FBI ist. Zu auffällig warten sie und suchen etwas, was sie genauso wenig finden werden wie ich. Da dieser Wagen mehr und mehr meine Aufmerksamkeit einnimmt, beginne ich, auch diesen zu beobachten. Unerwartet steigt ein Mann aus. Auffällig gekleidet in schwarzer Uniform und schweren Stiefeln und macht er sich eine Zigarette an. Etwas, was ich ihm gleichtue, weil dieses Warten und die Anspannung mich überstrapaziert. Ich angele die Packung aus meiner Hosentasche und zünde mir eine an. Dabei rauche ich nur, wenn meine Flashbacks mich in die Knie zwingen und niemand es sehen darf. Mit dem Blick auf diesen Mann ziehe ich den ersten Zug tief in meine Lunge und ersticke fast, als in dem Moment eine Erinnerung kommt.

Schwarz gekleidete Männer mit Skimasken und

schweren Stiefeln, die blutüberströmte Leichen wegzerren. Sloans Lächeln. Eine Stimme. Dumpf und weit weg. Etwas, was ich unter Schock verdrängt habe und mir jetzt wieder einfällt.

»Du solltest sie doch nur betäuben.«

Ich kneife die Augen zusammen, versuche, mich zu erinnern und hole mir diese Erinnerung zurück vor Augen.

Mein Blick bleibt starr auf die Leichen gerichtet, die nacheinander weggezerrt werden. Sie streifen über den Boden und Sloan ist nicht zu sehen.

»Du solltest sie doch nur betäuben.«

»Und ich habe sie getötet. Blumen brauchst du mir nicht zu schicken. Ein Dank reicht aus.«

»Du bist geisteskrank.«

»Offenkundig. Hat dir Bianca wohl vergessen zu sagen.« Er lacht.

Dieses Lachen, diese Stimme. Sloan und einer dieser Männer. Einer der Männer steht am Wagen gelehnt und raucht gerade eine Zigarette. Hat Sloan Hilfe vom FBI bekommen? Durch Bianca? Aber wenn er doch mit dem FBI zusammenarbeitet, warum observieren sie den Club?

Aber vielleicht ist es nicht das FBI und es sind nur Mitarbeiter von ...

Von Bianca.

Nur irgendetwas in mir sagt, dass dieser Wagen dem FBI gehört. Kein Verbrecher arbeitet so offensichtlich.

Sloan

»Da bist du ja endlich!«, brülle ich, als ich die Tür aufgehen höre und schon längst die Socken aus dem Mund losgeworden bin.

»Sloan?«

»Im Schlafzimmer.«

Dieser Nichtsnutz trottet endlich ins Schlafzimmer. »Mach mich los.« Stattdessen lacht er herzlich auf.

»Wie hat sie das denn geschafft?« Weil sie die einzige Schwäche genutzt hat, die mich unaufmerksam werden lässt. Einen wunderschönen, zerstörten Körper. Ich habe es schon gewusst, als sie den Club betreten hat. Ihre ganz besondere Art zu gehen, wie sie versucht hat, bestimmte Körperteile zu verstecken. Ich wusste es. Aber sie vor mir in diesen Rosen zu sehen. Wie sie im Palast auf diesem Holzklotz balancierte, mit Schmerzen und ... Wenn ich nur daran denke, stellt sich mein Schwanz wieder auf. Dann noch wie sie vor mir lag, auf dem Tisch. Und ich sie aus dieser Kletterpflanze befreit habe ... Es war mein kleines persönliches Geschenk, das ich aufgemacht habe. So konnte sie den Plan zerstören.

»Machst du mich jetzt los? Oder brauchst du noch einen Moment?«

Zwischen seinem amüsierten Lachen schafft er es »Noch einen Moment«, zu sagen.

»Kein Problem. Nur muss ich, während ich hier so liege, an den kleinen blutüberströmten Körper denken und mein Schwanz wird gerade immer härter.«

Abrupt stoppt er und sieht auf mich herab. Auf mich und mein breites Grinsen. Er vermeidet es, bewusst an mir herunterzuschauen und sieht mir starr ins Gesicht.

»Du bist widerlich.«

»Geisteskrank.«

»Das auch.« Zu mir runter beugend löst er den Gürtel an meinen Gelenken. Endlich kann ich nach so vielen Stunden die Arme herunternehmen und ziehe auch direkt das Laken um meine Lenden, als ich aufstehe.

»Wolltest du nicht gegen Mittag kommen? Es ist bereits Abend.«

Überrascht sieht er sich um. »Hier ist keine Uhr.«

So ein armseliger Bastard. Wurde er doch tatsächlich ohne funktionstüchtiges Hirn auf diese Welt gebracht. Fast könnte ich so etwas wie Mitleid empfinden, als ich mit dem Finger zum Fenster zeige, wo schon längst die Sonne untergegangen ist.

»Ah, stimmt«, erkennt er auch die Dunkelheit, die über Manhattan eingebrochen ist. »Wo ist sie jetzt?«

»Schau im Schrank nach.«

Er sieht mich verdutzt an und dreht sich wirklich zum

Kleiderschrank.

»Komm schon. So doof kannst selbst du nicht sein. Sie ist weg. Hat mich gefesselt und ist abgehauen.«

Jetzt sieht er mich böse an. »Sag mir nicht, sie hat dich außer Gefecht gesetzt, indem sie so getan hat, als wolle sie mit dir vögeln.«

»Na ja. Wir haben miteinander gevögelt und der Rest ist offensichtlich genug.« Stöhnend legt er sich die Hand an die Stirn, weshalb ich beruhigt das Laken fallen lasse und mich anziehe. Er würde vor Neid direkt umfallen, wenn er mein überaus ansehnliches Schwert sieht.

»Tu nicht so, als wärst du nicht drauf eingegangen. Du hast sie auch gesehen...« Ich ziehe das Shirt über. »Rosenranken, die an ihren Körper langgeklettert sind. Die vielen Dornen, die sich in ihr Fleisch bohren. Das Blut erst, das ihre Haut wie ein einzigartiges Kunstwerk bemalt.« Wieder bildet sich dieses Bild vor meinen Augen und ich lege stöhnend den Kopf in den Nacken.

»Du bist abgrundtief schlecht. Weißt du, wie schmerzhaft das ist?« »Oh bitte, erzähl mir das nicht. Wenn ich mir auch noch vorstelle, wie sie dabei wimmert und ...«

»Sloan!« Seufzend sehe ich zu dem Banausen, der nichts von Kunst versteht.

»Hast du die Koordinaten?« Das ist ein richtiges Problem. Denn die habe ich nicht. Ich habe, als ich ihre Wunden versorgt habe, ihren ganzen Körper gescannt und nichts gefunden.

»Noch nicht.«

»Was soll das heißen?«

»Dass ich sie nicht habe«, muss ich zu meinem Bedauern zugeben. Ich hatte auch nicht viel Zeit, das blöde Ding zu finden. Eigentlich wollte ich es erneut versuchen, nur kam ihr anbetungswürdiger Körper dazwischen.

»Und jetzt?«

Ich ziehe mir die Schuhe an und greife nach meiner Jacke.

»Jetzt? Na, ich werde sie finden.«

»Ich will sie lebend.« Ich gehe schweigend an ihm vorbei. Denn für die Daten braucht sie nicht lebendig sein. Und wenn es sein muss, wandert eine hübsche Kugel in ihr schlaues Köpfchen.

TRASH

Scheiße! Wie konnte ich mich wieder dazu verleiten lassen?

Ich schließe meine Hose und schaue zu Katy, die sich ebenfalls die Jeans hochzieht.

»Das geht nicht mehr, Katy.«

Sie dreht sich um, setzt sich in den Schneidersitz und schaut wehmütig zu mir auf.

»Ich weiß. Es war das letzte Mal.«

»Ja. Das letzte Mal. Und diesmal meine ich das auch so.« Sie nickt und versteht es hoffentlich.

»Ich bewirke immer noch etwas in dir.«

»Ja, aber das ist falsch.« Warum kann sie das nicht begreifen? »So will ich dich nicht.«

»Ich weiß. Aber wenn du diese Frau doch willst, warum reagierst du noch auf mich?« Weil das etwas ganz anderes ist. Ich habe Katy auf einer anderen Ebene gern. Sie ist der Halt, den ich zwischendurch brauche.

»Willst du sie wirklich so sehr? Dass du auf das hier verzichten kannst?«

»So sehr, dass es mich wahninnig macht und ich deswegen gerade nicht auf dich verzichten konnte.«

»Weil dich ihre Abwesenheit verletzt?« Sie legt den Kopf

schief und versucht etwas zu finden, über dessen Existenz ich mir nicht sicher bin. Weshalb ich darauf auch nicht antworten möchte. Das Klingeln meines Handys ist daher ein angenehmes Geräusch und ich hole es aus der Tasche. Mit einem Blick atme ich durch und gehe dran.

»Sloan, verdammt! Wo zum Teufel bist du? Was ist mit Veronica?«

»Ja, das ist eine gute Frage. Das hast du ganz toll gemacht, mein bester Freund. Du weißt, dass du mein bester Freund bist und wir schon viel gemeinsam erlebt haben und so. Weißt du noch, als wir nach Argentinien gereist sind?«

»Sloan!« Was tut er da?

»Oh, das war gefährlich und ich habe dir deinen Arsch gerettet, weißt du noch?«

»Ja! Aber das beantwortet nicht meine Frage!«, werde ich wütend und glaube, er will mir damit sagen, dass etwas gewaltig schiefgelaufen ist.

»Der Plan ist nicht aufgegangen?«

»Oh doch. Das hat super funktioniert. Ich bin rein, als Gast. Ich habe sie allesamt betäubt und gekillt. Oh, du hättest dabei sein müssen. Was für ein Bild, mit dem ganzen Blut und den aufgerissenen Kehlen...«

»Was ist dann passiert?«

»Dann? Na, dann haben die Männer die Leichen...«

»Biancas Männer?«

»Kann man so sagen.«

»Sloan«, beginne ich ganz ruhig und streiche mir über die

Stirn, um die aufkommende Migräne zu vertreiben. »Hast du Veronica?«

»Das kann man leider nicht so sagen.«

Er nimmt mir gerade den restlichen Verstand und ich knurre auf.

»Trash, pass auf. Ganz ruhig. Alles wird gut.«

»Kannst du mir bitte sagen, was passiert ist?«, knurre ich zwischen zusammengepressten Zähnen. »Wo bist du? Wo ist Veronica?«

»Ich bin unterwegsund deine Löwin ist… ja… sie ist in einem Versteck, welches ich bald gefunden habe.«

»Was? Sie ist nicht bei dir?«

»Sie war es. Sogar für eine lange Zeit. Na ja, und jetzt halt nicht mehr.«

Ich sehe zu Katy, die stirnrunzelnd aufsteht und eine Hand an meinen Arm legt, wo sich bereits meine ganze Muskulatur anspannt.

»Ich mache es kurz und knapp. Der Plan ist aufgegangen, ich habe sie in ein Safehouse gebracht, wollte dich informieren, dann ist sie mir aber abgehauen. Ich informiere dich eben jetzt. So, du weißt Bescheid. Auftrag erfüllt, bin dann mal weg.«

»Sloan!« Er hat noch nicht aufgelegt und ich atme tief durch.

»Sie ist geflohen?«

»Jap. Alles gut. Ich finde sie schon wieder.«

»Wie konnte sie aus einem unserer Safehouses fliehen? Oder anders gefragt, wie konnte sie dir entkommen?«

Niemand entkommt ihm. Niemand! Außer ...

»Also das ist eine ganz witzige Geschichte.« Er lacht übertrieben, was mir noch weniger gefällt. »Oh, die muss ich dir erzählen, aber am besten bei ein paar Drinks. Ha! Bei einer Menge Drinks, sodass du außer Gefecht bist.«

»Kurz: Ich will es nicht wissen vielen Drinks?«

»Oh ja. Am besten davon das doppelte.«

»Sloan, ich warne...«

»Pass auf, mein bester, wirklich bester Freund, mit dem ich schon viel erlebt habe. Vergiss das nicht! Am besten unterhalten wir uns später, bei den besagten Drinks, über alles. Jetzt muss ich deine kleine Löwin finden. Das ist doch in deinem Sinne, oder?«

»Ja!«

»Gut, dann ruf schonmal den Lieferanten an, wir brauchen eine Menge Alkohol. Didibidi.« Und er legt auf.

Meine Muskeln sind zum Zerbersten angespannt. Sie muss ihn gefickt haben, damit er abgelenkt genug war, um sie entkommen zu lassen. Denn einen Massenmord anzuzetteln, ist ihr sicher nicht möglich und dann hätte er jetzt geprahlt, anstatt mir immer wieder zu sagen, was für gute Freunde wir sind.

»Ich bringe ihn um!«

»Nein, tust du nicht. Es ist dein Freund.«

Ich reiße wütend meinen Arm von ihr weg und sehe sie voller Zorn an.

»Freunde ficken nicht das Mädchen eines anderen.«

»Doch, tust du ja auch.« Mit aufgerissen Augen sehe ich

sie an und sofort macht sich eine andere Wut breit.

»Hast du etwas mit ihm?«

Erschrocken legt sie sich die Hand auf die Brust. »Nein! Ich meine Bianca!«

Verdutzt mustere ich sie genauer. Suche den Scherz in ihren Augen, aber sie glaubt diesen Scheiß wirklich. Weshalb meine Wut verfliegt und ich lauthals loslache.

»Es ist wirklich so, Trash. Wenn der Name Bianca fällt, glitzern seine Augen. Er steht auf sie.«

»Sie hassen sich und sie hat ihm den Stolz genommen! Außerdem kann Sloan nichts fühlen. Er besitzt weder Empathie noch irgendwelche anderen Gefühle, außer wenn er komplett dem Rausch ausgeliefert ist.«

»Er nimmt Drogen?«

»Nein, Katy ich meine seinen Mordtrieb. Er ist völlig geisteskrank.«

»Er muss etwas empfinden, sonst wäre er nicht immer so fröhlich.«

»Das sieht nur nach Freude aus. Aber er empfindet es nicht so wie wir.«

»Ich verstehe es nicht!«

Und ich habe keine Zeit, um es ihr zu erklären. Also hauche ich ihr einen Kuss zum Abschied auf die Stirn und gehe. Ich verlasse den kleinen Ort meiner widerwärtigen Schande und suche meine Löwin! Was nicht so schwer sein dürfte, weil es meine Stadt ist!

Veronica

Mittlerweile sitze ich auf dem Dach eines Hochhauses und beobachte meine alte Wohnung. Eigentlich wollte ich nicht mehr zurück, dachte auch, dass ich sie niemals mehr betreten würde. Aber als ich dennoch in die Straße einbog, erkannte ich schon von Weitem das Licht im Wohnzimmer. Nur Jessy kann dort sein, aber weil ich mir nicht sicher bin, beobachte ich von hier aus dem Fenster und ärgere mich, dass sie damals Gardinen aufgehängt hat und man nicht reinschauen kann. Vielleicht genau deswegen. Sie ist FBI Agentin.

Noch immer kann ich es nicht fassen und so langsam glaube ich, dass diese Einladung auch eine Falle von ihr war. Nur warum? Damit ich gegen Vincent aussage? Das macht doch keinen Sinn. Das, was er mir angetan hat, kann man nur als häusliche Gewalt einstufen, da wir verheiratet sind. Damit gibt sich doch kein FBI ab. Glauben sie, ich habe Informationen? Bestimmt. Dabei weiß ich gar nichts. Oder eher zu wenig.

Die ganze Nacht verbringe ich grübelnd da und durchgehend bleibt das Licht an. So, als wolle sie mir damit mitteilen, ich solle zurückkommen. Nur woher will sie wissen, dass ich aus den Armen des Monsters gerettet wurde? Oder verfolgt sie nur die Hoffnung, dass ich mich selbst befreien konnte? Da ich es nicht weiß, bleibe ich sitzen, lasse mich nicht auf die nächste Falle ein. Nein, diesmal geht sie mir in die Falle. Als das Licht ausgeht und die Sonne aufgeht, stehe ich auf und verlasse das Dach über das Treppenhaus. Unten suche ich Zuflucht zwischen den Häusern und lasse meinen früheren Hauseingang nicht aus dem Blick. Das Treiben der Stadt beginnt und der Bürgersteig füllt sich mit Menschen. Dann sehe ich sie herauskommen. Sie geht in Richtung der U-Bahn-Station, wie immer, wenn sie angeblich zum Blumengeschäft will, wo sie mir vorgespielt hat zu arbeiten. Durch die Menschenmassen verstecke ich mich und komme ihr immer näher. Als ich genau hinter ihr stehe, packe ich sie am Arm, gleichzeitig ziehe ich sie zwischen zwei Häuser von der Straße.

»V!«, erkennt sie mich und ich halte ihr die Knarre von Sloan an die Rippen.

»Du kommst schön mit. Und bist still.«

»Was hast du vor?« Ich drücke sie voran hinters Haus, ganz aus dem Sichtfeld der Straße.

»Du wirst beobachtet, nicht wahr?« Ich schubse sie weiter voran und ziehe mit einer Hand die Feuerleiter des Hauses herunter.

»Ja. Warum willst du da rauf?«

»Will ich doch gar nicht« und zeige auf den Gullydeckel.

»Heb ihn an!« Ich lasse sie los, trete einen Schritt zurück und halte die Waffe auf sie gerichtet. Verwundert nickt sie, hebt unter großem Kraftaufwand den schweren Deckel an und schiebt diesen zugleich seitwärts. Dann nähere ich mich ihr, hole das Messer heraus und ...

»Was hast du vor?«, zischt sie auf, doch ich schneide nur in ihr Shirt, um ein Stück abzureißen.

»Mich versichern, dass sie annehmen, wir würden über die Dächer unseren Weg fortsetzen.« Mit dem roten Stück Stoff gehe ich zurück zur Leiter und befestige es an einer herausguckenden Schraube, so, als wäre Jessy daran hängengeblieben.

»Meinst du mir ist nicht aufgefallen, wie grell dein Shirt ist? Damit sie dich auch ja immer von Weitem erkennen.«

»V, es tut mir leid, was passiert ist. Lass es mich dir erklären.«

»Später, runter mit dir.« Ich dränge sie am Rücken in die Kanalisation und sie steigt die Treppe herab. Nachdem ich ihr folge, schließe ich den Deckel wieder und treibe sie mit der Waffe voran.

»Du weißt, dass ich dich außer Gefecht setzen kann?«

»Und du weißt, dass ich nichts mehr zu verlieren habe und dich bei einer Kleinigkeit abknallen werde?«

»V, wir sind Freunde!«

»Waren wir nie! Geh weiter!« Ich drücke ihr den Lauf in den Rücken und sie setzt sich in Bewegung.

Das Tunnelnetz ist nicht überschaubar und dennoch weiß ich, wo ich langgehen muss, erkenne die Geräusche der U-Bahn. Zielsicher werden wir meinen Platz, wo es trockener ist, erreichen. Mit der einen Hand leuchte ich den Weg mit der Taschenlampe und mit der anderen animiere ich Jessy zum Gehen.

Schließlich kommen wir nach einem langen Fußmarsch und einer Brücke an und erneut beginnen meine Sinne sich an den Ort zu gewöhnen. Nur leicht, aber ausreichend. Sie schweigt, selbst als sie mein kleines Lager entdeckt. Bis ihr Blick auf die Lebensmittel fällt.

»Du weißt schon, dass hier Ratten hausen?«

»Ja, setz dich dahin.« Ich zeige auf ein dickes Rohr neben ihr, das an der Wand herab geht. Sie gehorcht und ich nehme das Seil, um sie daran zu fesseln.

»Kennst du die Legende von Alligatoren hier in der Kanalisation? Angeblich haben früher Viele Babyalligatoren die Toilette heruntergespült. Sie leben hier unten weiter, fressen Ratten und greifen die Arbeiter an.«

»Aha.« Ungeachtet verzurre ich das Seil fest an ihren Handgelenken. »Glaub mir Jessy, die Alligatoren sind dein kleinstes Problem.«

»Erzähl mir vom größten Problem, welches mich hier unten bei dir erwartet.«

Vor ihr richte ich mich auf und erkenne den Spot in ihren Augen. Sie begreift ihre Lage und meine Wut nicht. Also drehe ich die Waffe in meiner Hand um und schlage ihr mit dem Griff fest ins Gesicht. Blut spitzt aus ihrem Mund und es fühlt sich viel zu gut an, meine Wut an der richtigen Person herauszulassen.

»Wurdest du einmal gefoltert, Jessy? Hat man dich je entführt?«

Mit Tränen sieht sie erschrocken zu mir auf und die ersten fallen ihr auf die Wange. »Nein.«

»Siehst du, ich schon. Ich wurde entführt und über Jahre gequält. Was glaubst du, kann ich dir antun?«

»Ich bin FBI-Agentin.«

»Das weiß ich und es ist mir egal. Wenn es dir hilft, ich werde dich nicht töten. Aber vielleicht überzeugt es dich vom Gegenteil. Womöglich sehnst du dich nach deinem Tod, wenn ich mit dir fertig bin. Denn ich habe mir oft gewünscht, zu sterben und wurde trotzdem am Leben gehalten. Durch dich wurde ich wieder glücklicher, wie dumm von mir.« Erneut schlage ich sie. Ihr Gesicht fliegt ein weiteres Mal zur Seite und die Schwellung auf ihrer Wange wird noch sichtbarer. Sie beginnt zu weinen, während das Blut ihr Kinn herunterfließt, und es berührt mich kein bisschen. Ich verachte sie, hasse sie für ihren kleinen Verrat.

»Sei doch froh, dass du durch mich glücklicher wurdest!«, jammert sie und ich schüttele den Kopf. »Ein Jahr, Jessy. Erzähl mir lieber, wie dieses eine Jahr zustande gekommen ist, in dem du mich nie über meine Vergangenheit ausgefragt hast. Und jetzt soll ich ohne mein Wissen die Kronzeugin spielen?«

»Darum ging es nicht!«

»Dann erzähl mir davon. Erzähl mir von dem verrückten Zufall, wie ich naiv in das Auto einer FBI Agentin geflüchtet bin und mit ihr ein Jahr zusammengelebt habe, ohne es zu merken. Wir sind sogar gemeinsam hierhergekommen.«

Sie seufzt »Es tut mir leid. Es war von Anfang geplant!«

»Was bitte genau? Ihr könnt nichts planen, wovon ihr nichts wisst. Dass ich mich befreien konnte, hättet ihr nicht ahnen können.«

»Nein, das hat uns überrascht. Wir hatten den Rosenpalast die ganze Zeit über im Auge, suchten nach etwas Belastbarem, aber er ist clever. Wir haben einen Mitarbeiter eingeschleust. Er hat undercover versucht, an Informationen zu kommen. Wir haben ihn verloren, als er uns kontaktiert hat.«

»Wie kamt ihr auf mich?«

»Wir wussten durch ihn von dir. Aber als du entkommen bist, waren wir darauf nicht vorbereitet und wollten dich direkt aufnehmen. Da kam mir jedoch die Idee, dich nicht wie eine Gefangene zu behandeln, sondern mich mit dir anzufreunden.«

»Ein JAHR?«, brülle ich los. »Das ergibt doch keinen Sinn! Wir haben nie über ihn gesprochen, hast mich nie darauf angesprochen!«

»Nein, es ist komplizierter.«

»KOMPLIZIERT? Ich habe gedacht, du bist ein freundliches Mädchen, das ein anderes verstörtes Mädchen aufnimmt, ohne groß Fragen zu stellen und sie direkt ins Krankenhaus fährt, weil sie sich selbst verletzt hat!«

»Du hast dich selbst verletzt? Ich dachte das war VISSER!«

Ich drehe ihr den Rücken zu und schließe die Augen. Erinnere mich zurück. Erinnere mich, wie ich unter der Brücke saß.

Bibbernd stecke ich die Hände in die Hosentaschen. In der rechten ertaste ich etwas und nehme es verwundert heraus. Zwischen den Fingern bündeln sich einige Geldscheine.

Im Dunkeln und in Sicherheit lehne ich mich lächelnd zurück.

Es ist vollbracht.

Ich bin frei.

Doch da fühle ich auch in der anderen Tasche etwas Hartes und ziehe auch das hinaus. Ein Klappmesser. Und da fällt es mir ein. Ich bin noch lange nicht in Sicherheit. Denn noch immer trage ich den Chip im Nacken. Er wird mich finden. Entschlossen ziehe ich die Klinge aus dem Griff, schließe die Augen und erinnere mich an den Schmerz in meinem Nacken. Ich schiebe mein Haar nach vorne und versuche, mit den Fingerspitzen den Chip zu ertasten. Fühle jedoch nur die angespannte Muskulatur. Tiefdurchatmend versuche ich, mich zu entspannen, und erinnere mich ungefähr, wo er sein muss. Dann spüre ich es. Winzig klein und bin mir noch nicht einmal sicher, ob es wirklich der Chip ist. Aber ich muss es versuchen. Meine Hand mit dem Messer darin beginnt zu zittern und ich beiße die Zähne zusammen. Luftanhaltend schneide ich die Haut auf, spüre den brennenden Schmerz und Tränen sammeln sich in meinen Augen, dennoch mache ich weiter. Ich lasse einfach los, als das Blut an mir herunterläuft. Mit den Fingern pule ich unter noch mehr Schmerzen in der Wunde herum, weine und glaube, den Fremdkörper zu ertasten, nur gleitet er mir davon, ich kriege ihn nicht zu fassen und weine noch mehr.

Schließlich presse ich ihn raus und sehe mir das winzige Ding genauer an. So klein und so gefährlich für mich. Ich schmeiße es weg, drücke meinen Pulli auf die schmerzende Wunde und verschwinde. Ich muss von hier weg!

So schnell wie möglich!

Ich beginne zu rennen, halte meinen Nacken und weine gleichzeitig. Barfuß renne ich die Straße hinab, suche eine Fluchtmöglichkeit und höre ein Auto hinter mir. Da sind sie schon! Sie wissen es! Sie wissen, dass ich die Mörderin bin!

Ich schaue mich um und suche einen Unterschlupf und plötzlich hält der Wagen neben mir.

»Hey, soll ich dich mitnehmen?«

Ein Kleinwagen parkt neben mir und eine blonde junge Frau in Schwarz lächelt mich an.

»Du siehst ziemlich verstört aus, kann ich dir helfen?«

Und spontan entscheide ich mich und öffne die Tür.

»Ja, bringen Sie mich von hier weg und stellen Sie bitte keine Fragen.«

»Kein Problem. Aber du blutest. Soll ich dich ins Krankhaus bringen?«

»Ja.« Sage ich abwesend und schaue in den Seitenspiegel nach hinten, wo die Straße leer ist.

»Ich bin Jessy«, stellt sie sich freundlich vor.

»Veronica. Danke.«

»V?« Ich drehe mich wieder zu ihr um.

»Ich dachte wirklich, du bist nur ein naives, nettes Mädchen auf der Durchreise.«

»Warum hast du dich selbst verletzt?«

Traurig schaue ich sie kopfschüttelnd an, spüre das Kribbeln im Nacken und das herunterfließende Blut.

»Er hat mir einen Sender verpasst.«

»Im Nacken?«

Stirnrunzelnd sehe ich sie an.

»Ja, woher weißt...«

»Oh V! Das war kein Sender. Das war seine Versicherung, falls ihm was passiert! Du wurdest gechipt und wenn man den Code einliest und in eine Software eingibt, bekommt man so die Koordinaten zu seinem geheimen Lager!«

»Nein, das war ein Sender!«

»Hat er das gesagt?«

»Nein, er hat gesagt, dass ich heute nicht seine wilde Katze bin, sondern sein gehorsamer Hund und dann hat er dieses Ding in meinen Nacken geschossen, mit einer kleinen Pistole.«

»Ja, V! Und was hat er zu seinen Mitarbeitern gesagt?«

Verwirrt darüber, dass sie sogar wusste, dass wir nicht allein waren, lege ich den Kopf schief und sage: »Sorgt dafür, dass sie niemals stirbt!«

»Ja genau! Du bist eine Kartellversicherung! Einer unserer FBI Agenten war dabei und für diese Information ist er gestorben! Er kam nicht mehr lebend aus dem

Rosenpalast, weil einer mitbekommen hat, wie er uns das mitgeteilt hat.«

Schockiert sehe ich sie an, überlege zurück und dachte wirklich, dass es ein Sender ist. Ich schüttele den Kopf. Ich soll wirklich seine Versicherung gewesen sein?

»Wo ist der Chip?«

»Ich habe ihn weggeschmissen. Es war so winzig«, flüstert er.

»Ja, weil er für Hunde gedacht ist. Die Zahlenfolge, die das Lesegerät empfängt, ist der Code für die Koordinaten des Verstecks und du hast ihn weggeschmissen! Niemand sonst weiß, wo dieser Ort ist!«

»Und Vincent ist tot! Sloan hat ihn getötet.«

»Ich weiß.«

Da mustere ich sie genauer. »Woher?«

»Wir haben einen Spitzel.«

»Ich dachte, das bist du?«

»Nein, ich bin Agentin. Wir haben eine Person, die genauestens über Trash wacht und über sämtliche seiner Pläne verfügt. Diese Person hilft ihm sogar. Ich habe eben erst darüber erfahren, was passiert ist.«

Also waren diese Typen doch nicht vom FBI, sonst hätte sie es viel früher erfahren.

»Was weißt du darüber? Warum hat Sloan mich befreit?«

»Er ist genauso hinter dem Chip her.«

»Du meinst Trash?«

»Ja.«

Das kann nicht sein, sonst hätten sie mich doch in ihrer

Gewalt schon darauf angesprochen. Das ergibt keinen Sinn.

»Wird Trashs Club beobachtet?«

»Ja natürlich, er ist ein Verbrecher, dem wir genauso wenig nachweisen können. Es sind nur Indizien, nichts Handfestes.«

Also waren es doch Cops. Irgendetwas stimmt hier nicht.

»Du hast also einen Spitzel bei Trash und ihr wollt wissen, wo Vincents Lager ist?«

»Ja.«

»Was ist Trashs Job?«

»Du meinst den außerhalb des Clubs?«

»Nein, ich meine den in seinem Club.« Sie zieht fragend die Augenbrauen zusammen.

»Du meinst er foltert im Club?«

»Es heißt Mousetrap. Reicht dir das nicht?«

»Wir haben dafür zu wenig Hinweise. Die Vermutung ist es, weshalb er observiert wird.«

Ich drehe ihr wieder den Rücken zu, denke nach und gleichzeitig kommt mir die Idee, wie ich an alle meine Antworten komme und mich für den Austausch revanchieren kann.

»Weißt du, Jessy, wir sind doch Freunde, nicht wahr?« Ich sehe sie über die Schulter lächelnd an, was sie eindeutig misstrauisch macht.

»Hast du dein Handy dabei?« Sie nickt.

»Gut.« Ich gehe wieder zu ihr und knie mich vor ihr hin. »Wir helfen uns gegenseitig. Ich werde dir vom kleinen Folterraum erzählen, der sich im Club befindet, sodass ihr sicher fündig werdet und ihn so richtig belasten könnt und du rufst den Spitzel an. Trash soll einen Auftrag bekommen. Ich brauche Antworten und du ja auch.«

»Weißt du, was er mit den Leuten macht, die er einfängt?«

»Keine Sorge, Jessy. Dieser hat es verdient und du willst doch wissen, wo das Lager ist. Der Einzige, der das weiß, ist niemand anderes als Luuk Visser.«

»Der Arzt?«

Ich nicke.

»Wenn noch irgendjemand vom Kartell überlebt hat, dann er, weil er an dem Abend nicht da war, und Trash setzt sich mit seiner Folterung richtig böse in die Nesseln.«

»Was hast du davon?«

»Na, er ist auch der Einzige, der weiß, was mit meinen Eltern passiert ist.«

»Das kann ich dir sagen. Das war Trash.«

Geschockt sehe ich sie an und kann es nicht glauben.

»Nein! Was soll er damit zu tun haben?«

»Dein Vater hat in eurem Geschäft das Geld für Visser gewaschen. Ihm gehören Anteile und er hat dort auch mit dem Holzhandel zu tun.«

Deswegen war er damals in Brasilien.

»Nur hat dein Vater Gelder veruntreut. Trash sollte das Beweisen und ihn dafür töten. Was er auch getan hat und deine Mutter. Visser hat dich mitgenommen.«

Geschockt stehe ich da, kann nicht fassen, dass das die Wahrheit sein soll, und schüttele langsam den Kopf.

»Unser Undercover-Agent wollte wissen, wie du ins Bild passt und wir haben nachgeforscht.«

Etwas in mir will ihre Sicht der Dinge, die sie als Fakten darstellt, nicht glauben. Kenne ich Trash, um es auszuschließen? Nein.

»Was weißt du noch über Trash?«

»Er beseitigt den Abschaum von diversen Kartellen, arbeitet nicht allein.«

»Sloan, natürlich.«

Sie nickt und fährt fort. »Hat da diese Beziehung zu Katy.«

»Die kleine Blondine?«

»Ja.« Wie ein Messerstich in meinem Herzen, was mich mit weiterer Wut erfüllt.

»Er...«

»Kennst du Bianca?«

Sie lächelt breit, was mich misstrauisch macht. »Selbstverständlich.«

Und genau dieser kleine Hinweis reicht für meine Idee vollkommen aus.

»Dann fangen wir mal an, Jessy.«

TRASH

Angespannt, da ich seit gestern nichts mehr von Sloan gehört habe, fahre ich zu meinem nächsten Zielort. Ihre Wohnung. Vielleicht ist sie dorthin zurückgekehrt, was ich allerdings bezweifele, weil ich sie nicht für so dumm halte. Dennoch will ich den Versuch nicht auslassen. Ich parke direkt vor ihrer Tür und bin erleichtert, dass die untere offen ist. So dumm von den Hausbewohnern, diese offen zulassen. Jeder Kleinkriminelle schafft es nun, in die einzelnen Wohnungen einzubrechen. So wie ich, als ich vor ihrer Tür stehe und den Dietrich heraushole. In Sekunden ist das einfache Schloss überwunden, als hätte ich einen Schlüssel gehabt und ich sehe mich um.

Eine sehr kleine, zugestellte Wohnung und mit wenigen Schritten stehe ich im Wohnzimmer. Das Fenster ist auf kipp geöffnet und ich gehe dorthin. Eine Feuerleiter, die weiter nach oben, aber auch nach unten führt. Mit Sicherheit wäre dieses Fenster komplett geschlossen, wenn sie seit Veronicas Entführung unbewohnt ist. Ist also ihre blonde Freundin nun wirklich eine Agentin oder nur ein

Spitzel? Es ist schwer zu sagen. Aber der feuchte Geruch, der aus dem nebenliegenden Badezimmer kommt, bestätigt, dass heute Morgen noch jemand hier geduscht hat. Weshalb ich den kleinen Raum betrete und noch Wasserspuren in der Duschwanne erkenne. Doch die Prise, die mir in die Nase kriecht, ist Meilen entfernt von der meiner kleinen Löwin. Ich nehme die einzelnen Duschgels in die Hand, rieche daran und erkenne Veronicas Duft. Der aber sicher nicht mit dem anderen Geruch, der in der Luft hängt, zu vergleichen ist. Ihre Freundin Jessy war hier.

Daraufhin gehe ich in das erste Zimmer und schaue mich um. Keine Bilder und sehr karg ausgestattet. Kaum etwas Persönliches ist zu finden. In der ersten Schublade finde ich BHs, die sicher nicht Veronica gehören. Also befinde ich mich in Jessys Schlafzimmer. Deshalb beginne ich nach Anhaltspunkten zu suchen, die mir sagen, wer diese Person ist. Doch bis auf Kleidung finde ich nichts. Gar nichts. Und das ist ungewöhnlich. Selbst ich habe persönliche Dinge in meinem Haus und sogar im Club. Was darauf hinweist, dass sie wirklich eine Agentin ist.

Im nächsten Zimmer ist eindeutig klar, dass es Veronicas ist. Denn ihr Duft liegt geradezu betörend in der Luft. Im Gegensatz zu Jessys Zimmer steckt von innen ein Schlüssel an der Tür und es ist zugestellt mit Rosen. Eine Art Kletterrosen wandert das Fenster hinauf und blüht weiß. Wenn sie wirklich Vissers Frau ist, dann ist sie die Dornenprinzessin. Und als ich mir die Rosen genauer anschaue, verstehe ich warum. Denn diese Pflanze hat

Monsterdornen. Ich strecke den Finger aus, berühre sie vorsichtig und ...

»Autsch!« Sie sticht direkt zu.

Es ist unwirklich und verrückt, dass eine so sanfte Frau solche Blumen hier stehen hat. Wo es doch Rosen ohne Dornen gibt. Einige der Pflanzen stehen hier. Selbst ihren Betthimmel hinauf ranken Rosen. Nur rosafarbene, mit anderen Dornen, die aber genauso messerscharf aussehen.

Dieses Zimmer ist wie ein Gewächshaus. Dennoch beginne ich, ihre Kommoden und Schränke aufzumachen. Finde allerdings nur Bilder von ihr und Jessy. Kleidung und in der untersten Schublade finde ich weitere Fotos. Eins, worauf sie neben einem dicken Mann steht, sich von ihm in den Arm nehmen lässt und freudig in die Kamera strahlt, während sie eine kitschige Weihnachtsmütze trägt. Es sieht so aus, als würde sie da mit ihm in einem Lagerraum stehen. Ich drehe das Bild um. Letztes Jahr ist dort nur notiert und der Name Karl. Ihr Chef?

Ich suche die Schublade komplett ab und finde ihren Arbeitsvertrag.

Tatsächlich. Karl ist ihr Chef.

Mein nächstes Ziel. Doch während ich alles zurücklege, als wäre ich nie dagewesen, ruft Sloan an. Endlich.

»Ich habe eine Idee.«

»Hallo mein bester Freund, ich hatte da auch eine Idee. Aber ich glaube ich brauche deine besonderen Kenntnisse, um weiterzukommen.«

»Wo bist du?«

»Ich bin in diesem Übergrößengeschäft. Komm einfach durch ins Lager. Wenn du unsicher bist folge dem Gebrüll.« Darauf folgt der Schrei eines Mannes.

»Ist das Karl.«

»Oh, woher weißt du das? Karl wird gerade zu einem ganz besonderen Freund.« Ein Stöhnen, als hätte er einen weiteren Schlag abgekriegt.

»Hatte dieselbe Idee. Wenn du ihn so verprügelst, dass er nicht mehr sprechen kann, wird er uns nicht weiterhelfen.« Ich verlasse die Wohnung mit eiligen Schritten, bevor er den armen Mann noch umbringt.

»Heißt das, dass ich jetzt ganz lieb zu ihm sein muss? Soll ich ihn etwa streicheln und kuscheln?«

»Wenn du so etwas kannst, tu dir keinen Zwang an.«

»Nein, leider nicht.« Erneut ein Aufstöhnen. »Ich bin einer von den bösen Gutjungs.«

»Was ist denn ein böser Gutjunge?«

»Der freundliche Mörder von nebenan. Schon vergessen?«

Kopfschüttelnd steige ich ins Auto. »Bin in zehn Minuten da. Bring ihn bitte nicht um.«

»Bei mir gibt es keine Lebensgarantie, also beeile dich, mein bester bester Freund. Didibidid.« Er macht mich wahnsinnig. Dieser Mann treibt mich regelrecht in die Nervenheilanstalt. Oder in den Tod.

Mit Bleifuß schlängele ich mich durch den Manhattaner Verkehr, begehe kleine Ordnungswidrigkeiten und komme schließlich an.

Der Laden ist offen und als ich diesen betrete, schließe ich die Tür ab und drehe das Schild an der Scheibe um, das „geschlossen“ anzeigt. Zwar sind keine Schmerzensschreie zu hören, ich gehe jedoch direkt durch ins Lager, in der Hoffnung, dass er ihn noch nicht umgebracht hat.

Zu meinem Glück steht Sloan gelangweilt mit Kopfhörern in den Ohren an einem Regal, währen Veronicas Chef Karl blutüberströmt an einen Stuhl gefesselt ist.

Ich ziehe im Vorbeigehen an dem Kabel, damit die Kopfhörer aus Sloans Ohren fallen und knie mich vor den dicken Mann. Er ist bei Bewusstsein und erschrickt, als er meine Anwesenheit bemerkt.

»Weißt du, wer ich bin?«

Er schüttelt den Kopf und ich sehe, dass er es dennoch mit der Angst zu tun hat.

»Wie gut kennst du Veronica?«

»Ich habe schon gesagt, dass sie nur eine Angestellte ist.«

Ich schaue an ihm herunter und erkenne, dass er sich bereits in die Hose gemacht hat. Angewidert stehe ich auf und drehe mich zu Sloan.

»Was brauchst du, mein bester Freund? Zange? Schraubendreher?«

»Einen richtigen Freund und eine zuverlässige Quelle. Der Mann weiß nichts.«

»Ich bin dein Freund. Und er weiß bestimmt mehr als er zugeben wird.« Ich ziehe die Knarre, drehe mich um und drücke ab. Dann sehe ich wieder zu Sloan.

»Du hast ihn einer Gefahr ausgesetzt. Du hast ihn auf dem Gewissen, Sloan. Ich musste ihn töten, weil er dich gesehen hat, dabei hat er wirklich keine Ahnung. Ich erkenne einen Lügner, wenn er vor mir steht. Also, mein ach so guter Freund, gib mir einen Grund, dich nicht abzuknallen.«

»Hey, weil wir Freunde sind.«

»Ich habe doch erwähnt, dass ich einen Lügner erkenne, also?«

»Hallo, wir sind Freunde, nur hat jeder seine Schwächen.«

Ich gehe an ihm vorbei, obwohl ich ihn eigentlich auch abknallen sollte. Schließlich tippe ich darauf, dass er seine Hände nicht bei sich behalten konnte. Katy hat jedoch recht und ich denke nicht, dass er sie gezwungen hat.

»Trash! Ich finde sie für dich.«

»Und wehe du krümmst ihr nur ein Haar. Ich weiß, wie du sein kannst, wenn jemand deinen Stolz verletzt.«

»Hat sie ja nicht.« Ich bleibe stehen und drehe mich zu ihm um. »Um ehrlich zu sein, ist sie noch verrückter, als ich dachte, schließlich hat sie gesehen, wie ich ein Kartell ausgelöscht habe. Andere Frauen hätten mehr Angst gezeigt. Sie hätten sich nicht das getraut, was sie getan hat.«

»Und das wäre?«, frage ich misstrauisch und er kommt auf mich zu.

»Das erzähle ich dir doch bei ganz vielen Drinks. Lass uns in den Club fahren und überlegen, wie wir vorgehen.« Er klopft mir auf die Schulter und ich bin gespannt, was er mir zu erzählen hat, auch wenn ich es mir bereits denken kann.

»Fahr nach Hause. Ich finde deine Löwin.«

Ich traue ihm nicht, fahre dennoch los.

Zuhause angekommen, öffne ich eine Flasche Whisky und meinen Laptop. Irgendwo muss sie sich verstecken. Nur wo? Während der Laptop hochfährt, schenke ich mir ein Glas ein und trinke es mit einem Schluck weg. Dann lehne ich mich zurück und starre auf den hellen Bildschirm, mit einem weiteren gefüllten Glas.

»Wo versteckst du dich?« Wenn ich davon ausgehe, dass sie Sloan verarscht hat, weil er sie für mutig hält, kann ich auch davon ausgehen, dass sie sein Geld gleich mitgenommen hat. Also stelle ich das Glas weg, rufe alle Hotels und Motels in Manhattan auf und zücke mein Handy. Nur wäre sie so dumm, sich unter ihrem eigenen Namen einzuchecken? Ihr bleibt nichts anderes übrig, da sie ihren Ausweis vorzeigen muss und ich ihren gefälschten noch habe.

Deswegen rufe ich die gefühlt Millionen Hotels nacheinander an. Jedes einzelne auf der Liste.

Nach Stunden bin ich kein Stück weiter. Sloan hatte sie überprüft und, bis auf Jessy, hat sie keine Freunde. Nur den ein oder anderen Verehrer hatte er mitbekommen, als er sie beobachtet hat.

Vom Wohnzimmer aus gehe ich ins Büro und suche ihre Akte heraus. Ich gehe die Blätter einzeln durch und finde den ersten Kerl, den sie abserviert hat. Ein Typ, der immer wieder in ihren Laden gekommen ist oder sie abgefangen hat, um ihr ein Date aufzuzwingen. Lächelnd erinnere ich mich an Sloans Worte zurück: »Ein Korb nach dem anderen und er gibt keine Ruhe. Hat der keinen Stolz?«

Sie ist nicht so leicht zu beeinflussen, wie ihre Freundin, die nur ein paar Männer braucht, die ihr nett zulächeln. Ich schaue mir sein Foto an. Hässlich ist er nicht und ich überfliege den Steckbrief, den Sloan ausgearbeitet hat. John Reyes. Angestellter der Bank gegenüber von dem Kleidergeschäft. Kein Wunder, dass sie ihm aufgefallen ist. Bestimmt hat er sie immer beobachtet oder kam mit ihr ins Gespräch, wenn sie die Einnahmen des Tages eingezahlt hat. Dennoch hat sie ihn abgewiesen.

Seine Adresse steht auch drauf. Vielleicht hat sie bei ihm Unterschlupf gesucht, weil sie nicht wusste, wohin. Ich schreibe mir seine Adresse auf und blättere weiter zu dem sportlichen Frederik Boyd, der morgens mit seiner Promenadenmischung im Park joggt und sich ebenfalls für meine Löwin interessiert.

Auch er hat einen höflichen Korb bekommen, als würde sie sich gar nicht für Männer interessieren. Aber das tut sie. Ich weiß es. Ihre Hitze in meiner Nähe, die geweiteten Pupillen und ihre veränderte Atmung waren offensichtlich. Erst recht, als sie sich mir regelrecht angeboten hat. Wie sie mich ins Badezimmer eingeladen hat und das Handtuch zu Boden glitt.

Ich setze mich auf dem Stuhl, streiche mir durchs Gesicht und lehne mich zurück.

Während mein Schwanz wieder zu pulsieren beginnt, erscheint sie mir vor Augen. Sie und ihr vernarbter Körper, der nach mir schrie und ihre grünen Augen, die mich verlangend ansahen. Wie sie vor mir auf die Knie gegangen ist und …

»Oh man.« Ich öffne meine Hose und nehme meinen Schwanz in die Hand. Automatisch sehe ich dabei zu, wie mein Schwanz zwischen ihre prallen Lippen verschwindet, spüre ihre Zunge an meiner Länge und wie sie liebevoll daran saugt.

Gleichzeitig pumpe ich meine Härte in der Hand, als wäre es ihr lieblicher Mund. Greife fester zu und stelle mir plötzlich vor, wie ich sie in ihrem blütenreichen Zimmer nehme, zwischen all den Rosen und ihren schmerzhaften Dornen.

»Scheiße«, stöhne ich, als sich das Bild verfestigt. Allein diese Vorstellung, sie zwischen Schönheit und Schmerz zu ficken, reicht aus und ich ergieße mich.

»Du hast keine Ahnung, wie gut du zu mir passt«, flüstere ich und mache meine Hand sauber.

Bevor ich erneut in die Geilheit zurückfalle, nehme ich beide Adressen und mache mich auf den Weg.

Es war ein Leichtes, ungesehen in Johns Haus einzudringen. Er hat noch nicht einmal eine Alarmanlage. Es ist tief in der Nacht und eine Stille ist in seinem Haus stark wahrzunehmen. Ich schleiche durch die Räume und kann weder ihn noch einen Hinweis darauf finden, dass meine Löwin hier ist. Ihr Duft liegt nicht in der Luft und kein herumliegendes Kleidungsstück. Also muss sie in seinem Schlafzimmer sein, wenn sie hier ist. Denn selbst das großzügige Gästezimmer ist leer. Wut peitscht durch mich hindurch. Wenn ich sie da finde, knall ich ihn ab!

Etwas anderes bleibt mir nicht übrig. Ich knall ihn ab und werfe mir meine Löwin über die Schulter, verlasse dieses dämliche Haus und sperre sie für immer ein. Ja! Sie ist Mein! Und JA! Zur Not schließe ich sie weg, bis sie freiwillig bei mir bleibt.

Scheiß auf Stockholm Syndrom!

Ich betrete das letzte Zimmer, schalte das Licht unmittelbar ein und sehe ...

Nur ihn.

Mein Blick fährt das ganze Bett entlang, aber er ist tatsächlich allein. Langsam wird dieser John wach und erschrickt, als er mich sieht.

»Wer...«

»Halts Maul!« Starr wie ein waschechter Lappen liegt er da, reißt die Augen auf und pinkelt sich gerade bestimmt in die Hose. So ein Weichei. Ich hole das Foto meiner Schönheit heraus, trete ans Bettende und halte es ihm hin.

»Wo ist sie?«

Er kneift die Augen zusammen, um seinen Blick zu fokussieren.

»Veronica?«

»Wie sie heißt weiß ich bereits, ich will wissen, wo sie ist?«

»Um diese Uhrzeit?«

»ALLGEMEIN!«, brülle ich gegen seine Dummheit, was sicher zwecklos ist.

»Ich weiß es nicht. Zuhause?« Ist er so dümmlich, oder tut er nur so? Egal. Ich ziehe die Knarre und knalle ihn ab. Blut spritzt gegen das Kopfende und er kippt mit einem Loch im Kopf zur Seite.

Kopfschüttelnd verschwinde ich wieder.

So macht das doch keinen Spaß!

Er hat sich noch nicht einmal Mühe gegeben, sein Leben zu retten, oder wirklich nachzudenken.

Hoffentlich ist der nächste etwas amüsanter.

Frederik Boyd. Sportlich und ein Hundebesitzer. Bei ihm werden, zumindest für eine kurze Zeit, meine Geduld und Kreativität gefordert. Leider jedoch nur kurz. Denn sein Köter kommt zwar, wie ein bedrohlicher Hund, bellend nach draußen in den Garten, als er mich hört, frisst allerdings das überteuerte Steak mit dem Betäubungsmittel in Sekunden auf. Es dauert bloß 20 Minuten, bis der kleine Möchtegernwachhund auf dem Sofa einschläft und nicht mitbekommt, wie ich das Haus betrete. Ein richtiger Hund hätte das Fleisch nicht gefressen, sondern hätte sich erst die Zustimmung vom Besitzer eingeholt. Dumm für seinen Besitzer, der im Moment ebenfalls schläft. Mich wundern jedoch in erster Linie die vielen Familienfotos an der Wand. Davon hat Sloan mir nichts erzählt. Nicht, dass er anscheinend verheiratet ist und zwei Kinder hat. An diese habe ich nicht gedacht und bekomme ein mulmiges Gefühl, als ich die erste Tür öffne und dort ein kleines Mädchen schläft. Veronica kann unmöglich hier sein.

Schlimmer finde ich nur, dass er an meiner Löwin Interesse hat, obwohl er offensichtlich ein Familienvater ist. Wie kann er das nur tun? So viele wünschen sich genau das und können es nie haben und er will das zerstören. Für was? Für eine hübsche sinnliche Brasilianerin?

Abgesehen davon, dass sie es wert ist, ist es nicht fair gegenüber diesem hübschen schlafenden Mädchen mit der Stupsnase. Dieser Mann hat diese Familie nicht verdient. Abschlachten kann ich ihn trotzdem nicht. Denn als ich die Türe leise schließe und die nächste aufmache, liegt dort ein Junge in einem Sportwagenbett. Der Junge scheint jünger zu sein.

Frederik führt das perfekte Leben. Wie auf den Fotos zu erkennen ist, hat er eine wunderschöne Frau, zwei Kinder, einen Hund und einen guten Job. Dennoch wollte er es zerstören.

Leise schließe ich auch diese Tür und verschwinde aus dem Haus, ohne ihn zu töten, auch wenn er es wirklich verdient hätte. Eigentlich sollte ich beim Rausgehen das Haus niederbrennen, damit die Kinder nicht unter einer

Trennung leiden können. Aber mein Herz bringt das nicht fertig. Also kehre ich zurück zum Auto und starte den Wagen. Da ich das aber nicht so stehenlassen kann, parke ich das Auto in der friedlichen Wohngegend um und warte.

Die ganze Nacht warte ich. Anstatt meine Frau zu suchen, um mit ihr ein gemeinsames Leben zu führen, welches dem von Frederik niemals gleichen könnte, bleibe ich hier und rette zumindest das dieser Frau und dieser Kinder, bevor dieser undankbare Spinner es ruiniert.

Gleichzeitig stelle ich mir eine Zukunft mit der Löwin vor. So etwas hat sie verdient. Sie verdient es, Kinder zu bekommen, in einem wunderschönen Haus zu wohnen und jeden Morgen einen Hund auszuführen. Nur kann ich ihr das nicht bieten. Mein Herz wird ganz schwer und ich treffe die einzige richtige Entscheidung, als ich mein Handy heraushole und zu tippen beginnen.

Ich:

Such sie nicht weiter! Lass sie laufen!

Sloan:

Warum? Ich bin nah dran.

Ich:

Ist mir egal.

Sloan:

Ich dachte, du willst sie unbedingt zurück.

Ich:
Lass einfach gut sein.

Denn mit Sicherheit hat sie mehr als diesen Sadistenbastard verdient, der sie nur weiter in den Abgrund zieht. Sie hat Schlimmes durchgemacht, war über Jahre einem Soziopathen ausgeliefert, der mit Puppen spricht, die so aussehen wie sie selbst. Das allein wird sie ein Leben lang verfolgen. Ich muss sie gehen lassen, damit sie eine Chance hat.

Diese Entscheidung fällt mir sicher nicht leicht und ich lehne mich zurück und fixiere die Straße, damit ich weitere Leben retten kann.

Als die Sonne aufgeht, kommt Frederik in Sportkleidung um die Ecke gejoggt. Ohne Hund. Wahrscheinlich, weil der noch seinen kleinen Rausch ausschläft. Für mich gut. Für ihn schlecht. Sehr schlecht. Denn als er an meinem Wagen vorbeiläuft, steige ich aus und rufe ihm hinterher.

»Frederik Boyd?«

Er dreht sich um und joggt auf einer Stelle. Er mustert mich von oben bis unten und zieht die Augenbrauen zusammen.

»Ja?«

Ich gehe auf ihn zu und er kommt mir joggend näher. Genau vor mir joggt er weiter auf einer Stelle, was mich umgehend abfuckt, weshalb ich direkt mit der Faust aushole und ihm Eine mitten ins Gesicht verpasse. Unter meinen Fingerknöcheln knackt es und er fällt durch die Wucht auf den Boden.

»Ah! Was?« Er hält sich seine blutende, gebrochene Nase

und joggt jetzt nicht mehr auf eine Stelle, sondern liegt am Boden. Das entspannt mich ungemein.

»Wer bist du? Was soll das?«, jammert er schockiert.

Ich hole zum besseren Verständnis Veronicas Foto heraus. Und halte es ihm hin.

»Kennst du sie?«

»Nein!«

Ich hebe eine Braue und er korrigiert sich.

»Ich bin mal im Park auf sie gestoßen.«

»Ach ja. Einmal? Du meinst mehrfach!«

»Jeden Morgen, aber ich kenne sie nicht! Was willst du von mir?«

»Ich will, dass du dich ihr nie wieder näherst.« Ich beuge mich zu ihm runter und hole aus der anderen Tasche das Messer. Vor seinen Augen lasse ich die Klinge herausspringen. »Und wenn du deine Frau nochmal versuchst, zu betrügen und deine tolle Familie zerstörst, finde ich dich und schneide dir die Kehle auf, verstanden?«

Ängstlich auf die Klinge starrend nickt er hastig und ich gehe zurück zum Wagen. Bevor ich aber einsteige, schaue ich zurück, wie er noch immer daliegt und brülle. »Ich finde dich Boyd, also überleg dir, ob dir etwas an deinem perfekten Leben liegt!« Und setze mich hinters Steuer.

Ich bezweifle, dass er wirklich nochmal auf die Idee kommt, seine Familie zu verletzen.

Direkt zum Club durchfahrend weiß ich, was ich an diesem Morgen mache. Denn er hat noch nicht offen und ich sehe mich schon mit einer Flasche brauner Flüssigkeit am Tresen sitzen.

Und genau das geschieht eine halbe Stunde, nachdem ich

den Laden betreten habe. Nur nicht am Tresen, sondern in meinem Büro. Ich wundere mich sogar, dass ich die Flasche nicht im Würgegriff halte und direkt daraus trinke, so beschissen, wie es mir geht. Denn ich habe tatsächlich in der einen Hand ein Glas und in der anderen Hand ihr Foto.

Ihre grünen Augen ziehen mich in den Bann und ich schüttele nur ungläubig den Kopf, dass ich den Mut besessen habe, sie freizugeben. Ich wünschte mir wirklich, ihr mehr bieten zu können. Doch was will sie mit einem Bastard, dessen größter Trieb darin besteht, Frauen zu ficken und Abschaum umzubringen? Nichts. Ich würde sie nur noch mehr zerstören. Und wenn sie wirklich bei mir sein wollte, hätte sie mich aufgesucht. Sie ist clever und hätte einen Weg gefunden. Nur ist sie Sloan entkommen, weil sie damit gerechnet hat, dass er sie zu mir bringt. Sie wusste es und ist aufgrunddessen geflohen. Sie hat sich entschieden und ich muss sie lassen. Ihr die Möglichkeit geben, auch so ein perfektes Leben ermöglichen. Sie könnte sich von ihrer Vergangenheit befreien, denn sie ist stark. Sehr stark.

Sie strotzt vor Energie und hat wirklich Sloan verarscht, was mich gerade auch noch zum Lachen bringt.

»Du bist stark, Löwin. Du schaffst das«, sage ich dem Bild in der Hand und streiche mit dem Daumen über ihre Wangen. »Du kannst alles erreichen, solange du dich von mir fernhältst.« Was sie mit Sicherheit auch tut.

Mein Handy klingelt und ich ignoriere es. Zu tief in Gedanken, bei der kleinen Löwin, will ich nicht gestört werden. Als es jedoch gar nicht mehr aufhören will, schalte ich es aus, ohne ranzugehen, und widme mich wieder der Schönheit, die mich um den Finger gewickelt hat.

»Es tut mir leid, Dornenprinzessin. Ich hätte dich nie hergeben sollen. Dich beschützen müssen. Doch ich bin kein Held. Das wusstest du von Anfang an. Du hast dich mir trotzdem hingegeben und ich habe dich dem Teufel, ohne Einspruch, übergeben.«
Wieder streicht mein Daumen über das Bild.

Es vergeht eine ganze Flasche und ich suhle mich bereits in Selbstmitleid und Trauer über meine dumme Entscheidung, als Sloan ins Büro stürmt.

»Hier bist du.« Ich schaue noch nicht einmal hoch. Ich müsste betrunken sein, dabei bin berauscht von Selbsthass, davon, ihr nicht die Vergangenheit nehmen und ihre Wunden heilen zu können.

»Scheiße Trash, was geht bei dir?!« Er reißt mir das Bild aus der Hand und prüft es.

»Gib es mir wieder, Spast!« Ich stehe ruckartig auf und spüre nur leicht den Alkohol in mir.

»Hör auf mit dem Mist, es gibt Arbeit! Ich versuche dich schon seit Stunden zu erreichen!« Er schmeißt das Bild auf den Tisch und ich greife rasch danach, als würde ich ertrinken, wenn ich es nicht mehr halte.

»Drehst du durch, Trash?«

Bin ich schon längst. Denn ich muss ein letztes Mal auf diese bronzefarbene Haut und die grünen Augen starren, bevor ich es einmal knicke und in die Tasche stecke.

»Was für Arbeit?«

»Das wird dir nicht gefallen. Aber bestimmt ablenken von deiner -« Er mustert mich prüfend von oben bis unten. »Sorry, Trash dafür finde selbst ich keine Worte. Dein Gast wartet schon im Schlachtraum.«

Ich runzele die Stirn, während er einen Zettel aus der Hintertasche herausholt.

»Bianca löst deinen noch offenen Gefallen ein.« Und überreicht ihn mir. »Du sollst herausfinden, was mit den zwei Personen passiert ist und wo der Bunker sich befindet.«

»Der Bunker?« Ich falte es auseinander.

»Keine Ahnung was es ist. Das ist ja auch nicht die Frage, oder?«

Ich lese die zwei Namen auf dem Zettel und der eine kommt mir sofort bekannt vor.

»Remy Oliveira? Wie Veronika Oliveira?«

Er zuckt mit den Schultern »Kann Zufall sein. Ist ein weitverbreiteter Name.«

Aber es ist kein Zufall, dass der Name mir an sich bekannt vorkommt. »Remy und Katelana Oliveira.«

»Kennst du sie?«

»Da bin ich mir sicher.« Ich setze mich in den Stuhl, lehne mich zurück und denke nach. Dann fällt es mir ein.

»In Brasilien, vor etwa fünf oder sechs Jahren. Das war kurz bevor wir uns kennengelernt haben. Ich bekam immer mehr Aufmerksamkeit von den Organisationen und Bianca gab mir einen Auftrag von jemandem, der unbekannt bleiben sollte. Ich kannte meinen Auftraggeber in dem Fall nicht. Es lief über Bianca. Ich sollte herausfinden, wie ein Kaufmann in Brasilien es geschafft hat, nicht nur das Geld zu waschen, sondern auch Millionen abzuzwacken.«

»Millionen?«

»Ja, es ging um eine Menge Kohle. Ich habe alle Unterlagen bekommen und die Namen wurden geschwärzt. Ich sollte dem auf den Grund gehen, Remy zur Rede stellen und töten. Also bin ich nach Brasilien gereist. Doch als ich die Unterlagen mit seinen verglichen habe, ist mir etwas aufgefallen. Und wie du weißt, erkenne ich auch Lügner. Remy war keiner. Er hat das Geld nicht geklaut. Derjenige, der es abgeholt hat, war es. Auf dem Weg zu meinem Auftraggeber wurde es gestohlen. Immer mehr.«

»Hast du Remy und seine Frau getötet?«

»Nein. Er war unschuldig.«

»Ich sag doch immer wir gehören zu den Guten.«

»Zu den Guten?«, spucke ich aus und drehe mich im Stuhl zu Sloan, den ich fassungslos anschaue. Er MUSS geisteskrank sein.

»Ja, Trash wir sind die Guten. Ist ja nicht so, als würde ich süße Kätzchen töten.«

»Aber kleine Welpen?«

»Das hat dir Nana erzählt, oder?« Ich nicke und er schnaubt.

»Also bitte, Trash. Welpen sind keine süßen Kätzchen, ok? Außerdem ist das unter Jugendsünde zu verbuchen. Der eine klaut Kaugummi, ein anderer klingelt zum Spaß an Haustüren und läuft weg und...«

»Und du ertränkst kleine Welpen.«

»Das war Wissenschaftund ich habe sie nicht alle ertränkt. Ein paar habe ich auch vergiftet. Andere Wissenschaftler haben viel Schlimmeres getan!«

»DU BIST KEIN WISSENSCHAFTLER!«

»Aber Künstler, wie Leonardo da Vinci, der auch Leichen geschändet hat für die Wissenschaft. Heute weiß ich, dass ich auch einfach eine Leiche hätte ausgraben müssen. Wusste ich das als Kind? Nein! Lass die Vergangenheit ruhen!«

»Bereust du es?«

»Wenn ich ein Gewissen hätte, bestimmt. Ich bin immer noch davon überzeugt, dass es sehr lehrreich war. Es war ausschlaggebend für mein restliches Leben.«

Ich schüttele den Kopf. Nein, es ist einfach der Beweis, dass er schon als kranker, sadistischer Mensch zur Welt kam. Aber ich kann ihn nicht verurteilen. Zwar töte ich keine Tiere oder Kinder, aber ich ficke meine kleine Schwester und habe Spaß daran, anderen die Haut abzuziehen. Höre sogar ihre Schmerzensschreie als einen unwirklichen Gesang, der mich beruhigt.

»Also, wer ist unser Gast?«

»Das wird dir nicht gefallen.«

»Das sagtest du bereits, also?«

»Luuk Visser.«

Sofern ich betrunken bin, ist damit sofort Schluss. Aus Schock bin ich umgehend nüchtern und blitze meinen Freund verwirrt an.

»Der Arzt. Der Typ, wegen dem du überall Veronicas Blut verteilen musstest, damit er glaubt, sie und Vincent sind halbtot entführt worden und selbst wenn er sich auf die Suche macht, würde er sie nur tot finden, weshalb er es gar nicht erst versucht?«

»Ja, der.«

»Scheiße. Dann mal los.« Ich stehe auf und nun sieht er mich verdutzt an.

»Ich hätte mit mehr Gegenwehr gerechnet. Von wegen ich will keinen Kartellkrieg«, äfft er mich nach und ich verdrehe die Augen.

»Was für ein Kartell? Wenn du alles richtig gemacht hast, ist von denen nicht viel übrig.«

»Und die Verbündeten?«

»Wenn du Vincent erledigt hast, werden die anderen sich automatisch zurückziehen. In dieser Geschichte kommt keine Schlange vor, der ein neuer Kopf wächst, wenn du ihren abschlägst. Die sind alle dumm und laufen gerade führerlos herum.«

»Wenn du das sagst.« Er zuckt die Schultern und hüpft freudig los. »Dann lass uns spielen«, trällert er.

Veronica

Abwartend schaue ich auf ihr Handy. Jede Minute, in der es an ist, bringt es mich in Gefahr, aber wir brauchen die Antwort. Ich brauche die Antwort.

»Und du denkst, das reicht?«, hinterfrage ich das Ganze.

»Ich weiß es nicht. Ich habe noch nie so einen Auftrag gegeben, aber das ›ok‹, als Rückmeldung sagt es schon.«

»Was gibst du sonst für Aufträge?«, frage ich und sehe meine frühere Freundin an.

»Es ist nur ein Informationsaustausch. Ich gebe kleine Infos weiter und bekomme dafür ganz viele. Aber ich denke, dass es jetzt etwas dauert. Der Auftrag muss ja weitergegeben und Luuk muss auch erst gefunden werden. Dann kommt es noch darauf an, wie lange es dauert, bis er spricht. Und natürlich, wann diese Informationen weitergegeben werden.«

Verständlich. Ich weiß das auch, dennoch bin ich angespannt und nervös und entscheide mich dafür, das Handy auszumachen.

»Warum tust du das?«, fragt sie mich.

»Weil ich nicht will, dass man uns ortet.«

»Nein, das hier. Du kannst mir auch losbinden. Ich helfe

dir auch so.«

Was ich ihr nicht glaube und deswegen mit den Augen rolle und mich neben sie setze. Ich öffne eine Flasche Wasser und halte sie an ihre Lippen. Sie trinkt und als ich die Flasche wieder wegstelle, bedankt sie sich.

»Versuch zu schlafen.«

Ich nehme die Decke und ziehe sie über uns. Sie schweigt und ich schließe die Augen, aus Hoffnung, dass mich die Anspannung verlässt und ich an Stärke gewinne.

Eingeschüchtert und verletzt, eingesperrt im Raum, der gefüllt ist mit Utensilien, um mich zu verletzen, verbringe ich Tage, ohne Kleidung und ohne Essen. Nur Trinken flößt er mir ein, wenn er für den Tag mit mir fertig ist. Ich kann mich kaum halten, liege auf dem Boden eingerollt und bekomme keine Luft, weil jeder Atemzug in meinen Lungen schmerzt. Die Tür öffnet sich und mein Blick schafft es nur zu seinen Schuhen.

»Hallo, kleine Puppe. Heute bist du nicht mein wildes Kätzchen, verstanden? Du spielst heute meinen gehorsamen Hund« Eine Leine hängt herunter zu seinen Schuhen und ich versuche, mich unter Schmerzen aufzurichten und schaffe es kaum. Selbst meine Arme knicken ein. Ich kann mich nicht wehren und ihn auch nicht provozieren. Ich schaffe es nicht, ihn zu langweilen, weil die Schmerzen unerträglich sind und mich immer mehr Tränen kosten. Mich immer weiter zum Betteln bringen, obwohl ich weiß, dass ich ihn damit nur bestätige, weiterzumachen. Vor mir bleibt er stehen, kniet sich hin und legt mir ein Halsband um. Seine Erniedrigungen kennen keine

Grenzen. Er richtet sich wieder auf und zieht daran. Automatisch drückt er mir die Luft ab und zwingt mich, aufzustehen, aber nur auf alle Viere.

»Gehen wir.« Er zieht mich hinterher. So schnell, wie er auf zwei Beinen geht, komme ich auf den Knien und unter Schmerzen nicht mit und er zerrt an die Leine, was mir noch mehr die Luft nimmt. Über den Flur liefert er meine nackte, geschundene Haut jeder Person aus, die hinschaut. Ich spüre das Kribbeln auf mir wie Messerstiche. Er führt mich geradewegs in sein Büro und setzt sich in seinen Sessel. Neben ihm, am Boden, nehme ich meinen Platz ein, als wäre ich wirklich sein Hündchen. Zusätzlich gibt er mir das Gefühl, indem er auch noch über meinen Kopf streichelt, bis Männer hereinkommen und einer von ihnen einen kleinen Koffer überreicht.

»Weißt du, meine kleine Puppe. Ich muss mich absichern.« Daraus holt er ein pistolenähnliches Metallstück hervor und sieht zu seinen Mitarbeitern.

»Alles vorbereitet?«

»Ja, Boss.«

Vorsichtig schiebt er mir mit den Fingerspitzen das Haar zur Seite und kurz darauf spüre ich das kalte Metall in meinem Nacken. Erschrocken halte ich die Luft an. Ein Klick ertönt und brennt sich in mein Fleisch, sodass mir die Tränen herunterfallen. Der Schmerz zieht sich über mein Rückgrat und ich beiße fest die Zähne zusammen, damit ich nicht schreie.

»Wie brav du doch bist.« Erneut streichelt er mir über den Kopf. Dann nimmt er ein anderes Gerät aus dem Koffer und hält es mir in den Nacken. Nach einem Piepsen meint er: »Oh, das ist so perfekt. Ich bin genial.«

»Hier, Boss.«

Unter Tränen sehe ich, wie Vincent ein Blatt gereicht bekommt. Damit schließt er den Koffer, gibt ihn seinem Mitarbeiter und steht auf. An der Leine zieht er mich mit zum Kamin, wo das Feuer offen brennt. Genau davor reicht er mir das Blatt und ich kann nichts drauf erkennen, als er sich zu seinen Leuten umdreht.

»Sie muss unter allen Umständen überleben. Passt darauf auf, dass ihr nichts passiert. Wenn sie stirbt, sterben wir alle! Und jetzt verschwindet!«

Den Arm, in dessen Hand ich das Blatt halte, zieht er ans Feuer. Meine Hand beginnt zu zittern, aber ich kann ihn nicht zurückziehen. Er hält mich fest und das Blatt fängt Feuer. »Ab sofort genießt du einen besonderen Schutz, meine Puppe.« Er küsst meinen Hinterkopf, lässt meine Hand jedoch nicht los und drückt sie noch weiter in die Flammen. Die Hitze brennt sich auf meinen Arm, die Flammen schlagen mir um die Hand und ich schreie.

Ich schreie laut, als meine Haut die Hitze nicht erträgt und die Flammen sich um meinen Arm schlängeln.

Viel zu spät zieht er mich aus dem Feuer und lächelt mich an, während ich laut weine.

»Oh, habe ich dich verbrannt? Das tut mir aber leid.«

Ich starre auf meine Hand, zittere und kann nicht aufhören zu weinen und bekomme zu spät mit, dass er sich die Hose geöffnet hat.

»Komm, ich mache dir die Schmerzen weg« Er zieht mich auf seinen Schoss und ich weine noch mehr.

»Bitte nicht. Bitte nicht« Ich kriege mich nicht mehr ein.

»Bitte nicht«

»V!«

»V! Wach auf!«

Ich springe auf und kriege keine Luft, spüre den brennendheißen Arm und reibe ihn. Schlagartig sehe ich meine Umgebung, spüre die Tränen auf meiner Wange und drehe mich zu Jessy, die mich mustert. Ich wische mir schnell die Haut trocken und setze mich wieder hin, als wäre nichts gewesen.

Die Stille herrscht über uns.

Lange.

Nur das Wasser ist zu hören und zwischendurch das Dröhnen der schallenden U-Bahn.

»Du hast das oft.«

Ich schweige.

»In der Nacht hast du oft geschrien. Am Anfang wollte ich in dein Zimmer, aber du hast die Tür abgeschlossen. Tagsüber bist du auch oft abwesend.«

Selbst darauf sage ich nichts. Sie hat mich die ganze Zeit nicht darauf angesprochen. Sie wusste, was mir widerfahren ist und hat mir dennoch keine Schulter angeboten. Jetzt braucht sie auch keinen Zugang zu mir suchen. Denn ich biete ihr auch nicht die Freiheit.

»Der Plan war eigentlich ein anderer. Ich sollte als Hure rein.«

Auf ihre Worte nicht reagierend zünde ich mir eine Zigarette an, lehne mich zurück und lasse dem Puls runterfahren.

»Ich sollte einen Zugang zu dir finden.«

»Hättest du nicht geschafft.«

»Und wenn doch.«

»Du willst dieses Spiel spielen? Ok« Ich schließe die Augen, atme den Rauch ein. »Du hättest mich also gerettet?«

»Nein. Das war nicht der Plan. Ich sollte zu dir, um den Code zu scannen. Im Lager befinden sich nicht nur die Goldreserven und Waffen, sondern auch wichtige Unterlagen, die ihn hinter Gitter gebracht hätten. Dann wärst du frei gewesen.«

»Oder schon längst tot.«

»Nein, wir hätten es früh genug geschafft.«

»Ihr wusstet von mir und meinem Leid und ihr wolltet mir nie helfen.«

»Nein. Er hat viel mehr Dreck am Stecken, als seine Frau zu misshandeln.«

Diese Worte legen sich bitter auf meine Zunge und ich hebe ihr Handy auf.

»Gib deinen Pin ein«, reiche ich es ihr und sie macht es, nur muss sie dabei auch noch weiterquatschen.

»Versteh mich nicht falsch. Du wärst frei, wenn er in den Knast gegangen wäre.«

»Nein, Jessy. Dann wäre ich die begehrenswerteste Frau für sämtliche Organisationen. Ein Ziel, nicht nur fürs FBI.«

»Ja, vielleicht, aber...«

»Aber das FBI hätte mich beschützt?«

»Nein, das nicht, aber...«

»Warum hast du gesagt ich soll gegen ihn aussagen? Was ist mit der Aktion, mich als Kronzeugin hinzustellen?« Ich stehe auf und packe ihr Handy in meine Tasche. Wütend schaue ich auf sie hinab und sie beißt sich nervös auf die Unterlippe.

»Soll ich ehrlich sein?«

»Das ist das Einzige, was dein Leben retten könnte.«

Sie überlegt und hat sich dann entschieden.

»Es war ein Versuch, dich auf meine Seite zu ziehen, als wir keine Zeit hatten. Damit ich dich scannen kann. Du mir vertraust und mir hilfst. Wir mussten dich als Kronzeugen hinstellen, weil wir die Wahrheit nicht freigeben konnten.«

Weil ich dann das Ziel geworden wäre.

»Hätte ich dir mal nie die Botschaft zukommen lassen, wo du uns aufhalten kannst. Dann wäre ich bestimmt wirklich gestorben.«

Sie runzelt die Stirn.

»Ich habe keine bekommen.«

»Ich habe dem Tankwart deine Nummer gegeben und gesagt, er soll dir Bescheid sagen, dass du mich abholen sollst, wo du mich das erste Mal eingesammelt hast.«

»Ich habe nie einen Anruf bekommen. Du meinst die Tankstelle direkt nach der Brücke, wo ich dich aufgenommen habe?«

Ich nicke.

»Oh V! Die gehört Visser! Deswegen war er so schnell da!«

Mein blödes Aussehen. Er hat mich bestimmt erkannt. Wahrscheinlich hat Vincent ihm ein Bild von mir gezeigt und so viele wie ich laufen in South Carolina nicht herum.

»Aber woher soll er wissen, wo du mich eingeladen hast?«

»Er hat bestimmt nach dir gesucht. Und konnte sich denken, dass du irgendwo in der Nähe in ein Auto gestiegen bist.«

Clever war das Monster schon immer.

»Außerdem hast du geblutet.«

»Ich frage mich eher, wie er meinen Angriff überleben konnte.«

»Ich habe erfahren, dass du keine wichtigen Organe getroffen hast. Er wurde natürlich mehrfach genäht, aber das Schlimmste war die Rauchvergiftung. Er wurde jedoch frühzeitig aus den Flammen geholt.«

Eine Stille überkommt uns und ich drehe mich um, versuche, die aufkommenden Tränen zu verbergen und hasse mich dafür, ihr vertraut, mich Trash hingegeben und Vincent nicht getötet zu haben.

»Es tut mir leid.«

»WAS?«, brülle ich und es schallt durch das Tunnelsystem.

»Das ich dir nicht helfen konnte.«

»Nicht helfen KONNTE?« Ich drehe mich um und blitze sie wütend an. »Konnte? Du meinst wollen! Ihr wolltet mir nicht helfen.«

»Du hast ihn geheiratet.«

»UNTER ZWANG!«

»Dafür interessiert sich doch keiner. Wir brauchen handfeste Beweise.«

»Du meinst das FBI interessiert sich nicht dafür! Du kamst noch nicht einmal auf die Idee, mit mir zur Polizei zu gehen und ihn anzuzeigen. Du hörst mich nachts schreien und hilfst mir nicht?«

»Das hätte alles zerstört, weil Vincent dann gewusst hätte, wo du bist, und ich brauchte den Code.«

»Und was, wenn ich mein Zimmer nicht abgeschlossen hätte? Hättest du mich im Schlaf gescannt und dann wäre ich nichts mehr wert gewesen? Wie war der Plan, Jessy? Komm, erzähl es mir.«

»So ähnlich. Ich wusste ja nicht, dass du dich immer einschließt. Wenn du einpennst, dann immer, wenn ich nicht da bin oder hinter verschlossen Türen.«

»Aber wenn nicht?«, brülle ich sie an und sie schaut nach unten.

»Wenn ich Zugang gehabt hätte und ich dich wirklich gescannt hätte, wäre ich unter einem Vorwand für immer aus deinem Leben gegangen.«

Ich schüttele fassungslos den Kopf.

»Und hättest du mich mit der Gefahr alleine gelassen?«

»Das spielt doch jetzt keine Rolle, Veronica. Du hast den Chip nicht mehr.«

»Und jetzt bin ich für dich nur noch wertlos?« Ich ziehe die Knarre, entsichere sie, wie ich es so oft bei Vincent gesehen habe und als sich ihr Mund öffnet, drücke ich ab.

Lautschreiend peitscht der Rückschlag durch meinen Arm, greift über meine Schulter und nimmt mir für mehrere Sekunden den Atem.

Nachdem ich mich von der Wucht, mit der ich nicht gerechnet habe, gelöst habe, sehe ich auf sie hinab...

Was für eine Stinkkuh.

Es tut mir noch nicht einmal leid, dass ihr Hirn an der Wand klebt. Sollen die Ratten ihre Überreste fressen. Ich bin hier weg. Mein Plan muss vollendet werden. Und der nächste auf der Abschussliste ist der Bastard, dem ich genauso wenig bedeute!

TRASH

Ich nehme den Gesang seiner Schreie in mich auf, aber er spricht noch immer nicht. Was mir nichts ausmacht und mir umso mehr Freude schenkt, während ich das Filetmesser schwinge und ein weiteres Stück seiner Haut von seinem Fleisch abziehe. Nur diesmal ist der andere Arm dran.

»Ach Visser, ich könnte das den ganzen Tag so machen.«

»Was Trash damit sagen möchte, ist, dass er dich mit Freuden am Leben hält, bis du miterlebst, wie deine ganze Haut vom Fleisch gerissen ist.«, erklärt Sloan unnötigerweise.

»Du....AHHH!!!!«

»Ja?« Ich verharre und warte auf die Worte, die er ungern ausspricht. Er atmet tief durch, drängt den Schmerz zurück und flüstert:

»Was willst du mit den Eltern von Veronica? Hat sie es dir angetan? Warst du es, der sie gefickt hat?« Und spuckt mir sein Blut entgegen.

Ich drehe mich zu Sloan. »Veronicas Eltern?« Er erwidert genauso verwundert den Blick. »Warum will Bianca Informationen über Veronicas Eltern?«

Misstrauisch verengt mein Freund die Augen und

schüttelt unwissend und langsam den Kopf. Er sieht mich an, als würde er nachdenken und kann es dennoch nicht glauben.

»Was hat Bianca vor?«

»Ich weiß es nicht, Trash. Mich wundert das genauso.«

Eifersucht? Ist sie wütend auf die Löwin, weil ich sie abblitzen lassen habe? Sie wusste direkt, dass es wegen ihr war. Dabei vögeln wir immer zwischendrin und ich habe noch nie nein zu ihr gesagt. Habe ich ihren Stolz verletzt?

»Vielleicht versucht auch, das FBI sie zu finden. Du weißt doch wie Bianca ist, wenn es ums FBI geht.«

»Was wollen die von ihr?«

»Sie ist doch die Kronzeugin, vielleicht wissen sie auch, dass Veronica auf der Flucht ist.«

Nein, das ist zu vage. Das passt eher zu der gnadenlosen Bianca.

»Also?«, wende ich mich dem Gast zu. »Was ist mit ihnen passiert?«

»Ich habe sie umgebracht, weil du es nicht wolltest!«, spuckt er mir entgegen und das Puzzle bildet sich zusammen. Das muss zu der Zeit gewesen sein, als sie entführt wurde und ich habe den Auftrag von Visser bekommen. Unfassbar.

Ich habe den Auftrag nicht erfüllt und er muss mit seinem Cousin Luuk auch vor Ort gewesen sein. Währen Vincent meine Löwin in jungen Jahren entführt hat, hat sein dämlicher Cousin ihre Eltern getötet. Aber gleichzeitig bildet sich noch ein anderes Bild. Ich verstehe nun die

Zusammenhänge und weiß, wer Vincent über den Tisch gezogen hat.

»Du!«

Er lächelt mit Blut an den Zähnen.

»Du hast deine eigene Familie über den Tisch gezogen?« Er zuckt die Schultern. »Du bist schuld daran, dass Veronica das alles überhaupt erst widerfahren ist?«

»Früher oder später hätte sie ohnehin seine Aufmerksamkeit bekommen.«

Fassungslos schüttele ich den Kopf. Er hat mehr verdient. Vor mir sitzt er nur in Boxershorts, aus denen ich ihn mit dem Messer befreie.

»Trash? Was hast du vor. Wir brauchen noch den Standort.«

Darauf scheiße ich.

»Trash bitte, du weißt, wie rachsüchtig sie ist.«

»Er wird es uns eh nicht sagen.«

Genau an seinen Schwanz halte ich das Messer.

»Hast du schonmal einen filetierten Schwanz gesehen, Sloan?«

»Und du nennst mich krank?«, amüsiert lacht er auf, während Luuk verneinend schreit.

»Warte, warte, ich sag es euch. Ich sage es euch, aber lass mich danach frei.«

Anscheinend kam nie die Info zu ihm durch, dass wirklich niemand diesen Raum verlässt, wenn er einmal zu Gast hier ist. Lächelnd fällt mir ein, dass es nur eine geschafft hat. Veronica.

»Okay. Schieß los.«

Während Sloan alle Daten in sein Handy eintippt, frage ich mich, ob ich jemals einen so mickrigen Penis filetiert habe. Vielleicht ist er auch vor Angst etwas ins Innere gekrochen.

Veronica

Derweil ich mich von der Leiche meiner angeblichen Freundin entferne und zuvor alle meine Spuren verwischt habe, checke ich ihr Handy, während ich durch das Tunnelsystem wandere. Sämtliche Informationen sind darauf gespeichert. Die verschlüsselte Nummer, die den Auftrag auch bekommen hat, schrieb vor Wochen sämtliche Informationen über Trash. Anscheinend wurde seine Freundin auch beobachtet. Nun weiß ich, wo ich sie finde. Dadurch erfahre ich ebenfalls alles über den Plan des Tages, an dem Trash mich ausgeliefert hat.

Wieder erscheint mir Jessys wissendes Lächeln, als ich Bianca erwähnt habe und nun bin ich mir absolut sicher, dass sie der Spitzel ist. Denn ich weiß, dass die Männer sich den Rat und die Hilfe von ihr geholt haben. Sie wusste über alles Bescheid und hat Trash ins Messer laufen lassen. Diese Bitch hat das FBI mit Infos gefüttert. Trash sitzt bestimmt im Knast, während Sloan mit seiner Affenmaske davonkam. Noch ein Grund mehr, seine Freundin aufzusuchen.

Schließlich finde ich eine Nachricht eines Kollegen und schicke ihm eine Nachricht im Namen von Jessy, um meinen Plan weiter fortzuführen.

Anschließend hole ich den Akku heraus, schmeiße ihn sowie das restliche Handy ins Wasser.

Ich brauche keine Antworten mehr. Wenn Bianca ans FBI weitergegeben hat, dass Trash meine Eltern umgebracht hat, wird das stimmen.

Ich werde ihn fertig machen und wenn ich ihn dafür im Knast besuchen muss, um ihn bestialisch abzustechen. Und diesmal mache ich keine Fehler.

Gott, Bianca. Er vögelt sich durch Manhattan, gibt mir sogar ein gutes Gefühl und dann hat er auch noch eine Freundin! Er ist ein widerlicher Mörder und seinem Folterraum nach zu urteilen, ein ekelhafter Sadist und hat meine Eltern auf dem Gewissen!

Ich hasse ihn noch mehr, als ich Vincent je verflucht habe! Ich mache diesen Bastard so was von fertig!

Aber zuerst muss ich mir einen neuen Platz suchen. Denn erst im Schatten der Nacht kann ich hervorkommen und meinen Plan umsetzen. So lange muss ich im Verborgenen bleiben. In der Kloake, wohin sich niemand sonst verläuft.

TRASH

Ich starre mit einem noch nie dagewesenen, guten Gefühl auf den toten, zerfetzen Bastard hinab, der nicht nur einen gehäuteten Schwanz hat, sondern dem auch Hände und Füße fehlen. Diese Schweinerei sauber zu bekommen, wird eine scheiß Arbeit sein. Und zum Glück habe ich dafür Leute.

»Bist du jetzt zufrieden?«

»Ja, Sloan. Es geht mir wirklich besser.«

»So wie du ihn auseinandergenommen hast, glaube ich nicht, dass ich die Suche nach Veronica aufgeben soll.«

Ich atme durch, schließe die Augen und sage gegen mein Gefühl, gegen mein Herz und gegen jede Faser meines Körpers:

»Doch. Lass sie laufen. Sie hat mehr als das verdient.«

»Oh man. Du bist wirklich ein Held.«

Bei dem Wort kotze ich im Strahl. »Ganz sicher nicht.« Ich verlasse den Raum mit Sloan. Hinter uns schließe ich die Tür ab und mein Geschäftsführer kommt mir entgegen.

»Sichere alles. Wir kümmern uns später um die Unordnung« Er nickt und sichert alles.

»Was hast du jetzt vor, Trash?«

»Wir fahren zu Bianca. Ich will wissen, was sie mit den Informationen vorhat.«

»Schon wieder zur Hexe.«

»Sie ist keine.«

»Doch, Trash, sie hat rote Haare. Sie ist eine Hexe.«

»Sie ist viel schlimmer. Ihrem Fluch ausgesetzt zu sein, bedeutet ein Höllenfeuer auf Erden.«

»Poetisch zusammengefasst und ich stimme dir zu.«

Gemeinsam verlassen wir den Club und steigen in den Wagen. Ich fahre und bin in Gedanken bei den möglichen Racheplänen von dieser Rothaarigen, deren Stolz verletzt wurde. Eigentlich könnte sie sich mit Sloan die Hand reichen. Denn was das betrifft sind sie sich nicht ganz unähnlich. Vielleicht hat Katy ja doch recht und er hat was mit ihr am Laufen. Ich blicke kurz zur Seite und grinse.

Nein, niemals! Er hasst die Hexe.

Kurz bevor wir ankommen, ruft mein Geschäftsführer an, was mich wundert. Schließlich sind wir erst dreißig Minuten weg.

Den Lautsprecher ausgeschaltet flüstert er uns zu, dass das FBI mit einem Durchsuchungsbefehl eingedrungen ist. Dabei konnten sie doch gar nicht wissen, dass jemand da ist.

»Ein Durchsuchungsbefehl?«, hake ich verwirrt nach.

»Ja! Halte dich vom Club fern.«

»Was wird mir vorgeworfen?«

»Hier befindet sich wohl ein Raum, in dem du Menschen

getötet hast und sie sind schon im hinteren Gebäude. Sie sind geradewegs durchgegangen, als hätten sie einen Tipp bekommen.«

»Halte mich auf dem Laufenden.«

»Ja.«

Ich lege auf und sehe zu Sloan. »Was geht hier vor? Sie kamen nie auf den Club.« Und das gerade jetzt, wo sich dort eine Leiche befindet.

Nachdenklich nickt er und hält seinen Blick starr geradeaus.

»Sloan, warum wurden wir nicht informiert, bevor die Razzia stattgefunden hat? Wozu haben wir dort Einen?«

Schweigend sieht er geradeaus und schüttelt langsam mit dem Kopf. Wenn er so ist, so ruhig, dann geht etwas in ihm vor. Nur was? Denkt er nach, wer dafür verantwortlich ist, oder weiß er es bereits?

»Was weißt du?«

»Noch nichts, aber ich finde es heraus.« In dem Moment halte ich bei Bianca, er steigt aus und beugt sich runter ins Auto.

»Fahr du nach Hause. Finde heraus, wie viele vom Kartell übriggeblieben sind und etwas ahnen. Ich rede mit Bianca, frage sie was hier los ist und...«

»Und was sie von den Eltern von Veronica will! Wenn sie etwas plant, mach ihr klar, dass sie es bereuen wird.«, unterbreche ich ihn und er nickt. Er schließt die Tür und ich fahre vom Grundstück. Im Rückspiegel sehe ich noch, wie er die Treppen zur kleinen Hölle hoch schreitet. Die

Tatsache, dass er sich ihr allein stellen will, schon wieder, bestätigt nur Katys Annahme und bringt mich zum Lachen.

Geradewegs fahre ich nach Hause.

Um meinen Club mache ich mir keine Sorgen. Denn mein persönlicher Raum der Hölle, für jeden Gast der dort hingebracht wird, kann nicht gefunden werden. Der einzige Eingang, sowie die komplette Wand wird bei meiner Abwesenheit unter einer anderen Wand versteckt, die Lampen und Bilder vorweist, aber keine Stahltür.

Es ist unmöglich, diese zu finden. Wenn man den Knopf für die Scheinwand nicht kennt. Nur, dass sie so weit gehen und einen Richter gefunden haben, der das unterschreibt, wundert mich. Es müssen handfeste Beweise für die Existenz vorhanden sein.

Sloan

Ich stehe vor ihrer Tür und ziehe mein Handy heraus. Ich warte, bis der Wagen ganz verschwindet und sehe auf die Daten, die ich eingespeichert habe. Meine kleine Waffe für das neue Glück.

Denn ich kann sie allesamt angreifen. Alle. Ohne auch nur einen Kratzer zu bekommen. Und obendrauf habe ich noch Geld.

Ich klingele nicht, sondern verlasse ungesehen das Grundstück. Um die Ecke verschwinde ich in den Untergrund. In die Kanalisation. Hier sucht keiner. So oft wie ich von hier aus Manhattan bestreite, wohne ich eigentlich schon hier unten. Der Geruch ist mittlerweile nebensächlich und gehört zum guten Ton. Nicht weit von hier tauche ich wieder auf und mein Fluchtfahrzeug steht schon bereit. Es wartet immer dann hier, wenn die rothaarige Hexe wieder durchdreht und ich schnell verschwinden muss, bevor alles um uns herum in einem wunderschönen Blutbad endet.

Die Irre kann mich mal, genauso wie Trash und seine

blöden Infos über die Löwin. Er kann sie ja doch nicht loslassen, also kann das alles auch warten, bis ich den Schatz habe.

Ich steige in den Wagen und gebe direkt den Zielort ein, den Luuk, der Schwanzlose, mir gegeben hat und starte unmittelbar. Eigentlich sollte ich gerade jetzt die Löwin fassen, aber das Schlimmste hat sie schon getan.

Wenn Trash wüsste, dass die einzig lebendige Person, die den Raum verlassen hat und daher genau weiß, wo sich dieser befindet, es dem FBI gesteckt hat, wird er nicht mehr so glücklich sein. Selbst das kann aber warten. Denn nun weiß ich auch, wo ich sie finden kann. Alles ergibt nun einen Sinn. Für Trash nicht. Momentan denkt er nur mit dem Schwanz. Aber sobald ich meinen Schatz gefunden habe, wird er sich auf Einiges gefasst machen und nach dem Blut dieser süßen Kehle lechzen.

Veronica

Im Schatten der Nacht komme ich hervor. Ich schleiche mich über die Straßen, direkt zu meiner alten Wohnung.

Ungern will ich zurückkehren, muss damit rechnen, dass man mich oder sie hier sucht. Dennoch bleibt mir nichts anderes übrig. Mit ihrem Schlüssel komme ich ins Haus und auch in die Wohnung.

Als erstes gehe ich in ihr Zimmer und sehe mich um, ohne etwas anzufassen. Überlege, wo sich etwas finden lässt. Sie ist nicht dumm, aber die Cleverste ist sie auch nicht. Denn ich hätte zumindest, um den Schein zu wahren, gefragt, was mit mir passiert ist. Das hätte mich aufhorchen lassen sollen. Ich war aber so dankbar wegzukommen und froh, dass sie nicht fragt, dass ich mir nie Gedanken darüber gemacht habe, warum sie es nicht tat. Sie tat es nicht, weil sie es wusste. So ein Anfängerfehlerund ich habe es nicht bemerkt.

Aber mit diesem Wissen sehe ich mir alles genau an. Was wäre eine gute Idee und gleichzeitig die dümmste? Die Kommoden wären zu auffällig. Schließlich hält sie sich für ganz schlau. Unterm Bett wäre zu kindisch, was sie ist, aber für so dumm halte ich sie nicht. Erst jetzt fällt mir auf, wie unpersönlich ihr Zimmer ist. Als wäre sie nur ein Gast. Was sie anscheinend auch war. Mein Blick wandert wieder zur Kommode und ich schiebe sie einfach zur Seite. Genau am Sockel löst sich leicht die Tapete. Ja, sie hält sich wirklich für clever.

Ich beuge mich hinunter und ziehe die Tapete hoch. Genau da befindet sich ein Loch und ich fische eine Tasche heraus.

Das ist fast zu einfach.

Ich öffne den Rucksack und finde viele Kabel. Als ich diese ausbreite, erkenne ich, dass es ein Aufnahmegerät ist, was man sich am Körper befestigen kann. Das bringt mich auf eine Idee. Interessant ist auch, dass sich direkt daran ein Aufzeichnungsgerät befindet, was heißt, dass sie nicht mit ihren Kollegen verbunden sein muss. Ich nicht direkt mit den FBI zusammenarbeiten muss.

Eine Knarre mit Magazinen befindet sich ebenfalls in der Tasche und ihr Dienstausweis. Sie heißt tatsächlich Jessica. Wie dumm ist das denn?

Das ist ja schon peinlich.

Ich stopfe alles in die Tasche zurück und gehe in mein Zimmer, um Kleidung herauszusuchen. Wenn ich mich seiner Freundin gegenüberstelle, muss ich eigenermaßen vertrauenswürdig aussehen und nicht schon aus der Ferne nach Kloake stinken.

Dann verschwinde ich ins Bad und dusche. Ich schrubbe

und schrubbe und schrubbe meinen Körper rein, bis das Duschgel leer ist und ich nicht mehr das Gefühl habe, zu stinken. Ignoriere dabei das Brennen auf meiner Haut.

Nachdem ich mich angezogen habe, kommt die schwierigste Arbeit und auch die langatmigste. Denn ich muss mir die Haare glätten. Meine Locken sind zu auffällig, um mich bei Tag zu bewegen.

Die restliche Nacht, obwohl ich damit rechnen muss, dass jemand hereinkommt, glätte ich mir die Haare.

Wie eine Fremde sehe ich mich im Spiegel, aber tatsächlich gefällt mir, was ich sehe.

Startklar schnappe ich mir die Tasche und gehe Richtung Tür, bis ich genau davor Schritte höre und sich jemand am Schloss zu schaffen macht, der keinen Schlüssel hat. Den Puls auf Anschlag renne ich zum Fenster, steige hinaus auf die Feuerleiter und lehne rasch das Fenster an, in dem Moment, als ich die Tür aufgehen höre.

Das ging ja schnell!

Am Rand bleibe ich stehen und warte.

»Jessy? Wo bist du? Wir müssen uns unterhalten!«, trällert eine bekannte Stimme und mein Herz bleibt stehen. Dann sehe ich ihn auch. Sloan!

Er geht in ihr Zimmer und ich nutze die Chance, um Land zu gewinnen.

Sloan!

Sloan!

SLOAN!!!!

Ich schaue nochmal kurz hoch und sehe ihn nicht am

Fenster, als ich um die Ecke rennend verschwinde. Ich laufe, so schnell ich kann, ohne Ziel und fassungslos. Denn jetzt ergibt alles einen viel größeren Sinn. Er ist der Spitzel.

Die Vertrautheit zu Jessy. Dass er mit ihr sicher reden möchte, weil sie den Club hochgenommen haben. Scheiße! Er weiß nun auch, dass ich Kontakt zu ihr hatte, eben wegen des Clubs! Und wegen meiner Eltern!

SCHEIßE!

Dann kommt mir mein Plan wieder in den Sinn und ich laufe noch schneller weiter, bevor auch er sich denken kann, dass ich die Informationen über Katy habe.

Sloan

Den Sack voller wunderschöner Überraschungen belade ich den Wagen und fühle mich wie der Weihnachtsmann, nur beschenke ich mich selbst und niemanden sonst.

Ho, ho, ho.

Jetzt muss ich mich nur um das nächste kleine Problem bemühen. Die Blondine und die Löwin. Was für ein Doppelpack. Sie denken wirklich, sie könnten mich verarschen. So niedlich die zwei.

Tun sie sich doch tatsächlich zusammen, um unsere Arbeit zu stören. Dabei gehen sie so dämlich vor. Die neuen Informationen bekommt Jessy natürlich persönlich zugestellt. Nicht übers Handy, wo kommen wir denn hin?

Nein. Sie will mit mir spielen? Das wird sie sicher bereuen. Genauso, wie die kleine Löwin. Fast wollte ich ihr etwas Anerkennung zuweisen, weil sie so mutig ist. Jetzt übertreibt sie und vergisst, dass sie sich mit mir besser nicht anlegen sollte. Informationen weiterzugeben ist eine Sache. Aber unsere Arbeit unbezahlt für ihre eigene Zwecke auszunutzen ist wirklich übel.

So übel, dass Trash es mir sicher verzeiht, wenn ich ihr

doch etwas antue. Nur ein bisschen. Ich bin ja nicht so ein grausamer Sadist wie er. Und er wird mir sicherlich danken, dass ich ihr die Erlösung schenke, wonach sie sich anscheinend sehnt.

Die ganze Fahrt über male ich mir aus, wie ich die beiden Frauen zu meinem Kunstwerk umfunktioniere. Im Auto drehe ich die Musik auf, wo mir Beethovens Coriolan: Overture ein Bild vor Augen abspielt. Das Blut spritzt durch die Luft. Kleine Blutstropfen tanzen im Takt und bilden ein Meisterstück an der Wand und am Boden. Sanft gleitet die Klinge durch Weichteile und komponiert ein neues Theaterstück aus Schönheit, Glanz und Eleganz. Ich drehe mich und erwische die andere, die schreiend entkommen möchte und doch voller Leid in mein Messer läuft. Weiteres Blut spritzt, vermischt sich mit dem vorherigen und vollenden die Kreation. Leblose Frauen am Boden liegend, deren Blut aus ihren Wunden läuft. Verlorene Wärme, verlorene Farbe und ich atme tief durch, während die letzten Akte mich beflügeln.

Wie von selbst bin ich bei Jessy angekommen und die kleine, erwartungsvolle Freude erreicht mich, als ich ohne Widerstand die Haustür bestreite. Ich fühle mich wie ein Ritter, der das erste Tor besiegt und kurz darauf das zweite, nur um den Drachen in Form einer weiblichen Gestalt zu erledigen.

»Jessy? Wo bist du? Wir müssen uns unterhalten!«, rufe ich voll erregter Heiterkeit, die mich immer überkommt, wenn ein angsterfüllter Puls auf mich wartet.

Nur wo ist sie?

In ihrem Zimmer nicht.

In ... oh... »Das ist das Zimmer der Löwin? Oh nein, das ist das Zimmer der Dornenprinzessin. Jessy? Deine Freundin macht ihren Namen alle Ehre. Also wo versteckst du dich? Ich beiße auch nicht.« Und flüstere ganz leise in mich hinein: »Ich werde dich aber töten.«

Diese mickrige Wohnung ist überschaubar und anscheinend ist sie nicht hier. Doch sie war hier. Vor Kurzem. Ich gehe ins Bad und es duftet nach ...

Es duftet nach ... den rosigen Geruch nehme ich tief in mich auf, schließe die Augen und wie von selbst bastelt sich dieses Bild zusammen. Eine wunderschöne Frau, umgeben von Rosen.

»Oh, wo bist du, kleine Löwin?«

Ich ziehe den Duschvorhang hastig zurück und es ist niemand da. Also gehe ich ins Wohnzimmer, schaue mich um und spüre einen kleinen Windzug, weshalb mein Blick wie von selbst zum Fenster wandert. Es sieht geschlossen aus, also trete ich näher und gleite mit dem Finger unten am Rahmen entlang. Schon geht es mit meiner Armbewegung komplett auf.

»Oh, du cleveres Ding, glaub mal nicht, dass du mir entkommst.«, flüstere ich, als ich die Feuerleiter hinabsehe. »Ich finde dich.«

Veronica

Ich komme da an, wo ich es geplant habe, nur rast mein Puls genauso wie mein Atem. Langsam komme ich zum Stehen, spüre meine Muskeln zucken und drehe mich um, ob ich einen Verfolger ausmachen kann. Ob ich Sloan in der Masse wahrnehme, der sich hier sicherlich herausheben würde. Doch nichts. Erleichtert, dass er mich mit Sicherheit nicht gesehen hat, wische ich mir den Schweiß von der Stirn. Allerdings bin ich nicht naiv. Er wird sofort merken, dass erst vor Kurzem jemand in der Wohnung war. Ich weiß selbst, wie der Dunst des heißen Wassers den Raum befeuchtet. Wiederum bin ich hier und habe einen guten Vorsprung. So schnell kommt er nicht auf meinen Plan.

Langsam folge ich dem Strom der Menschen und bleibe nur kurz an einem parkenden Auto stehen, um im Seitenspiegel mein Make-up zu kontrollieren. Noch immer sitzt alles so, wie es sein soll. Nur mein Gesicht glänzt vor Schweiß, was sich bestimmt gleich legt, wenn ich mich beruhigt habe. Ich streiche mein Haar glatt und verstecke mich zwischen zwei Gebäuden und warte.

Ich warte und hoffe, die Informationen stimmen, dass sie sich hier täglich gleich im Gebäude neben mir um diese Zeit einen Kaffee holt. Ich warte und glaube schon fast nicht mehr, dass sie kommt.
Ich warte und rücke die Waffe, versteckt im hinteren Hosenbund, zurecht und hole mir ihr Gesicht in Erinnerung, welches sich in mir eingebrannt hat, als ich es auf Jessys Handy fand.

Und gerade als ich aufgeben will, geht sie an mir vorbei. Ich verpasse sie fast und schaffe es doch, sie am Arm hier ins Versteck hereinzuziehen. Sie quietscht auf und ich lege einen Finger auf meine Lippen, um ihr zu signalisieren, dass sie still sein soll. Dann lege ich die Hand an den Rücken, bis meine Fingerspitzen den Griff erreichen. Doch in dem Moment sehe ich sie genauer. Ihre erschrockenen, großen blauen Augen, ihr hübsches Gesicht und die perfekt gestylten blonden Haare. Leicht gerötete Wangen und Lippen. Kein Wunder, dass Trash sie mir vorgezogen hat. Sie sieht aus wie ein Engel. Strotzt dabei nach Leben und Glück und hat mit Sicherheit keine Narben und keine grauenhafte Vergangenheit. Sie ist das Gegenteil von mir und sie jetzt umzubringen, wäre Mord an einem Engel. Das hat sie nicht verdient.

Ich lasse sie los und trete ein Stück zurück.

»Kennen wir uns?«, fragt sie mit einer samtweichen Stimme, die sich wie Gesang anhört. Und ich möchte heulen, weil ich sie aus Eifersucht verletzen wollte. Sie hat das nicht verdient, aber er. Spontan entscheide ich mich für einen anderen Plan.

»Nein. Aber wir haben einen gemeinsamen Freund.«

»Ja? Wen?«

»Genau deswegen bin ich hier. Ich bin eine alte Freundin und möchte ihn überraschen.« Das geht sowas von schief.

»Das ist doch schön, da mache ich gerne mit. Wen bereiten wir eine Überraschung?« Sie mustert mein Gesicht und ich schaue nach unten, möchte nicht, dass sie in meinen Augen den Hass erkennt.

»Trash.«

»Trash?«

Ich räuspere mich und schaue weiter zu Boden. »Wir haben uns irgendwie aus den Augen verloren.«

Sie streicht mir die Haare aus dem Gesicht und ich schaue sie an. Hasse mich für meine Gedanken und als sie lächelt, erwärmt sie mich tief, sodass ich mich abscheulich fühle.

»Du kommst nicht von hier oder?«

In ihren blauen, freundlichen Augen ertrinke ich in meiner Schande.

»Nein, aus South Carolina.« Warum sage ich das? Ich komme aus Brasilien! Das war meine Heimat!

»Ah.« Ihr Lächeln wird breiter. »Ich glaube, Trash würde sich freuen, wenn er dich wiederfindet.«

Was sagt sie da. Wiederfindet?

»Ich meine wiedersieht. Du bist hübsch.« Hitze schießt mir in die Wangen und ich weiß, dass es eine Lüge ist. Denn sie sieht nur das, was ich ihr zeige. Ich bin hässlich und kein so schöner Engel wie die Frau vor mir.

»Was soll ich tun?«

Ich schüttele den Kopf und werfe alles wieder um. Weiß nicht, was ich dazu sagen soll. Wie von selbst ziehe ich den Rucksack nach vorne und hole Stift und Zettel aus dem vorderen Fach. Ich schreibe ›heute acht Uhr‹ und gebe ihn ihr.

»Wohin?«

Ich atme tief durch und frage: »Kennst du seinen Lieblingsraum?«

Sie runzelt die Stirn. Ich weiß nicht, inwieweit sie eingeweiht ist.

»Ich kenne nur einen Lieblingsraum.«

»Der im Club?«

»Warst du schon da?«

Ich nicke.

»Ich meine warst du wirklich schon da drin?«

»Im Folterraum, ja, ich war sein besonderer Gast.« Jetzt sieht sie mich erschrocken an und ich glaube, ich habe mehr preisgegeben, als ich sollte. Trash ist mir egal, aber ich will sie nicht verletzten.

»Du warst da und stehst nun vor mir.«

Als ich die Stirn runzele, sieht sie mich lächelnd an. »Ja, Trash wird sich wahnsinnig freuen, dich zu sehen. Weil keiner dort wieder rauskommt.«

Da lache ich. »Das glaube ich auch.«

»Nein, es ist so. Selbst ich stand nur davor. War nie darin.«

Meine Lippen öffnen sich, doch ich finde keine Worte.

Sie streckt wieder die Hand aus und streicht mir durchs Haar, als würde sie sich wundern. »Dann bin ich gespannt, wie du ohne Einladung in den Club kommst. Oder steckt Sloan mit dir unter einer Decke?«

»Nein. Sag ihm auch nichts. Ich finde ihn komisch.«

»Ist er auch.«

»Gut. Ich bringe ihn um acht dahin. Heute Abend.«

»Danke.«

»Nein, ich danke dir.« Sie dreht sich um und geht. Mich lässt sie verwirrt zurück, was mir egal sein kann. Denn ich muss mich bis heute Abend verstecken und überlegen, wie ich es ohne Einladung in den Club schaffe.

Ich lehne mich an die Hausmauer und schließe die Augen. Mit aller Kraft hole ich mir den Club in Gedanken. Alles, woran ich mich erinnern kann. Sogleich kommt mir die Antwort.

TRASH

Den ganzen restlichen Tag sitze ich da, telefoniere herum und versuche, irgendetwas in Erfahrung zu bringen. Aber nichts. Keine Leichen vom Visser-Clan sind aufgetaucht und niemand macht sich auf die Suche nach Luuk Visser.

Hier ist etwas gewaltig faul.

Sloan hat sich nicht gemeldet und es ist schon so spät, dass ich in den Club fahren muss. Von meinem Mitarbeiter habe ich erfahren, dass die Cops unverrichteter Dinge, ohne Fund eines Leichnams oder des Folterraums, abgezogen sind und sie bekommen morgen sogar einen netten Brief von meinem Anwalt.

Während ich zum Club fahre, rufe ich Bianca an. Dass Sloan das klären wollte, lässt mir keine Ruhe und die Tatsache, dass er sich noch nicht gemeldet hat auch nicht. Ob sie ihn doch umgebracht hat, weil er ihr auf die Nerven geht? Zutrauen würde ich es ihr, aber auch, dass er sie erledigt. Ich muss sogar lachen, wenn ich mir vorstelle, dass er sich Beethoven reinzieht, während er das Messer schwingt.

Letztlich tippe ich ihre Nummer ein und da ich fahre,

stelle ich direkt auf Lautsprecher.

»Hallo Liebling«, meldet sie sich verführerisch und ich schüttele den Kopf.

»Hey. Lebt Sloan noch?«

»Sloan? Ich weiß nicht, ich habe nichts gehört.«

»Nein, ich meine, ob du ihn umgebracht hast, weil er sich nicht gemeldet hat.«

Eine lange Pause entsteht, bis sie schließlich antwortet.

»Ich wüsste nicht, was ich damit zu tun haben sollte.«

»Na, weil ich ihn dir geschickt habe, mit einer netten Drohung.«

»Was für eine Drohung?«, wird ihre Stimme gleich bedrohlicher.

»Tu nicht so, Bianca, was hast du vor? Ohne Grund willst du doch nicht deinen Gefallen einlösen, um herauszufinden, was mit Veronicas Familie passiert ist.«

Erneut eine Stille.

»Schätzchen, wovon redest du?«, spielt sie natürlich die Nichtsahnende.

»Keine Spielchen, Bianca. Nicht mit mir, was hast du vor?«

»Ich spiele nicht und ich habe auch keinen Gefallen mehr offen. Sloan besorgt mir eine Information, nach der ich lange gesucht habe. Das ist er Deal. Warum weißt du nichts davon? Deine kleine Löwin interessiert mich nicht.«

»Bianca, Sloan kam zu mir, mit dem Auftrag Luuk Visser um Informationen zu bitten. Darunter war auch die über die Eltern von Veronica.«

»Nein, das geht auf seinen Mist. Nicht auf meinen. Ich habe meine Informationen heute Mittag über einen versteckten Stützpunkt bekommen.«

»Als ich ihn dir gebracht habe?«

»Nein, er war heute nicht hier. Er hat mir die Koordinaten zugesandt.«

»Ich habe ihn dir bis vor die Tür gebracht.«

Wieder Stille.

»Moment Schätzchen, ich schaue mal über die Aufnahmen.«

Ich höre sie tippen und tippen und ... »Oh.«

»Was?«

»Er war wirklich hier. Er hat auf sein Handy geschaut und ist wieder gegangen.«

Was geht hier vor? Was zum Teufel macht Sloan?

»Du hast keinen Auftrag an mich gerichtet?«

»Nein.«

»Du sucht auch nicht nach ihren Eltern?«

»Nein, Schätzchen. Ich habe alles was ich wollte.«

»Gut, dann.«

»Tut mir leid, dass ich dir nicht helfen kann. Wir hören uns.«

»Ja, Bianca.« Ich lege auf und weiß nicht, was ich glauben soll, oder gar denken. Warum sollte mich Sloan hintergehen.

Der Bunker.

Das hat mit Sicherheit etwas damit zu tun. Aber dass die zwei Namen zu Löwins Eltern gehörten, wusste er selbst nicht.

Also von wem kommt der Auftrag?

Ich parke den Wagen und gehe zum Seitengang. Wundere mich sogar, dass ich bereits erwartet werde.

Katy steht da und winkt mir fröhlich zu.

»Was machst du denn hier?«

»Dich besuchen? Darf ich das nicht?« Sie umarmt mich, als ich vor ihr stehe, dann schaut sie auf die Uhr. »Wir haben noch etwas Zeit.«

»Wofür?«

»Wirst du gleich sehen. Komm.« Sie zieht mich in den Club und geht direkt durch in Richtung meines Schlachtraums. »Wohin?«, knurre ich und bleibe stehen.

»Zeig mir deinen Raum!« Sie zieht mich wieder voran und skeptisch folge ich ihr.

»Den kennst du doch.«

»Nein, ich war noch nie drin.«

»Wer da rein geht kommt nicht mehr raus!«

»Papperlapapp. Los mach schon.«

Ich betätige den Knopf und bin froh, dass ich bereits die Reinigung veranlasst habe. Die Wand zieht sich auf und gibt die Tür preis. Schließlich öffne ich und verachte sie dafür, dass sie mich mit ihrer Art immer wieder um den Finger wickelt.

Sie stürmt rein und zieht mich mit.

»Wow. Ich hatte das gar nicht so.... so... verrückt in Erinnerung.«

»Verrückt?«

»Ja.« Sie setzt sich auf den Stuhl, wo noch vor wenigen

Stunden ein Toter saß und ungewollt zieht sich mein Magen zusammen. Sie sollte nicht hier sein.

»Komm, erzähl mir, wie läuft das ab?«

»Katy.«

»Nein, sag schon.«

Ich streiche mir durchs Gesicht.

Sloan

Gar nicht so weit weg von mir steht Katy und wartet anscheinend auf Trash. Ich sollte ihm sagen, was passiert ist. Sollte mir auch seine Zustimmung holen, aber als er vorfährt und aussteigt bleibe ich im Schatten und gebe ihm den Freiraum, um die kleine Blondine zu begrüßen, die ihn wahnsinnig macht.

Kaum hat er den Club betreten, ziehe ich mein Handy raus und schalte es wieder an, aber direkt auf lautlos, sodass ich hier noch etwas länger, wie ein Geist unentdeckt stehen kann. Zig Nachrichten von Bianca, was ich angestellt habe, erreichen mich.

Plötzlich ein komisches Geräusch und ich schaue auf. Der Gullydeckel bewegt sich.

Ich beobachte tatsächlich, wie der Deckel zur Seite geschoben wird und zwischen dem nebligen Dunst, der aufsteigt, erscheint eine Gestalt. Geschockt, als wäre es eine Sinnestäuschung, fällt mir das Handy aus der Hand. Der kleine Strahler beleuchtet den rauchartigen Schwall und gibt der Schönheit, die eleganter nicht sein kann, einen mystischen Touch. Der leichte Wind schiebt ihre schwarzen

Haare über die Schultern und volle Brüste zwängen sich in eine weiße Bluse. Sie bückt sich, präsentiert mir ihren geilen Arsch in einer schwarzen Stoffhose und schiebt den Deckel zurück. Ich schlucke hart. Das muss eine Einbildung sein. Sie richtet sich auf, glättet ihr Haar, streicht sie sich nach hinten und ...

Fuck. Hat die Mumm.

Die Löwin traut sich hierher, kommt sogar über die Kanalisation, als wäre sie meine Schülerin und traut sich nach einem Schulterblick in den Club. Schockiert stehe ich noch kurz da und kann nicht glauben, was gerade passiert. Sie traut sich tatsächlich hierher!

Ich weiß gerade nicht, ob ich sie töten oder ficken soll.

Erst töten und dann ficken, weil dann will sie Trash eh nicht mehr und wir haben kein typisches Freundschaftsbetrug-Ding. Ja, das ist die beste Möglichkeit. Viel mehr interessiert mich, was sie vorhat. Rasch hebe ich mein Handy auf und schleiche ihr nach. Sie geht direkt auf den Schlachtraum zu. Ich glaube, ich habe heute einen Lauf. Das wird sie nicht überleben. Trash ist irgendwo mit Katy beschäftig, fickt sie wahrscheinlich gerade im Büro und die kleine Löwin geht geradewegs zum Schlachtraum.

Veronica

Ich atme tief durch. Höre schon die Stimme von Katy, die Trash dazu nötigt, mehr Informationen zu bekommen.

Kaum zu glauben, wie einfach es ist, bis hier zu gelangen, was es eigentlich mit seinem Hintergrund nicht sein sollte. Meinem Glück traue ich noch nicht und mein Puls pocht bereits in meinen Gliedern. Erste Zweifel überkommen mich. Es ist seine Stimme. Seine raue, knurrige Stimme, die mich erwärmt, mich daran erinnert, dass ich etwas für ihn empfinde. Es ist mehr als ein Gefühl.

Trotzdem muss ich das durchziehen. Für mich. Für Katy. Für meine Eltern.

Meine Finger zittern und ich bleibe an der Stahltür stehen, die nur angelehnt ist. Langsam ziehe ich die Knarre aus dem Bund und schlucke hart.

Höchstwahrscheinlich werde ich diesen Angriff nicht überleben. Falls doch wird mein Herz darunter zerbrechen.

Ich entsichere die Waffe mit dem Daumen und mein Herz bekommt die ersten Risse.

Zudem glaube ich nicht, dass es so einfach wird, und trauere schon, dass Katy das erleben wird. Aber sie hat einen besseren Mann verdient. Einen, der keinen Folterraum hat. Sie ist ein Engel, unschuldig und so, wie sie ihn weiterhin auffordert, zu erzählen, wie das abläuft und er herumdruckst, weiß er das auch.

Er ist Abschaum!

Abschaum, der beseitigt werden muss, egal wie sehr mein Körper nach ihm ruft. Unabhängig davon, was er in mir auslöst. Gegen alle Zweifel, die sich verstärken, da Jessy auch nicht vertrauenswürdig war.

Ich strecke das Kinn hoch, atme noch einmal tief durch und schiebe die Tür auf. Zwei Schritte gehe ich unbemerkt in den Raum und knalle die Tür hinter mir zu.

Trash dreht sich um, sieht direkt in den Lauf der Knarre und ich finde sofort die passenden Worte zu seinem Gesichtsausdruck.

»Überraschung.«

Teil 4

TRASH

Ich traue kaum meinen Augen. Da steht sie und wirkt mit den langen, glatten, schwarzen Haaren völlig fremd und zugleich anbetungswürdig. Mit einer unausgesprochenen Stärke, die ich von Anfang an in ihr gesehen habe, richtet sie mit hochgestrecktem Kinn die Knarre auf mich.

»Ich bin dann mal weg.« Ich schenke Katy keine Beachtung, als sie an uns vorbei den Raum verlässt. Allerdings weckt sie meine Reaktionen, als sie die Tür hinter sich ins Schloss wirft.

»Veronica.« Ein Schritt auf sie zu, bei dem sie nicht abdrückt und die Augen wütend zusammenzieht.

»Du bist hier.« Der zweite Schritt, bei dem sie ihren Einsatz verpasst, um das hier für immer zu beenden, und ihre Gesichtszüge werden weicher, auch wenn die Wut zu erkennen ist.

»Bei mir.« Der dritte Schritt, bei dem sie ihre Chance nicht wahrnimmt, und ich schlage ihr die Knarre aus der Hand, sodass sie zu Boden weit weg von uns fällt, und ziehe sie an mich.

»Du hättest Manhattan verlassen sollen.« Und presse die

Lippen auf ihre. Stromschläge blitzen über und unter mir, direkt auf die ganze Haut. Ich ziehe sie enger an mich, sodass kein Spalt mehr zwischen uns bleibt. Rieche sie, schmecke sie, spüre sie.

Und sie erwidert alles, was ich ihr gebe. Folgt meinen Lippen, wie auch meiner Zunge. Schlingt mir sogar ihre Arme um den Hals, als sie sich auf Zehenspitzen stellt. Ich finde keinen Halt mehr. Kann nicht fassen, dass sie hier ist und sich obendrein Zugang zum Club verschafft hat, mit einer Knarre!

Sie gehört mir!

Diese mutige, clevere, starke Löwin ist Mein.

Genau das zeige ich ihr, als ich sie am Nacken fest an mich presse, sie halte und ihr darüber hinaus klarmache, wie verrückt sie ist, weil sie nicht das Weite gesucht hat. Beweise ihr die neue Zugehörigkeit, als ich sie loslasse, um sie an den Oberschenkeln hochzuheben, und verdeutliche es, indem ich sie bis zur nächsten Wand trage und sie dagegen presse.

Stöhnend willigt sie ein. Spürt, wie viel sie mir bedeutet und bestätigt es gleichermaßen, solange sie mit ihren Fingern durch mein Haar fährt.

Noch immer überrascht von ihrer Erscheinung hier in meinem Raum, löse ich mich von ihren weichen Lippen, schaue ihr in die Smaragdaugen und lege die Stirn an ihre. Sprachlos sieht sie mich an. Und plötzlich ändert sich etwas in ihrem Blick. Als wäre sie benommen von unseren Gefühlen füreinander, schließen sich langsam ihre Augenlider. Schweigend beobachte ich, wie ihr Puls anschlägt. Sehe dabei zu, wie er zu rasen beginnt. Und ich erkenne das Problem in dem Moment, als sich ihre Lider wieder heben.

Starr schaut sie durch mich hindurch und wird schwer in meinen Armen. Ihre Hände fallen mir vom Haar über die Schulter hinab. Ihre Pupillen zucken hin und her. Nur diesmal lasse ich sie nicht dort.

»Veronica!« Ich küsse ihre Stirn. »Komm zu mir.« Gleite mit den Lippen über ihre Wange. »Bleib bei mir.« Streiche zu ihrem Mund. »Veronica.« Necke sie mit der Zunge an der Unterlippe.

»Ich bin hier«, haucht sie zart und ich ziehe mich etwas zurück, um ihr ins Gesicht zu schauen. Ihr aufmerksamer Blick trifft meinen und ich lächele.

»Bleib bei mir.«

»Ja.« Sie umschlingt mich wieder mit ihren Armen. »Ich bleibe bei dir, Trash.« Am Hinterkopf zwingt sie mich, ihr näherzukommen, und erneut treffen sich unsere Lippen. Wir küssen uns mit einer Leidenschaft, die ich nie zuvor kennengelernt habe und ich dränge mich noch mehr an sie, weil ich vor Glück sterben könnte.

Sie ist bei mir. Bleibt hier. Verlässt mich nicht.

Doch die Gefahr ist zu groß, dass sie weggeht. Dass ihre Vergangenheit sie von mir reißt. Und in dem Augenblick fällt mir die Situation im Wagen ein, als sie die Kontrolle hatte. Die Idee und die Umsetzung gehörten ihr allein. Sie hatte die Macht.

Ich trage sie von der Wand zum Stuhl, setze mich und

überlasse ihr den nächsten Schritt, obwohl mein Schwanz bereits nach ihr giert. Schon längst in der Hose hart pulsiert und sich nichts sehnlicher wünscht, als in ihre enge Öffnung zu stoßen. Das hier gehört allerdings ihr, sowie mir ihre Zukunft gewiss ist.

Abwartend lege ich die Hände locker auf ihre Oberschenkel, während ihre Küsse wilder werden, sie sich in meine Schultern krallt und ihr Becken auffordernd bewegt. Es kostet mich Kraft, sie so gewähren zu lassen. So viel, dass die Glieder zittern und ich innerlich schreie.

Unerwartet zieht sie sich zurück, sieht mich mit einem verlangenden Blick an, der mir die Luft nimmt und reißt sich die Bluse auf. Darunter befinden sich Kabel, die an ihrer Haut kleben und die sie sich vom Körper reißt. Der Stoff fliegt zu Boden, genauso wie ihr BH. Und ich beiße mir gequält auf die Wange, weil ich sie unbedingt anfassen muss.

MUSS!

Es aber nicht kann.

Die Haare fliegen nach hinten und ich runzele ungewollt die Stirn, als mein Blick über ihre Haut streift. Wild alles in sich aufnimmt und all die neuen Schnitte und Wunden prüft. Wut die sich aufschäumt und ...

Und ...

Jeder Gedankenzug verflüchtigt sich rasch, da mir die Löwin ihre Hände an die Wangen legt und mich erneut leidenschaftlich küsst. Hemmungslos reibt sie ihren Schritt an meinen Lenden, löst eine gewaltige Hitze in mir aus und ich ziehe das Shirt aus der Hose. Nur damit ich mir mit einer Hand den Stoff über den Kopf zerren kann, löse ich mich von ihr und spüre kurz darauf ihre vollen Brüste an der nackten Haut. Knurre ihr in den Mund und mit jeder weiteren Sekunde, wo mein Schwanz ihre Bewegung durch die überflüssige Kleidung registriert, fällt es mir schwerer, mich zu zügeln. Ihr die Oberhand zu lassen. Ihr nur zu folgen.

Als erkennt sie, wie kurz ich davorstehe, sie einfach zu packen und ihr die restlichen Klamotten vom Leib zu reißen, nur um mich mit harten, schmerzhaften Stößen in ihr zu versenken, steht sie auf. Hektisch dreht sie sich um und zieht ihre Hose über die Oberschenkel, präsentiert mir ihren geilen Arsch, während sie sich rücklings auf mich niederlässt. Noch schneller öffne ich meine Hose. Und erstarre.

Schockiert, mit einer Eiseskälte erstarre ich mit meinem harten, befreiten Schwanz, als mein Blick auf ihren Rücken fällt.

»Scheiße!«, brülle ich auf, drücke sie an den Hüften auf meine Beine, ohne dass ich in sie eindringe, und schiebe ihr Haar auf eine Schulter. Rot klafft eine neue, frische Wunde mir entgegen. Riesengroß über ihren ganzen Rücken ist sein Logo in ihr Fleisch geschnitten worden. Überdeckt die vorherigen Narben und zeigt ihr Leid wie eine schillernde Leinwand.

Meine Löwin räuspert sich, als ich Millimeter für Millimeter ihren Schmerz in mich aufnehme, fassungslos schweige und keinen klaren Gedanken fassen kann. Zorn peitscht mir durch die Venen. Trauer erfüllt mein Herz mit Kälte. Und der Selbsthass, weil ich schuld bin, da ich sie ihm ausgeliefert habe, nimmt meine Kehle in eine Schlinge und zieht sie erbarmungslos zu.

Gelähmt von Emotionen, die ich so noch nie erlebt habe, halte ich sie nicht auf, als sie aufsteht und sich die Hose hochzieht. Bleibe stumm sitzen, während sie sich zur Bluse beugt und sie von Boden aufhebt.

»Es tut mir leid«, flüstert sie und schiebt zitternd den Arm in die Bluse, um sie anzuziehen. Ich sitze da, runzele die Stirn und, mein Blick von ihrem gequälten Körper wird durch den weißen Stoff gestört, sodass ich ihr ins Gesicht schaue. In ihr beschämtes Gesicht, wo nun hervorfallende Haarsträhnen mir den traurigen Ausdruck verwehren.

»Ich wünschte ich wäre anders. Perfekter.« Zwischen dem schwarzen, geglätteten Haar fällt eine Träne hinab auf den Boden und ich kriege keine Luft mehr, verstehe auch nicht ihre Worte.

»Nicht benutzt. Nicht geschändet.« Sie hebt ihren Kopf, ohne mich anzusehen, und ihr Haar fliegt zurück. Rasch wandern ihre Finger über die Knopfleiste, wo kaum noch Knöpfe befestigt sind. Dann wendet sie sich mir zu. Mit ihrer kalten Stärke und gerecktem Kinn sieht sie zu mir herab.

»Bis dann.«

Bis dann?

Da dreht sie sich um. Ich verstehe auch endlich, was sie

vorhat und gerade als sie auf die Tür zugeht, springe ich auf »Stop!« Ziehe meine Hose hoch und kann sie im letzten Moment aufhalten, als sie gegen den Befehl die Tür öffnet. Mit einer Hand an ihr vorbei drücke ich sie wieder zu.

»Was wird das, Löwin?«

Sie sieht nicht zu mir auf. Stattdessen lehnt sie ihre Stirn gegen das Metall.

»Du gehst nirgendwohin.«

»Es bringt uns nichts, Trash«, flüstert sie und ich bekomme eine Gänsehaut, ein flaues Gefühl im Magen und noch immer ist meine Kehle fest zugeschnürt.

»Was redest du da?«

Sie atmet tief durch, steht direkt neben mir und dennoch ist sie meilenweit von mir entfernt. Sie macht dicht. Schottet sich von mir ab. Die kleine Löwin bestätigt meine Vermutung. Denn mit einem Eisblick dreht sie sich zu mir um, schaut zu mir auf und verschränkt herausfordernd die Arme vor der Brust.

»Lass mich gehen, Trash.«

»Die Chance hattest du und jetzt ist es zu spät!«

Sie geht von mir weg, in den Raum rein und steuert die Knarre an. Auch diesmal ahne ich rechtzeitig ihren Plan und trete die Knarre unters Regal, als sie sich danach bückt.

»Was hast du vor, Löwin? Mich abknallen, damit du frei bist?«

»Wenn es sein muss.«

Sie blitzt mich wütend an und ich mustere sie genau. Von außen gibt sie sich unaufhaltbar stark. Eine Kämpferin.

Doch auf ihrer Haut steht der Schmerz geschrieben, auf ihren Wangen das Schamgefühl und in den Augen ihr eigener innerer Kampf. Sie führt mit sich selbst Krieg und ist dabei zu verlieren. Das verrät mir ihr Puls, der an ihrem Hals immer stärker schlägt.

»Sag, was du zu sagen hast, kleine Löwin.«

Sie schnaubt. »Ich will gehen, also spiel dich nicht so auf.« Und dreht sich wieder zur Tür um. Am Arm ziehe ich sie zurück.

»Hey!«, brüllt sie auf, was ich ignoriere.

»Was ist dein Problem?«

»Was ist deins? Lass mich los!«

»Meins? Du kommst in meinen Club, um mich abzuknallen!«

»Ja und?«

»Und? Hast du es geschafft?«, frage ich und hebe eine Braue. Sie zieht ihren Arm ruckartig aus meinem Griff und fährt sich durchs Haar.

»Nein.«

»Aha. Weil du Gefühle für mich hast.«

Knallhart wendet sie sich ab, schnaubt unglaubwürdig ein weiteres Mal. Allerdings kehrt sie um und der Blick, den sie mir zuwirft, schneidet mir tief in die Haut, direkt zu den Eingeweiden. Innerlich zerfetzt sie mich mit einem Wimpernschlag.

»Was willst du eigentlich von mir?«

Schwerschluckend schaue ich sie abwartend an.

»Ich bin nicht wie dein perfektes Mädchen.«

»Wovon redest du, Veronica?«

»Ich bin nicht von den blonden Haarspitzen bis zu den Zehen unberührt.«

»Du bist doch nicht blond…« Oh, sie meint Katy. Scheiße! Was weiß sie? Von wem weiß sie es? Hat Sloan ihr etwas gesagt?

Ich streiche mir übers Gesicht und tue ahnungslos.

»Ich habe keine Ahnung, wovon du redest.«

»Ich meine deine kleine, blonde, billige Tussi, die …«

»SPRICH NICHT SO ÜBER SIE!« Erst an ihren aufgerissenen Augen, der Stille zwischen uns und dem unverkennbaren Gebrüll meiner Stimme, welche von den gefliesten Wänden widerhallt, erkenne ich, was ich gerade getan habe. Erst da wird mir bewusst, in was für einer Stellung ich, mit gehobenem Finger warnend, vor ihr stehe und schaue in Zeitlupe zu, wie Tränen ihre grünen Augen verschleiern.

Scheiße, was tue ich hier?

Erneut dreht sie sich um. Schweigt. Geht direkt auf die Tür zu. Haareraufend fällt mir nichts mehr ein. Außer sie für die Ewigkeit an mich zu binden. Deswegen sprinte ich schon wieder los. Halte die Tür mit einer Hand geschlossen, bevor sie die Klinke erreicht.

»Bitte, Trash.« Leise ohne Ton spricht sie. Gleichzeitig dreht sie sich mir zu. Tränen in den Augen, ein rasender Puls, zitternde Fingerspitzen und doch steht sie angespannt da. Presst den Kiefer zusammen und fordert mich mit ihrer Haltung zu einem Kampf heraus, den sie unmöglich gewinnen kann. Ich bewundere ihre Stärke. Ihren Geist. Ihre Schönheit.

»Du lässt mich jetzt gehen.«

»Nein.« Ich lege die Hand an ihren Nacken, beuge mich zu ihr runter und sie weicht meinen Lippen aus.

»Ich will nur dich«, flüstere ich, vergrabe die Nase in ihrem Haar und rieche ihren speziellen Duft, der die Kälte zwischen uns vertreibt.

»Ich bin kaputt.«

»Ja.«

»Zerstört in jeder Hinsicht.«

»Ja.«

»Du willst mich nicht.«

»Doch, weil du stark bist. Weil du kämpfst und nicht aufgibst. Du lässt dich nicht unterkriegen. Stellst dich sogar dem Unvermeidlichen und das mit einer Gewalt, die selbst mich verwirrt und entrüstet. Zudem bist du wunderschön und clever.«

Ich presse sie an mich und sie schlingt die Arme um meine Taille.

»Ich wünschte, du würdest nicht lügen.«

»Ich wünschte, du würdest dem hier eine Chance geben. Da du das aber nicht tust.« Augenblicklich beuge ich mich zu ihr runter und hebe sie am Rücken und unter den Beinen hoch. »Muss ich dich eben zwingen.« Und gehe zur Wand, wo die ausklappbare Liege mit den Manschetten befestigt ist. Ein Tritt auf das Pedal und sie fährt herunter.

»Was hast du vor? Lass mich runter.« Sie beginnt zu

zappeln, aber ich halte sie fest an mich gedrückt, bis die Liege runtergefahren ist. Dann setze ich sie darauf und presse sogleich ihre Beine nach unten, sodass sie nicht abhauen kann.

»Du bleibst hier, verstanden?« Ich warte auf keine Reaktion, löse eine Hand, um ihre Hose zu öffnen.

»Lass das!« Sie beginnt sich zu wehren. Ihre Wehr sorgt schließlich dafür, dass ich umso schneller die Hose und den Slip von den Beinen gezogen bekomme. Darauffolgend fixiere ich nacheinander ihre Fußknöchel in den Manschetten.

»Die Hände fessele ich nicht. Bist du jedoch böse, entscheide ich mich höchstwahrscheinlich um«, erkläre ich, als ich lächelnd einen Schritt zurücktrete und meine wilde Löwin breitbeinig und nackt bis auf die Bluse vor mir liegen habe.

Was für ein Anblick.

Ich könnte sie sofort bis zur Besinnungslosigkeit ficken.

Danach.

»Trash, lass den Unsinn. Mach mich los und jeder geht seiner Wege. Ich vergesse, dass du mich ausgeliefert hast, meine Eltern umgebracht hast und du vergisst, dass ich eine Waffe auf dich gerichtet habe.«

An einem Punkt verstehe ich sie sogar.

»Ich habe deine Eltern nicht getötet. Das war Luuk Visser.«

Schockiert sieht sich mich an und schließt dann die Augen.

»War es das? Ich kann dich trösten. Ich habe es damals abgelehnt. Wenn es dich beruhigt, ich habe den Arzt dafür bluten lassen.«

Sie öffnet die Augen und schüttelt den Kopf.

»Ich glaube dir nicht!«

»Nicht? Es ist aber die Wahrheit!«

»Wenn es so wäre, gäbe es nicht zwei Wahrheiten.«

»Es gibt nur eine, Löwin und die habe ich dir gerade gesagt!«

»Jessy...«

»Jessy ist eine Agentin, die lügt, wenn sie den Mund aufmacht. Ich stehe vor dir, kann mit dir machen was ich will, also warum sollte ich dich belügen?«

Stirnrunzelnd sieht sie mich an und hat darauf nichts mehr zu sagen.

»Können wir jetzt auf deinen nackten Körper zurückkommen?«

»Nein!«

»Dabei habe ich so schöne Dinge damit vor.« Ich strecke den Finger zu ihrer Pussy und sie versucht das Becken wegzudrücken, als hätte sie die Möglichkeit, mir zu entkommen. Dieser Versuch jedoch trifft mich. Weshalb ich abbreche und aufknurre.

»Was ist denn noch?«

»Lass mich gehen, Idiot!«

»Ich überlege es mir, wenn du mir sagst, was dein Problem ist!«

»Dass du mich anfasst!«

»Bis vor ein paar Minuten wolltest du, dass ich dich ficke.«

Sie wendet den Blick ab und ich erkenne die angespannte Kiefermuskulatur.

»Das war etwas anderes«, presst sie hervor und noch immer ist sie im Kampfmodus. Vor dem Monster in mir scheint sie keine Angst zu haben.

»Was war anders?«

Sie sammelt sich. Ich kann dabei zuschauen, wie sich ihr Körper immer mehr für eine grausame Schlacht anspannt. Nur diese wird sie verlieren. Dafür ist mein Schwanz zu hart, mein Wille zu stark und meine Gefühle ihr gegenüber eindeutig zu mächtig.

Mal wieder spießt sie mich mit ihrem Blick auf und ich halte ihn mit einer anderen Leichtigkeit stand. Denn sie ist gefesselt. In meinen Club. Nackt.

»Da hast du es noch nicht gesehen.«

»Was? Deine Narben?«

»Was sonst, du Depp!«

»Die kann man ja auch nicht übersehen, kleine Löwin! Und jetzt? Willst du dich nicht ficken lassen, weil das Logo eines kranken Puppenfetischisten über deinen Rücken ragt?«

Sie öffnet den Mund und bekommt doch keinen Ton heraus. Ich stelle mich zwischen ihre offenen Schenkel, lege meine Hände auf ihre Knie und beuge mich zu ihr vor.

»Jetzt pass mal auf, Löwin. Du gehörst mir. Mit den verschissenen Narben, mit deinem unerträglichen Schmerz und deiner verdammt großkotzigen Art. Du gehörst mir! Also krieg dich wieder ein.«

»Trash, ich...«

»Nein, du bist jetzt still. Ich will nur dich, klar? Und deine einzige Aufgabe besteht darin, bei mir zu bleiben.« Ich warte auf keine Reaktion und beuge den Kopf zwischen ihre Schenkel hinab.

»Bleib bei mir.« Mit der Zunge fahre ich über ihre Spalte, sauge die Klit zwischen die Lippen und höre sie tief einatmen.

»Bleib hier«, hauche ich an ihrer Pussy, erkenne das verräterische Glänzen und spüre unerwartet ihre Hand an meinem Hinterkopf.

»Ich bin hier.« Ihre belegte Stimme lässt meinen Schwanz umso stärker zucken und lächelnd necke ich ihre Spalte mit der Zunge. Der Druck an meinem Kopf sorgt dafür, dass ich im Sekundentakt auffordernder werde, mit der Zunge ihre Wände teile und immer wieder ihre geschwollene Klit einsauge oder einen Druck ausübe, der sie fortlaufend zum Keuchen bringt.

Ihr heißer Körper und dieser Geschmack entfachen uns beide, bis ich mich nicht weiter zurückhalten kann. Ich stelle mich aufrecht zwischen ihre Schenkel, schiebe die Hose herunter und mein Schwanz federt ihr vor erregter Vorfreude entgegen. Das Becken der nun willigen Löwin schiebt sich vor, windet sich in purer Lust und an ihren Hüften ziehe ich sie bis zur Kante der Liege. Mit der Hand führe ich meine Härte an ihrer feuchten Enge entlang, halte kurz inne und spüre jede ihre windenden Bewegungen wie Elektroschläge an meinem Schwanz, die bis ins Mark schießen. Die andere Hand lege ich auf ihren Bauch, drücke sie runter, schaue ihr direkt in die verlangenden, grünen Augen.

Ein tiefer Stoß und ich teile ihre Wände.

Ein weiterer und sie stöhnt laut auf.

Und noch einer, der mir den Verstand raubt. Ich halte ihre Hüfte, fixiere sie an der Liege und die andere Hand drückt sich auf ihren unteren Bauch. Stoßweiße spüre ich unter ihrer Haut meinen Schwanz, fühle ihre brutale Enge, die mich weiter reinzieht und höre ihre erregenden Lustschreie, wie das schönste Lied meines Lebens.

»Bleib bei mir«, raune ich belegt, kann mich kaum zurückhalten und dringe immer härter in sie ein. Sie umklammert mein Handgelenk, sucht Halt und krallt ihre Nägel in mein Fleisch, während sie zunehmend lauter stöhnt. Ihre Stimme erfüllt den Raum, tanzt zusammen mit ihrem verführerischen Duft in der Luft und verändert damit die Dynamik in dieser kleinen Hölle.

Ich sehe auf sie hinab. Ihre Augen, die mich lustverhangen durchbohren, ihre leicht geöffneten Lippen, aus denen diese faszinierenden Töne kommen und mein Blick wandert über die störende Bluse. Umgehend reiße ich sie auf. Die letzten verbliebenen Knöpfe landen auf dem Boden und ihre prallen Brüste wippen nun sichtbar im Takt. Ihre Narben, ihre Lust und die Geräusche bilden ein unvergessliches Kunstwerk. Während sich mein Becken immer wieder vorschiebt, sich meine Eier schon schmerzhaft zusammenziehen, strecke ich die Finger nach diesem steifen Nippel aus, der mir freudig entgegenstrahlt. Doch in dem Moment zieht sie sich um meinen Schwanz zusammen. Schlagartig lege ich die Hand unterhalb ihrer Brust und als sie auch noch »TRASH!«, stöhnt, ist es vorbei. Meine Lenden explodieren. Knurrend umfasse ich ihren Rippenbogen, stoße mich heftiger in sie und ergieße meine Säfte in ihr.

»Scheiße«, knurre ich auf, als der letzte Rest mich bebend verlässt, mein Puls unter meiner Haut tänzerisch zuckt und jegliche Energie auf sie übergeht.

Schließlich lasse ich sie los und falle auf sie hinab. Der Schweiß tropft mir von der Stirn und benetzt ihre Haut.

Veronica

Stark schlägt mein Herz unter der Brust, ich spüre es durch den ganzen Körper und atme hastig, nach diesem gewaltigen Gefühl, welches er mir geschenkt hat. Entspannt schließe ich die Augen, streiche mit den Fingern durch sein dichtes, dunkles Haar und fühle mich glücklich. Frei von allen Schmerzen und Gedanken.

Die Freiheit wandert durch meine Venen, wie im ganzen vergangenen Jahr nicht. Unter ihm fliege ich und wünschte, es wäre für immer so. Dieses Gefühl würde für die Ewigkeit in mir konserviert werden und mich nicht mehr verlassen.

Doch als sich meine Atmung beruhigt, das Beben der Glieder nachlässt, kehren auch die Gedanken zurück. Die vielen Fragen, auf die ich keine Antwort habe, sie aber brauche, um den Weg aus der Hölle zu finden.

»Was ist mit meinen Eltern passiert, Trash?«

Von mir erhebt er sich, mustert mein Gesicht und zieht sich zurück.

»Trash?«

Er schließt seine Hose und löst die Fesselung an meinen Knöcheln.

»Das sollten wir in Ruhe bereden.«

»Und das ist es gerade nicht?«

Kopfschüttelnd nimmt er meine Hand und zieht mich hoch. Im nächsten Moment sammelt er die Kleidungstücke auf und reicht sie mir.

»Sag es mir doch einfach.«

»Wie ich es dir schon gesagt habe, hat Luuk Visser deine Familie getötet.«

»Warum?«

Ich ziehe mich an und er geht zum Regal rüber. »Dein Vater hat für Vincent Geld gewaschen. Luuk hat ihn betrogen, aber Vincent hat geglaubt, dein Vater wäre der Schuldige. Ich habe den Auftrag bekommen, ihn zu erledigen, habe ich aber nicht, weil ich gemerkt habe, dass er unschuldig ist. Deswegen hat es Luuk gemacht. Demzufolge hat Vincent dich entführt.«

Geschockt binde ich mir die Schnürsenkel zu und schlucke schwer. Tränen bahnen sich ihren Weg, die ich jedoch zurückzwänge. Es ist lange her und tief in mir drin war es mir bereits klar. Zu wissen, dass ich aber keine Heimat mehr habe, niemand auf meine Rückkehr wartet und ich meine Familie nie wiedersehen kann, erfüllt mich mit einer unfreiwilligen Kälte. Trash kommt wieder auf mich zu und während ich weiterhin gegen die Tränen ankämpfe, schließt er meine Bluse mit Sicherheitsnadeln.

Ich schaue an mir hinab, als er fertig ist, begutachte sein Werk, als er zurücktritt und muss lächeln. Wie kann ein so grausamer Sadist so aufmerksam sein. Den kleinen Anflug von Zuneigung schüttele ich ab und sehe ihn an.

»Wusstest du, dass Sloan mit dem FBI zusammenarbeitet?«

Er streicht mir das Haar glatt, kämmt es mit seinen langen Fingern zurecht.

»Natürlich. Seit er mit mir zusammenarbeitet, übernimmt er die Informationsweitergabe.«

Verwundert runzele ich die Stirn und er erklärt:

»Ich arbeite für den größten Abschaum der Zivilisation und beseitige lediglich den kleinen Müll. Seit ich in dieser Branche bin, nutze ich die erlangten Informationen, die ich heranschaffen soll und gebe sie anschließend dem FBI weiter. Sloan kam vor vier Jahren zu mir. Seither arbeiten wir zusammen und er übernimmt das.«

»Wozu das Ganze?« Das verwirrt mich nur noch mehr. Er zieht mich von der Liege in den Stand.

»Weil ich hoffe, dass irgendwann kein Abschaum mehr herumläuft. Ich töte keine Unschuldigen, Löwin. Ich benutze meinen ausgeprägten Trieb, um andere zu verletzen, um dem Müll dieser Welt das wiederzugeben, was er verdient hat.«

»Du bist der Held! Nicht Sloan.«

Er zieht mich an sich und küsst meine Stirn.

»Keiner von uns ist ein Held.« Zusätzlich nimmt er meine Hand, verschränkt unsere Finger miteinander und geht in Richtung der Tür.

»Was hast du jetzt vor?«

»Wir fahren nach Hause. Wir müssen reden. In Ruhe.

Außerhalb dieses Raumes.«

Ich nicke und lasse mich von ihm hinausführen. Gemeinsam schreiten wir den Flur entlang und unzählige Fragen schießen mir durch den Kopf. Denn wenn Trash so gesehen fürs FBI arbeitet, warum hat er ihnen den Weg zum Rosenpalast mitgeteilt, als er mich ausgeliefert hat? Wollte er mich so beschützen, weil er mich wegen Katy ausliefern musste? Und was ist mit Katy? Wie passt sie ins Bild? Warum hat sie, ohne Eifersuchtsszene, ohne Angst um ihren Freund, mich mit ihm alleingelassen? Weswegen halte ich seine Hand, wo er doch sie hat? Und wo ist sie?

Die vielen Fragen hören nicht auf, eine basiert auf der anderen. Wie ein endloser Rattenschwanz ziehen sich Wörter, Fragezeichen und Unsicherheit durch meinen Verstand, sodass mir schwindelig wird.

Abrupt bleiben wir stehen und ich sehe auf. Direkt in Sloans hübsches, zwiespältiges Gesicht.

»Den Geräuschen, die bis hier geschallt haben, nach zu urteilen, steht ihr Tod nicht mehr zur Debatte?«

»SLOAN!«, knurrt Trash wütend. »In keinster Weise!«

Er nickt, legt aber einen verständnislosen Blick auf, weshalb Trash sich neben mir anspannt.

»Beruhig dich. Man darf doch wohl noch fragen.«

»NEIN!« Damit zieht er mich an ihm vorbei und ich kann mir das Grinsen nicht verkneifen, als ich ihn über die Schulter hinweg ansehe und er uns nachsieht. Als sich unsere Blicke kreuzen, zwinkert er mir zu.

Sloan

»Er hat sich verliebt.« Katys Stimme ertönt hinter mir und ich drehe mich zu ihr um. Sie weiß, dass ich ihrer nervigen, penetranten Persönlichkeit nichts Angenehmes abgewinnen kann. Dennoch quatscht sie mich an. Prüfend mustere ich ihre verletzte Haltung. Anscheinend hat Trash sie nicht gevögelt, sondern bereits abserviert.

»Was willst du, Nervensäge?«

»Kannst du es glauben, dass dieser Sadist sich verliebt hat? Ich wollte es nicht glauben, Sloan. Aber jetzt weiß ich es. Ich dachte echt, er erledigt sie im Schlachtraum. Niemand darf da rein. Und wenn sie schon einmal lebendig daraus gekommen ist, dann nur, weil er nicht die Möglichkeit dazu bekommen hat.«

Ich lächele sie an, beuge mich zu ihr runter und ganz nah vor ihrem Gesicht frage ich rhetorisch: »Warum laberst du mich zu? Sehe ich aus wie dein schwuler bester Freund?« Ungern gebe ich mich mit der Frau ab, die meinen besten Freund um den Finger wickelt und drehe mich um. Ich habe anderes, Wichtigeres zu tun.

»Wir müssen das unterbinden, Sloan!«, schreit sie mir

hinterher und ich hebe winkend die Hand, ohne mich ihr zuzuwenden.

»Viel Spaß dabei!«

Wenn Veronica eine nur halb so starke Frau ist, für die ich sie halte, dann wird sie schon mit der blonden Spinnerin fertig. Über Jahre war sie einem Besessenen ausgeliefert. Mit Sicherheit kann sie mit einer weiblichen Version umgehen. Falls nicht ist es auch nicht mein Problem.

Aus dem Club getreten flüchte ich direkt in die Kanalisation. Am Tag bleibe ich unentdeckt und verschwinde im nebelartigen Gestank. Aber selbst nachts, die jetzt schon längst eingebrochen ist, bleibe ich im Verborgenen. Im Untergrund dieser Stadt. Während sogar die Nacht mit Leben gefüllt ist, bleibt es hier unten still, leblos. Ich sortiere meine Gedanken und mache mich auf, durch das stinkende System unserer Sickergrube. Tauche erst wieder auf, wenn ich die Straße von Jessys und Veronicas Wohnung erreicht habe.

Zwar wird die Löwin vorerst vom Messer verschont, aber längst nicht ihre Freundin. Sie wird für den naiven Verrat bluten, schreien und um Gnade winseln, die ich ihr nicht gewähren würde, selbst wenn sie mir den Teufel höchstpersönlich auf dem Silbertablett überreichen würde.

Unerwartete Geräusche wecken meine Aufmerksamkeit. Mit der Taschenlampe leuchte ich weiter nach vorn und werde von einem scheußlichen, kunstlosen, regelrecht faden Anblick überrascht. Ratten knabbern an einer Leiche, ziehen dieser Haut und Fleisch ab, sowie feine Sehnen. Wer ist so ignorant und hinterlässt in meiner Welt seinen Abfall und füttert damit die krankheitserregenden Viecher? Als ich näher darauf zugehe, erkenne ich die vielen kleinen Details und auch die Person, die an einem Rohr gefesselt ist.

Die Löwin hat wirklich Mumm, eine FBI-Agentin abzuknallen und ich verstehe nun auch, warum ich sie nicht finden konnte. Das hier war ihr Lager. Ihre Zuflucht. Sie hat ihre Freundin entführt und sie gegen mich verwendet und getötet.

Sie ist erbarmungsloser, als ich es ihr zugetraut habe und von Beseitigung scheint sie auch etwas zu verstehen, wenn man die geöffneten Lebensmittel bedenkt, die um sie herum liegen. Die Löwin hat die Ratten regelrecht angelockt.

Somit ist meine Aufgabe traurigerweise früher beendet und ich biege in eine andere Richtung ab. Lasse die Verräterin mit ihren lebendigen, neuen Freunden alleine. Gleichzeitig gebe ich einem meiner Leute beim FBI einen Tipp und auch endlich die Daten vom Visser-Lager. Jetzt ist da eh nur noch das zu finden, was Vincent belastet und für alle Ewigkeit hinter Gitter bringen würde. Alles andere ist längst im Tresor, sichert mir die Zukunft und sorgt in meinem Besitz für ein Unheil, das niemand ahnt.

TRASH

Auf dem Weg zu meinem Haus sitzt sie ruhig auf dem Beifahrersitz. Ich spüre, wie sie vor sich hin grübelt.

»Lass mich an deinen Gedanken teilhaben.«

»Du hast mich ausgeliefert.«

»Der Plan war aber ein anderer. Das, was ich dir gespritzt habe, sollte dich nicht töten, sondern nur alle davon überzeugen. Wir hatten das FBI am Hals und ich wollte dich auch nicht freigeben.«

»Das verstehe ich nicht.« Ihre Blicke kribbeln auf meiner Haut und ich lege ihr die Hand aufs Bein.

»Es fährt deinen Kreislauf runter, sodass du leblos aussiehst. Nur hat Sloan das Adrenalin, welches dich wieder hochfahren lässt, zu früh gespritzt. Wahrscheinlich, weil er davon ausging, dass wir nicht anders aus der Geschichte rauskommen. Wir waren umzingelt von Vissers Leuten und die hatten Katy in ihrer Gewalt. Deswegen hat er dich ja auch aus dem Rosenpalast befreit.«

Sie schaut wieder aus dem Fenster und ist in Gedanken versunken.

»Hast du dazu Fragen?«

»Es ergibt keinen Sinn.«

»Was genau?«

»Ihr hattet den Plan, mich erst gar nicht Vincent zu überlassen?«

»Ja.«

»Und Sloan sollte mich befreien und dann?«

»Dich zu mir bringen.«

Sie legt die Hand auf meine, dreht sich mir zu und als ich kurz rüber schaue, sehe ich ihren skeptischen Blick.

»Das haut nicht hin, Trash. Denn das FBI kam dazwischen, weil...«

»Weil du sie informiert hast, nicht wahr?« Ich verstärke kurz den Griff an ihrem Oberschenkel. »An der Tankstelle, oder? Aber wie hast du es gemacht?«

»Ja schon, aber...«

»Sag es mir.«

»Als wir die Villa verlassen haben, bin ich gestolpert, weißt du noch? Ich bin nicht tollpatschig. Ich bin vorsichtig.«

»Das ist mir aufgefallen.«

»Aber nicht, dass ich dir das Portmonee geklaut habe. Im Auto habe ich dann einen Hunderter entnommen, was dir bei den vielen Scheinen gar nicht aufgefallen ist. Lange habe ich abgewartet, welchen Weg ihr zu Vincent nutzt. Als ich es dann wusste, erinnerte ich mich an die Tankstelle, tat so, als müsste ich aufs Klo und blieb brav, um dein Misstrauen nicht zu wecken. Während du noch überlegt hast, ob du meiner Bitte nachkommst, habe ich dir die Geldbörse links am Sitz vorbei zwischen Lehne und Sitzfläche wiedergegeben. Du konntest es nicht sehen, weil sie beim Aussteigen von deinem Oberschenkel verdeckt wurde. Wie erwartet blieb sie im Auto. Damit ich alleine mit den Angestellten reden konnte, habe ich um Süßigkeiten gebettelt und du musstest zurück zum Wagen. In der Zeit gab ich vor, eine Überraschung für meinen besitzergreifenden Mann zu planen. Er schrieb Jessys Nummer auf, ich gab ihm den Schein und schon kamst du zurück. Aber leider ist es nicht aufgegangen.«

Sie hat mich ausgetrickst und das so mühelos, aber ...

»Das FBI war da.«

»Genau, Trash. Jedoch nicht durch mich. Denn die Info hat Jessy nie bekommen. Sie ging direkt an Vincent, weil ihm die Tankstelle gehört.«

»Deswegen war er so schnell da«, denke ich laut mit.

»Genau! Sloan hat dem FBI das gesteckt. Das hat mir Jessy gesagt. Nur ergibt das keinen Sinn, wenn ihr mich sowieso nicht ausliefern wolltet. Außer...«

»Außer er wollte sich absichern. Nur warum?«

»Die Koordinaten!«

Verwundert runzele ich die Stirn. Hastig erzählt sie von einem Chip in ihrem Nacken, den sie sich rausgeschnitten hat. Während die Worte aus ihr heraussprudeln, erinnere ich mich an einem Schlachtraumgast vor Jahren zurück, der mir von diesem Chip berichtet hat, um sich sein Leben zu erkaufen. Hat ihm nichts gebracht, aber Sloan darauf aufmerksam gemacht.

Das hatte er die ganze Zeit über vor. Seine kleine Gegenwehr gegenüber dem Befreiungsplan war nur eine Täuschung. Deswegen wusste Bianca von nichts und er war bestimmt im Bunker, da er die Daten durch mich von Luuk bekommen hat. Er hat den heiß geliebten Schatz aller Schwerstverbrecher und Cops!

Er hat mich hinters Licht geführt. Hat die Kontakte zum FBI ausgenutzt und sie zu seinen Spielzeugen gemacht. Nicht Biancas Leute haben ihm geholfen. Das FBI war es.

Das wird er bereuen.

Vorerst komme ich aber auf meine Löwin zurück.

»Willst du mich?«

Verdutzt klimpert sie mit den Wimpern und zuckt schließlich mit den Schultern.

»Willst du denn auch mich?«

»Ja.«

»Gut, dann -« Sie überlegt und ein Lächeln breitet sich auf ihren Lippen aus. »habe ich einen Vorschlag.«

Sloan

Nachdem ich geklingelt habe, schreit alles in mir nach Rückzug. Ungern möchte ich mich jetzt mit ihr auseinandersetzen. Ihre Nachrichten hingegen waren klar und deutlich. Ich wünsche mir sogar, sie zu einem anderen Anlass zu treffen. Einem, der verheißungsvolle Fleischeslust in der Luft verströmt. Wobei ich tanzenden Blutstropfen nicht abgeneigt wäre.

Schon öffnet sich die Tür. Schwarzer Stoff auf zierlichen Rundungen lädt zu unsittlichen Berührungen ein. Das breite, diabolische Lächeln mit knallroten Lippen überzeugt vom Gegenteil.

»Sloan.« Sie streicht sich eine rote Strähne hinters Ohr. »Du bist gekommen.« Ihre Verwunderung ist nur eine tragische Darbietung ihrer vermeintlich noch miserableren Schauspielkunst. Schließlich hat sie mich regelrecht genötigt, bedrängt, bedroht hier aufzuschlagen und mit ihr die Vorkommnisse zu besprechen.

Jetzt, wo sie die Tür weit für mich öffnet, mich schweigend in die Villa hinein bittet, bemerke ich meinen bedauerlichen Fehler, ihren Namen bei Trash verwendet zu haben. Als ich ihrem hüftschwingenden Schritt in den Salon folge, ermahne ich mich, ihr nicht wie sonst auf den Hintern zu starren. Rüge mich selbst, da es nicht verwunderlich wäre, würde Trash sich früher oder später bei ihr melden, um sie fatalerweise zu Unrecht zurechtzuweisen. Obwohl mir von Anfang an bewusst war, dass sich mit dieser Lüge eine Schlinge um meinen Hals legt, fiel mir spontan keine bessere ein, um den zu aufmerksamen Trash zu täuschen.

»Setzt dich, Schätzchen.«

»Sind wir nicht über *Schätzchen* hinaus?«, foppe ich sie, als ich auf dem Sessel ihr gegenüber Platz nehme.

»Was führt dich zu der Annahme, wo ich doch jeden so nenne?«

Schon wieder reizt sie mich, versucht, meinen Stolz zu verletzen, und kratzt ihn dabei gewaltig an. »Bin ich jeder?«

»Bist du eine Ausnahme, weil deine Visage nur zur Hälfte tätowiert ist?« Sie dreht gelangweilt ihre Hand. »Oder zur Hälfte ansehnlich? Ich bin ja kein Philosoph, bei dir ist das Glas eh komplett leer.«

»Bianca, provozier mich nicht.«

Sie ignoriert meine Worte und fährt ungeachtet fort: »Hast du meinen Namen nicht, wie andere, in den Schmutz gezogen? Mich in deine machtsüchtigen, dümmlichen Intrigen reingezogen?«

»Ein Missgeschick.«

»Ach ja?« Weiter herausfordernd hebt sie eine Braue und lehnt sich im Sessel zurück. Dieses Miststück trieft vor Zügellosigkeit, die ihr einer austreiben sollte. Innerlich melde ich mich dafür freiwillig und kann das Grinsen nicht verbergen, bei dem Gedanken, sie angemessen zu züchtigen.

»Dir wird das Lachen vergehen. Glaubst du, Trash lässt dich damit davonkommen? Ihr seid Freunde und du hast ihn verraten.«

»Ich habe ihn nicht verraten«, korrigiere ich sie. »Ich habe den Plan nur erweitert.«

»Ob er diese Änderung gegen seine Zustimmung auch so hinnimmt? Wie gesagt, du bist sein Freund.«

»Was glaubst du, was das zwischen mir und Trash ist?«

»Freundschaft, was sonst?«

»Und du denkst, wir lieben einander, halten Händchen und tanzen dem Sonnenuntergang entgegen? Ich werde es ihm bald sagen, er wird es annehmen und alles läuft weiter wie bisher.«

Ungläubig schüttelt sie den Kopf. Was denkt sie sich nur? Wir sind nicht verheiratet.

»Du denkst nicht, dass du ihn verletzt hast?«

»Denkst du, dass er Taschentücher braucht? Dass er sich ausheult und ...«

»Du bist so ein mieses Arschloch, Sloan. Verrecken solltest du. Trash sollte dir die Haut vom Leib reißen, dafür, dass du seine Geliebte vorgeschickt hast!«

»Ja, meine Liebste. Wird er nur nicht tun, weil er im Gegensatz zu mir etwas wie Emotionen und Gefühle empfindet.«

Angewidert kräuseln sich ihre schmalen Lippen und

mein Grinsen wird automatischer breiter.

»Warum wolltest du sie überhaupt ausliefern und hast sie nicht hier gescannt?«

Die Hexe ist gut informiert.

»Hatte nicht die Möglichkeit.«

»Warum hast du sie aufgeliefert? Warum, wenn sie den Chip hatte und du diesen nicht eingelesen hast?«

»Ach, nur eine kleine Spielerei am Rande.«

»WAS?« Schockiert reißt sie die Augen auf und sieht nicht das große Ganze.

»Hast wohl doch nicht deine Hausaufgaben gemacht. Vincent und ich hatten eine kleine Gemeinsamkeit. Wir wollten beide die Dornenprinzessin.«

»Du hast mit dem FBI zusammengearbeitet!«

»Ich wusste aber nichts von ihrer Freundin. Das habe ich erst mitbekommen, als ich sie gefunden habe. Außerdem wollte ich von Anfang an das Kartell vernichten. Trash hingegen nicht. Dass ich sie ausgeliefert habe, war nur der kleine Beweis, dass Liebe blind macht. Trash wollte sie zurückund ich konnte mein Kunstwerk vollziehen.«

»Du kleines, mieses...« Bevor sie den Satz beenden kann, bin ich bereits aufgesprungen, habe das Messer gezogen und halte es spottend an ihre süße Kehle.

»Ja?« Ich beuge mich nah zu ihr runter. Dann bildet sich ein Lächeln auf ihren Lippen und ich spüre zeitgleich etwas an meinem Schritt. Ich muss nicht hinschauen, um zu wissen, dass die Hexe eine Knarre aus dem Halfter an ihrem Oberschenkel gezogen hat.

»Wessen Blut fließt wohl zuerst?«, fragt sie mich voller Hohn und ich würde es gerne drauf ankommen lassen. Nur sind mir meine Kronjuwelen heilig.

»Was hast du mit Vincent Visser gemacht?«

»Wirst du niemals erfahren.«

»Du elendiges...«

Rasch drücke ich meine Lippen auf ihre, dränge die Zunge dazwischen und sie folgt mir stöhnend, wie immer. Genauso schnell löse ich mich von ihr und mit einer geschmeidigen Bewegung drehe ich mich zum Gehen und stecke gleichzeitig das Messer weg.

»Wir sehen uns«, sage ich noch, bevor ich den Salon verlasse.

Mein Weg führt mich zurück in den Untergrund, weit entfernt von der Hexe, ehe sie auf die Idee kommt, mir ihre Männer mit den Kalaschnikows auf den Hals zu hetzen. Zwar verspüre ich keine Angst gegenüber diesen Trotteln, muss jedoch zugeben, dass ein durchlöcherter Hintern mich in meinen Aufgaben behindern könnte. Wie erwartet, steht der Fluchtwagen bereit und ich fahre umgehend nach Hause. Zugegebenermaßen lockt mich eine neue, weniger vertraute Sehnsucht heim. Der unwirkliche Drang, den Schatz in den Händen erneut zu begutachten, ihm Aufmerksamkeit zu schenken und Pläne zu schmieden. Ich sehe mich bei offenem Feuer all die verlockenden Sünden zu meinen Gunsten verwandeln und mich an dem qualvollen, brutalen Leid anderer ergötzen, zudem in den Ruinen, den blutigen Trümmern manch einer bestialischen

Organisation suhlen. Was für ein Fest.

Ich parke den Wagen in der Tiefgarage und betrete kurz darauf mein Haus. Mein Weg führt mich geradewegs durch den langen, großzügigen Flur, weiter zum Schlafzimmer. Doch genau im Rahmen bleibe ich erstarrt stehen.

Über dem Bett, hinter dem fotografischen Kunstwerk eines unvermeidlichen Opfers, ist der Safe offen. Die Leinwand hängt schräg hinunter. Langsam überwinde ich den schwerfälligen Weg, traue meinen Augen kaum, dass im Hochsicherheitstrakt meines Heims eingebrochen und ich um den Schatz beraubt wurde.

Am Bettrand stehend sehe ich den wirklichen Schaden, denn meine Kostbarkeiten blieben dem Raub verschont und nur die größte wurde gestohlen.

Das kann nur eins bedeuten.

Er ist zurück.

Veronica

Nach Stunden kommen wir an und er zeigt mir seine Villa. Sie ist gigantisch und wunderschön. Seine persönliche Note in den Räumlichkeiten ist tatsächlich wahrzunehmen. Viele Holzskulpturen, mit leicht verstörenden Szenarien, zieren dekorativ sein Heim. Die riesige Wohnlandschaft fühlt sich, bei der Erinnerung an mein Wohnzimmer und der darin stehenden Couch an, wie ein Puppenhaus. Ein winziges Puppenstübchen, im Vergleich zu dem, was sich vor mir erstreckt. Lächelnd nehme ich Platz und er zieht mich unvermittelt auf seinen Schoss.

Rittlings auf ihm sitzend fahre ich durch sein weiches, dichtes Haar und seufze zufrieden, obwohl noch so viel zwischen uns steht.

»Was willst du, Veronica?«, flüstert er und ich schaue eher abwesend auf seine Lippen, da sich längst eine wohlige Gänsehaut auf meinen Gliedern ausgebreitet hat.

»Was wünscht du dir?«, hakt er weiter nach.

»Ein Leben. Ich wünsche mir ein eigenes Leben.«

Er umschließt meine Handgelenke, zieht sie hinab und starrt mir direkt in die Augen. Auffordernd, bestimmend sucht er Aufmerksamkeit.

»Das kannst du bei mir nicht haben.«

»Warum nicht?« Will er mich auch nur besitzen? Mich zu seiner Puppe machen? Zu dem Spielzeug degradieren, welches nur für gelangweilte kriminelle Geschäftsmänner erreichbar ist?

»Weil ich es dir nicht bieten kann, so sehr ich dir das wünsche. Unsere Wege müssen sich dann trennen, Löwin.«

Stirnrunzelnd verstehe ich seine Worte nicht. Ist es wegen Katy? Warum bin ich dann hier? Hier in seinem Zuhause und auf seinem Schoß?

»Veronica, ich kann dir kein normales Leben bieten. Kein Vorstadthäuschen, keine Kinder, keinen Hund.«

Was redet er denn da?

»Da siehst du mich? In der Vorstadt? Sehe ich mit meinem zerstörten Anblick wirklich aus wie eine Fußballmutti?«

Er lächelt und schüttelt den Kopf. »Nein, aber genau das hast du verdient und ich bin ein böser Mensch.«

»Na und?« Ich zucke nach den letzten Vorkommnissen die Schultern. »Meinst du ich nicht?«

»Nein! Du bist das Opfer!«

»Dann halte den Gedanken fest, wenn ich dir verrate, dass ich dir das FBI in den Club zum Schlachtraum geschickt habe.«

Er nickt. »Und ich habe deinen Chef getötet.«

Erschrocken reiße ich den Mund auf. »Ich habe die Folterung von Luuk Visser veranlasst. Danke übrigens.«

Beeindruckt hebt er eine Braue und ein Lächeln bildet

sich auf seinen Lippen.

»Ich hatte deine Verehrer zwischen. John habe ich abgeknallt und Frederik eine reingehauen und bedroht. Er ist verheiratet und hat zwei Kinder.«

Beide waren eh nie von Bedeutung, wobei mich das Letzte etwas aus der Fassung bringt.

»Ok, ich habe meine frühere und einzige Freundin erst entführt, verprügelt, dann erschossen und den Ratten überlassen. Dass sie FBI-Agentin ist, brauche ich nicht zu erwähnen, oder?«

Jetzt weicht das Lächeln einem Schockausdruck und er überlegt, als wolle er mich übertrumpfen. Als müsse er mir beweisen, dass er schlecht für mich ist.

»Ich habe vor Kurzem mit jemandem geschlafen und...«

»Ja, mit Bianca. Habe ich gesehen.«

»Nein. Ja, auch. Aber sie meine ich nicht.«

»Mit Katy.«

»Ja.«

Das war klar. Ich frage dennoch: »Heißt vor Kurzem nach oder vor mir?«

»Nachdem wir miteinander geschlafen haben und vor Heute.«

Ich habe nichts anderes erwartet und er übertrumpft sicher nicht meine nächsten Worte, doch als ich den Mund öffne, ist er schneller.

»Sie ist meine Schwester.«

»Wie, sie ist deine Schwester?«, glaube ich mich verhört zu haben.

»Katy ist meine Schwester, die ich zwischendurch ficke.«

Meine Gefühle sind kaum zuzuordnen. Hass, Abscheu, Eifersucht, weil ich ihr nie das Wasser reichen könnte. Erst recht nicht, wenn sie ein wichtiger Teil seines Lebens ist. Gleichzeitig widert es mich an, dass ich die Art, wie ich die folgenden Worte ausspreche, nicht beeinflussen kann.

»Ich habe mit Sloan gevögelt.«

Was der Grund sein kann, weshalb er wie vom Blitz getroffen aufspringt, während ich auf dem Hintern lande und er auf und ab geht.

»Du hast wirklich mit ihm geschlafen?«, brüllt er und ich stehe auf.

»Ja, habe ich und? Du fickst deine Schwester!«

»Wie kannst du nur?«

»Wie kannst du?«, gebe ich die Frage zurück und setze mich aufs Sofa, während er sich die Haare rauft.

»Ich fasse es nicht«, spricht er in sich hinein. Dabei soll er mich mal fragen.

»Du hast dich echt von ihm ficken lassen?« Er sieht mich geschockt an, bleibt stehen und versucht, sich vor dem Unvermeidlichen zu schützen. Und ich helfe ihm mit der Wahrheit.

»Fairerweise muss ich zugeben, dass ich ihn gefickt habe. Ich musste ihn ablenken, um zu fliehen. Hallo? Ich war staubtrocken. Das kann man also nicht unbedingt *ficken* nennen.«

»Ein Ablenkungsmanöver?«

»Ja. Kurz bevor er gekommen ist, habe ich seine

Unachtsamkeit ausgenutzt, ihn mit seinem eigenen Gürtel gefesselt, ihm Socken in den Mund gestopft und nachdem ich ihn um seine Knarre und seine Kohle erleichtert habe, bin ich untergetaucht.«

Da bildet sich wieder ein Lächeln.

»Du bist krass drauf. Und das, nachdem du gesehen hast, wie er Kartellmitglieder abgeschlachtet hat?«

»Ja, nachdem ich gesehen habe, wie das Blut unter seinen Bewegungen geflossen ist und er durchgehend gelächelt hat.«

»Ja, er ist ein Psychopath.«

»Ohne Frage. Aber du schläfst immer noch mit deiner Schwester.«

»Du hast auch solche Züge, wenn du dich ausgerechnet mit ihm anlegst. Was Katy betrifft, das ist vorbei. Wir haben das beendet.«

»Versprochen?«

»Es ist die Wahrheit.« Er kommt auf mich zu. »Also bleibst du bei mir?«

Meine Antwort wird durch das Klingeln seines Handys gestört.

»Geh ran.«

Er zieht es heraus und schaut lächelnd auf. »Sloan.«

»Ich laufe nicht weg.«

Kurz nickend begrüßt er seinen Freund.

»Aha.« ... »Was soll ich jetzt daran ändern?« ... »Ich würde dir ja gerne helfen, Sloan. Aber sag mir wie? Du musst schon genauer werden.« Während ich nur seine Worte höre, lässt er mich nicht aus den Augen. »Aha.« Unter seinem Blick wird mir ganz warm. Das zeigt mir, wie sehr ich ihn will. »Ja, so wird das nichts. Weißt du, ich war gerade dabei meine Löwin in ihrem neuen Heim willkommen zu heißen. Falls du genauere Informationen hast, kannst du ja wieder anrufen.« Dann legt er auf und ich verkneife mir das Lächeln, als er auf mich zu kommt und sich zu mir runter beugt.

»Was wollte er?«

»Ach, wenn Verbrecher bei Verbrecher einsteigen.« Und küsst mich. »Reden wir nicht über den Spinner.«

Anscheinend meinte Trash es ernst mit dem neuen Heim. Denn ich durfte die Villa nicht verlassen und habe in seinen Armen die restliche Nacht verbracht. Schlafend. Ohne Alpträume. Erholt, zufrieden und mit kleinen kribbelnden Glücksgefühlen strecke ich mich den Sonnenstrahlen entgegen.

Da öffnet sich die Tür und der gutaussehende brutale Held kommt, nur in Shorts gekleidet, aber mit einem Frühstückstablett herein, worauf sogar eine kleine Vase mit einer Rose gedeckt ist.

»Guten Morgen, Löwin.«

»Guten Morgen, böser Held.«

Er verzieht das Gesicht und ich lache auf. Er ist ein Held. Nach allem, was ich nun weiß, steckt mehr hinter seiner kalten Art, dem Folterraum und den Machenschaften.

Wenn nicht für ihn, für mich bleibt es so. Am Bettrand setzt er sich zu mir und stellt das Tablett auf Beinen über meinen Schoß.

»Welcher übler Verbrecher hat ein Frühstückstablett mit Beinen und stellt noch eine Rose drauf?«

»Ich. Und Rosen scheinen deine Lieblinge zu sein.« Womit er recht hat. Nach wie vor liebe ich sie und fühle mich von ihnen beschützt. Ich rolle einen Pancake ein. Mit keckem Lächeln beiße ich hinein.

»Und kann auch noch kochen?«, frage ich mit vollem Mund. Kopfschüttelnd tut er es mir gleich.

»Erzähl mir von Katy.«

Seufzend greift er nach der Tasse. »Ich bin von ihren Eltern adoptiert worden, bin ihrer warmen Art verfallen und habe mich bei ihr aufgehoben gefühlt. Das wars.«

»Du warst im Heim? Wie alt warst du? Was ist mit deinen Eltern?«

Er streicht sich durchs Gesicht und lehnt sich auf den Ellenbogen zurück.

»Ich war fünfzehn, als ich von einem Freund nach Hause kam und meine Familie abgeschlachtet vorgefunden haben. Mein Vater sollte Schutzgeld bezahlen und hat sich geweigert. Er war einer von den Guten. Ich habe sie gefunden und die Nachbarn haben die Polizei gerufen. Ich kam direkt ins Heim. Darüber wurde groß berichtet und die Eltern von Katy hatten Mitleid, weshalb sie mich aus dem Rattenloch rausgeholt haben. Ich war ziemlich verstört, hatte viele Alpträume und habe oft geschrien. Zunehmend wurde ich aggressiver und Katy, die nur zwei Jahre jünger ist als ich, hat sich mich angenommen. Sie war da und gab mir Schutz, fing mich auf. Ein Jahr verging und dann ist es versehentlich passiert, dass wir uns nähergekommen sind. Seither ist sie mein Rückzugsort.«

Auch wenn ich es verstehen kann, weil er auch nur ein verstörter Junge war, finde ich es krass, dass sich das entwickeln konnte. Zweifele sogar daran, dass es von heute auf morgen enden kann.

»Wie alt bist du, Trash?«

»Zehn Jahre älter als du, Löwin.« Also einunddreißig. Somit ist Katy auch älter als ich, was ich ihr nicht angesehen habe. Hätte sie sogar jünger als mich geschätzt.

»Du alter Sack«, will ich die Stimmung auflockern. Was bei mir selbst jedoch nicht funktioniert. Denn ich bin mir sicher, dass er nach so vielen vergangen Jahren des Rückzugs zu dieser Frau, das nicht mühelos beenden kann.

»Was ist mit Bianca?«

Er lacht. »Jetzt willst du es aber wissen.«

»Ja, natürlich.«

»Nenn mir deine Oh's.«

»Oh's? Nur du, Trash.«

»Es muss doch noch andere Männer in deinem Leben

geben haben.«

»Unzählige. Aber keine Oh's. Gesichtslose. Vincent. Luuk. Und Sloan, als Ablenkung.«

Entsetzt sieht er mich an. »Du warst doch nicht…«

»Doch. Ich war fünfzehn, Trash.«

Eine abscheuliche, kaum zu ertragene dicke Luft schwebt zwischen uns, als er mich mit diesem Blick betrachtet. Es ist kein Mitgefühl. Etwas anderes. Schlimmeres.

Ekel.

Und ich schäme mich dafür, nicht das perfekte Mädchen von nebenan zu sein.

»Bianca lernte ich durch die Aufträge kennen. Hin und wieder reizt sie mich, worauf ich eingehe.«

»Warum?«

»Weil ich es kann, Löwin.«

»Und jetzt?«

»Kann ich es noch immer. Nur will ich es nicht. Habe sie zuletzt, als dich Sloan befreit hat, abblitzen lassen.«

»Und Katy nicht?«

»Ich brauchte es.« Was meine Vermutung bestätigt. »Aber das war das letzte Mal. Einvernehmlich haben wir es beendet.«

Ich nicke, ohne ihm zu glauben. Er weiß wahrscheinlich selbst nicht, wie tief er drinsteckt.

»Ich will dich«, flüstert er und nimmt meine Hand.

Sloan

Jetzt wäre der perfekte Moment, durchzudrehen, wütend herumzuschreien oder mir zumindest Sorgen zu machen. Nichts von dem löst mein Mitarbeiter Miles in mir aus, während ich auf seinen Kadaver hinabsehe und anschließend zu dem leeren Verlies, wo Mr. Vincent Visser höchstpersönlich von ihm eingesperrt wurde. Damit er in meiner Gewalt ist, falls ich nicht an die Daten komme. Hier sollte er auf seinen Tod warten und bekommen hat er sein Leben. Natürlich ist er bei mir eingebrochen und hat sich das zurückgeholt, was eigentlich ihm gehört.

Alles, was davon übriggeblieben ist. Wie hat dieser Wichser es nur geschafft, jetzt wo sein Kartell zerschlagen ist? Ich habe es erst auf dem Weg hierher im Radio gehört. Beethovens Symphonie wurde extra für diese Durchsage, die ohnehin niemanden interessiert, unterbrochen.

Allerdings glaube ich, dass jetzt der richtige Zeitpunkt gekommen ist, Trash vom kleinen Nebenspiel zu erzählen. Gerade, weil er sich sicher ist, dass er seine Löwin behalten darf, wie ein Geschenk. Womöglich könnte dieses Detail zu einem kleinen Problem werden. Wobei ...

Die Unterlagen brauche ich wirklich. Sie sind wichtig und man könnte fast meinen, sie würden mir etwas bedeuten.

Der Doofkopf zu meinen Füßen hatte noch nicht einmal die Chance, mit Veronica zu sprechen, wo er es doch unbedingt wollte, um beim FBI aufzusteigen. Er hat es nicht anders verdient. Er wollte Visser etwas zu essen bringen. So hätte er eh keinen Erfolg erzielen können, selbst wenn er die Löwin mitgenommen hätte.

Ich muss dennoch Trash informieren.

TRASH

Sie ist bei mir. Die böse Löwin bleibt bei mir. Für immer.

Gerade als ich ihr unter die Dusche folgen möchte, signalisiert mir mein Handy eine Nachricht. Veronica verschwindet lächelnd und völlig nackt ins Badund ich werfe einen Blick aufs Display.

Katy:

Treffen im Club! Jetzt! NOTFALL!

Darauf schreibe ich erst gar nicht zurück, runzele nur verwundert die Stirn darüber, was passiert sein könnte und höre auch schon das laufende Wasser. Da Katy aber selten einen Notfall meldet, haste ich aus dem Bett und schlüpfe in Jeans und Schuhe. Ich angele nach meinem Shirt und während ich es anziehe, schreite ich zu Badezimmertür und klopfe an.

»Ich muss in den Club. Kommst du klar?«

»Ja. Alles gut, fahr nur.«

Umgehend mache ich mich auf den Weg. Es dauert auch nicht lange, bis ich dort bin. Diesmal muss ich keinen Umweg fahren, um einen Psychopathen zu beklauen, der mich ausgetrickst hat und rase direkt durch. Welche Sorgen sie auch antrieben, sich bei mir zu melden und dann mit diesen knappen Worten, reicht, um mich unter Strom zu setzen. Kaum manövriere ich den Wagen auf den Parkplatz, sehe ich sie schon am Seiteneingang stehen.

»Was ist denn los?«, frage ich sie, als ich aus dem Auto steige und hastig auf sie zu eile.

»Gehen wir in dein Büro.«

Sie macht nicht den Anschein, verletzt oder verstört zu sein. Ihr Auftreten erzeugt eher Misstrauen, als dass es mir Kummer bereitet. Schließlich tue ich ihr den Gefallen, schließe den Club auf und lege ihr eine Hand auf den Rücken, um sie hinein zu schieben. Bis in mein Büro schweigt sie, was mich bei ihrem gelassenen Gang mit Skepsis erfüllt. Erst, als wir den Raum betreten breche ich die Stille.

»Du hast gesagt es sei ein Notfall.«

»Setz dich, Trash.« Sie zeigt auf meinen Bürostuhl und ich gehorche unweigerlich.

»Nun?«

Sie bleibt vor dem Tisch stehen, als sie die Arme vor der Brust verschränkt.

»Wir müssen über uns reden.«

Das ist ihr Notfall? Entnervt lege ich die Hand an die Stirn und sehe sie darunter an. »Katy.«

»Nein, Trash. Wir gehören zusammen. Seit Jahren läuft das mit uns.« Ihre Finger wandern unter ihren knappen Rock und sie schiebt ihren Slip über die Schenkel, sodass dieser zu Boden fällt.

»Was soll das werden Katy? Ich werde dich sicher nicht ficken.«

Sie kommt um den Tisch herum. »Du brauchst mich. Immer wenn es dir mies geht, wenn alles zu viel wird, kommst du zu mir und ich gebe dir das, was du brauchst. Das sind wir. Das waren wir schon immer.« Damit hat sie zwar recht, aber es hat sich geändert. Ich will das nicht mehr und das weiß sie auch.

»Trash, wenn ich dich brauche, bist du für mich da. Und jetzt brauche ich dich.« Ungefragt setzt sie sich auf meinen Schoß und ich stiere sie an.

»Geh runter«, knurre ich und will sie von mir drängen, gleichzeitig jedoch drückt sie sich an mich und schlingt die Arme um meinen Hals. Sie nimmt erst einen Arm zurück, als ihr Handy piepst. Aus dem Bund ihres Rocks zieht sie es heraus und wirft, wie ich, ein Blick drauf.

Unbekannt:

Sie ist da.

»Wer ist da?«

»Niemand, Trash.« Sie legt das Handy hinter sich auf meinen Tisch und sieht mich mit großen Augen an. »Erinnerst du dich nicht mehr, wie oft ich für dich da war? Hast du vergessen, wie schön es mit uns ist?«

»Katy, das ist vorbei.«

Sie küsst meinen Hals und beginnt, ihre Hüften auf mir

zu bewegen und ich verfluche mich, dass mein Körper gegen meinen Willen reagiert.

»Nichts ist vorbei. Wir gehören zusammen.«

»Wir sind Geschwister.«

»Aber wir sind keine Blutsverwandte.« Immer auffordernder reibt sie ihre nackte Pussy an meinem, bereits in der Hose, harten Schwanz und ich werfe den Kopf in den Nacken. Greife sie an den Hüften und dränge sie weg, was sie nicht aufhält, sich hemmungslos an mir zu reiben.

Plötzlich erinnere ich mich an die vielen Male mit ihr.

Das erste Mal, als sie zögerlich meinen Schwanz gelutscht hat, wie sie wie ein Engel unschuldig auf Knien zu mir aufsah und unsicher meine Härte in sich aufnahm.

Das erste Mal, als ihre schmatzende Pussy meinen Schwanz umschloss, sie wild stöhnte und ich mich tief in sie drängte, damit ich all meine Ängste vergesse.

Das erste Mal, als ich mich in ihr Arschloch presste, sie dehnte, wie sie erst schrie und dann doch alles aufnahm, was ich ihr geben musste. Ich musste es tun, weil ich vergessen wollte.

Allein der Gedanke zwingt mich dazu, die Finger fester in ihr Fleisch zu pressen und ihr meinen Schwanz entgegenzudrücken. Zeitgleich kommt jedoch meine Löwin vor meine geschlossenen Augen, die sogleich mein Herz erwärmt.

Nein, das mit Katy ist etwas anderes. Ich war jung und einsam. Verlassen und voll mit Schmerz. Ich brauchte sie, weil ich ein Kind war und mich einsam fühlte. Musste meinen Aggressionen ein anderes Ventil geben. Sie ist eine Jugendsünde. Jetzt bin ich erwachsen, brauche keinen Ausgleich durch ihren Körper und habe nun auch Veronica.

Ich hebe den Kopf, schaue auf und gerade, als ich Katy das sagen möchte, sehe ich an ihr vorbei einen mir sehr bekannten Hinterkopf, der mit schnellen, bestimmenden Schritten den Flur zurück zum Seiteneingang schreitet.

»Scheiße!« Ich springe auf, als mir klar wird, was Veronica gerade gesehen hat und warum sie ohne ein Wort verschwindet. Dass Katy gerade zu Boden fällt, ist mir egal, als ich ihr hinterherlaufe. Ich versuche, sie noch zu erreichen, doch ich sehe nur noch den Stoff ihres Kleides hinter ihr herfliegen, als die Tür zuknallt.

Als ich endlich den Ausgang erreiche, ist sie weg. Keine dunkle Locke mehr zu sehen.

»Scheiße!« Ich raufe mir die Haare, sehe mich um.

So schnell kann sie doch nicht verschwunden sein. Selbst zur Straße hin ist sie weit und breit nicht zu sehen.

»Trash!«

»Was sollte das, Katy? Es ist vorbei!«, brülle ich zu ihr rüber und gehe auf sie zu.

»Sie ist weg und das ist gut so. Sie wird nie wiederkommen. Wir gehören zusammen!« Ist sie nun übergeschnappt?

»Spinnst du? Ich will mein Leben nicht mit dir verbringen.« Dann fällt mir ihre SMS ein. »Was hast du getan?«

»Das einzige Richtige, Trash!«

Ich ergreife ihre Oberarme und schüttele sie. »Hast du das etwa geplant? Wie konnte sie hierherkommen? Was hast du getan?«

Mein klingelndes Handy reißt mich aus der Wut, die ihre Haut vom Fleisch reißen möchte. Aus Hoffnung, es könnte meine Löwin sein, lasse ich sie los und gehe dran, ohne aufs Display zu schauen.

»Veronica?«

»Nein, dein bester Freund. Ich habe da ein Problem.«

»Schön, ich auch. Die Löwin ist weg und ich muss sie suchen.«

»Gut, der Visser ist weg und ich muss auch ihn suchen. Tun wir uns zusammen?«

»Visser?« Ich muss mich verhört haben.

»Ja, ich habe Vincent nicht getötet und er ist entkommen.«

Das kann doch nicht wahr sein! Was ist nur mit meinen Leuten los? Drehen jetzt alle durch?

»Du musst ihn finden. Veronica läuft hier rum.«

»Check die Kanalisation.«

»Danke, check du seinen Dornenpalast. Er ist von Veronica so besessen, dass er dorthin zurückkehrt.«

»Was hat das mit ihr zu tun?«

»Sie ist diejenige mit dem Rosenspleen, nicht er.«

»Ja, stimmt ihr Schlafzimmer.«

»Sloan? Will ich wissen, woher du das weißt?«

»Nein, ruf an, wenn du was weißt.«

»Du auch! Finde ihn, bevor er Veronica findet!« Ich lege

auf und sehe auf den Gullydeckel unter meinen Füßen. Wiederum hätte sie ihn so schnell nicht hin und her schieben können. Dafür war ich zu schnell da und mein Blick fällt auf Katy. Vincent, der noch lebt. Katy und ein unbekannter ...

»Du erzählst mir jetzt alles, was du weißt, sonst wirst du es bereuen.«

Veronica

Zuvor

Das war es dann mit dem geglätteten Haar. Aber egal, Trash hat ohnehin immer wieder mit seinen Fingern einzelne Strähnen eingerollt. Grinsend trockne ich mich ab. Noch immer haben wir nicht darüber gesprochen, wie es weitergeht. Im geräumigen Bad seiner Villa hängt ein bodentiefer Spiegel und ich betrachte meinen nackten Körper mit den vielen Narben. Trotz meiner Hässlichkeit scheint er mich zu wollen. Küsst jede einzelne und ich fasse es kaum, dass er anscheinend wirklich Gefühle für mich hegt, wo er doch eine Frau wie Katy haben kann. Schließlich sind sie ja keine richtigen Geschwister.

Es klingelt und holt mich früh aus den Gedanken. Es klingelt nochmal.

Und nochmal.

Es klingelt Sturm. Hektisch binde ich mir das Handtuch um und renne zur Tür.

»Ja?«, frage ich, ohne die Tür zu öffnen. Schließlich bin

ich hier nicht zu Hause.

»Eine Lieferung für Veronica.«

Verwundert öffne ich die Tür und ein Mann in Schwarz hält mir einen weißen Geschenkkarton mit einer rosa Schleife hin. Ich nehme ihn und bevor ich die Tür schließe, sagt er noch:

»Beeilen Sie sich.«

»Wofür?«, frage ich noch verwunderter.

»Ich soll Sie zum Club fahren.« Tausend kleine Schmetterlinge bringen mein Inneres zum Vibrieren, fast kichernd nicke ich und schließe schnell die Tür. Noch im Flur lege ich den Karton auf den Boden und öffne diesen. Lächelnd hebe ich das Kleid heraus und runzele die Stirn.

Ein weißes Sommerkleid mit Rosenranken an der Seite. Für so verspielt habe ich Trash nicht gehalten. Das hier ist eher Vincents Geschmack. Wobei Trash ein Sadist ist, wenn auch mehr ein Held als Soziopath. Dennoch freue ich mich, dass er an mich gedacht hat und mich bei sich haben möchte. Ohne Zeit zu verlieren, ziehe ich es auf der Stelle an, schlüpfe noch in die Sneakers, die nicht dazu passen und renne zur Tür raus, wo eine schwarze kleine Limousine auf mich wartet. Vor Aufregung kribbelt meine Haut und ich bin froh, als ich einsteige, dass wir diesmal direkt zum Club fahren. Ich direkt Trash in die Arme fallen kann, anstatt wie zuvor einen Umweg zu fahren, weil mir die kleine Racheaktion gegenüber Sloan eingefallen ist und mein Held direkt Feuer und Flamme war. Es dauert nur wenige Minuten bis der Wagen vor dem Seiteneingang hält.

»Sie sollen direkt ins Büro kommen.«

»Das dann wo wäre?« »Den Flur entlang, nach oben.«

»Danke.« Rasch steige ich aus und renne fast den Flur entlang und ...

Erstarre zur Salzsäule. Schmerz kriecht durch meine Glieder, hoch zu meinem Herz, bei dem Anblick, der mich erwartet. Die blonden Haare, die hin und her fliegen, identifiziere ich sofort als Katys, die auf Trashs Schoß sitzt, während er den Kopf im Nacken hält. Sie küsst seinen Hals und ich bin froh, dass ich durch den Tisch nicht noch mehr sehen muss. Dieses Schauspiel reicht mir schon. Unter aufkommenden Tränen wandert mein Blick zu Boden, unvermittelt an dem pinken Slip vorbei, der mit Sicherheit Katy gehört. Der Schmerz presst mein Herz zusammen und nimmt mir das Leben. Mein Mund öffnet sich, will schreien und ...

Ich kriege kein Wort heraus.

Ich wusste, dass er nicht von ihr loskommt. Ich wusste es. Und doch hegte ich die Hoffnung und glaubte sogar, dass es nicht so ist. Dass ich mich täusche. Jetzt sehe ich die Wahrheit und fühle sie wie eine Verletzung, die Vincent mir nie antun könnte, weil ich nie solche Gefühle für ihn hatte.

Mit geschlossenen Augen drehe ich mich um und gehe. Zügig gehe ich, ohne ihn anzuschreien, laufe fast, ohne ihm die Schuld zu geben, mir das Herz gebrochen zu haben. Denn die beiden sind füreinander bestimmt, helfen sich und haben eine Verbindung, die ich nicht durchtrennen möchte.

Er braucht sie. Und ich bin nur der widerliche Ballast,

der alles unnötig verkompliziert. Die Einsicht ist zwar die richtige, aber sie tut so weh.

Es schmerzt, dass ich die letzten Meter fast raus renne und im verschleierten Blick meiner Tränen genau gegen eine Betonmauer laufe. Ich schaue hoch und erfriere.

Auf den Anblick bin ich nicht vorbereitet.

Eine Eiseskälte durchfährt mich und es gefrieren meine Venen, als mich das bekannte, strahlende Lächeln trifft, wie ein Messer.

Vincent Visser.

Vincent Visser ist nicht tot! Er steht vor mir.

GENAU VOR MIR!

»Hast du mich vermisst, Puppe?« Abrupt reißt er mich an Arm mit sich und schiebt mich in den Wagen, mit dem ich erst gekommen bin.

Ich verstehe gar nichts mehr. Bin völlig überfordert. Er muss doch tot sein. Aber habe ich es gesehen? Habe ich gesehen, wie Sloan auch seine Kehle durchtrennt hat? Nein. Es war so viel Blut. So viel.

Ich sitze auf dem Rücksitz, neben mir quatscht er mich zu, was ich auf Grund des Schocks nicht höre, und ich sehe zum Rückspiegel. Es ist derselbe Fahrer. Ich schaue auf das Kleid herunter und dann zu Vincent.

»Es ist von dir.«

»Gefällt es dir nicht?«

Als wäre er gerade von den Toten als Geist auferstanden, sitzt er neben mir und ich schüttele fassungslos den Kopf.

»Nicht? Soll ich dir ein anderes kaufen?«

»Du bist tot.«

»Nein. Siehst du doch.« Er nimmt meine Hand und legt sie an seine Wange. »Fühlst du meine Wärme, Puppe? Ich bin nicht tot.«

»Bist du eine Katze mit zu vielen Leben?«

Er lacht. »Ich wusste, dass du dich freust, mich zu sehen.«

Jetzt wird es mir klar. Alles.

So wie Trash für Katy bestimmt ist, bin ich für ihn bestimmt. Egal, wie weit ich weglaufe oder wie oft man ihn attackiert, er wird überleben und mich immer wieder zurück an seine Seite holen. Diese Erkenntnis trifft mich so hart, dass mir die Tränen kommen. Nacheinander rollen sie mir die Wange hinunter und es frisst mich regelrecht von innen auf. Für einen kleinen Augenblick dachte ich wirklich, ich habe mein Glück bei Trash gefunden. Dem ist aber nicht so. Ich bin die Dornenprinzessin.

»Wo fahren wir hin?«, frage ich mit belegter Stimme, reiße mich zusammen und er legt den Arm hinter mir auf die Lehne.

»Nach Hause.«

Ich nicke.

Nicke, weil das mein Zuhause ist. Das war es schon immer und wird für immer so sein, weil ich niemals von ihm loskommen werde.

Wir fahren eine Zeit, während Vincent herumtelefoniert und nach und nach herausbekommt, wer alles unter Sloans Klinge gestorben ist. Als er sein Handy wegpackt, weil er anscheinend genügend Informationen hat, brennt eine Frage auf meiner Zunge, die ich ihm unbedingt stellen muss.

»Wieso hast du mich nicht direkt mitgenommen? Wieso musste ich erst den Club betreten?«

Er fährt mir durchs Haar und noch immer schaue ich auf meine Finger.

»Ich musste mich erst für dich frisch machen, Puppe. Ich hatte überall getrocknetes Blut an mir kleben. Außerdem war das eine Abmachung. Die kleine Katy führt mich zu dir und ich gebe ihr fünf Minuten Zeit, sich von dir zu verabschieden. Sobald ich dich habe, bleibt sie am Leben.«

Diese miese Stinkkuh. Von wegen unschuldiger Engel. Sie ist ein hinterlistiges Miststück. Aus Eifersucht liefert sich mich dem Teufel aus.

»So haben wir alle was wir wollen. Ich habe dich und sie hat ihren Trash.«

»Den hatte sie die ganze Zeit über«, flüstere ich in mich hinein. So wie Vincent immer ein Teil von mir ist, selbst wenn er nicht anwesend ist. In meinen Träumen sucht er mich genauso heim.

Ich schaue aus dem Fenster und sehe die Tankstelle, an der wir vorbeifahren. Weiß nun auch, dass wir gleich, nach vielen angespannten, traurigen Stunden, ankommen. Seine Hand gleitet in meinen Nacken und beginnt die Narbe, die ich mir selbst zugefügt habe, zu streicheln.

»Er hat also die Daten?«

»Es tut mir leid.«

»Ja, Puppe. Das glaube ich dir. Deine Belohnung dafür

wird dir sicher gefallen. Habe mir einiges ausgedacht.« Und küsst meine Schläfe. Doch ich rücke von ihm ab, bringe Abstand zwischen uns und sehe ihm tief in die Augen.

»Komm zu mir, Puppe.«

»Vincent.« Mein Herz zerbrochen auf dem Boden des Clubs, meine gefrorenen Venen und die Tatsache, dass ich nie mehr von ihm wegkomme, leiten mich zu mehr, als ich es mir je zugetraut habe, als wir aufs Grundstück zwischen Rosen fahren und schließlich halten. Verwundert sieht mich das Monster an und seine weichen Gesichtszüge und sein liebevolles Lächeln treiben weitere Tränen in meine Augen.

»Lass uns aussteigen.« Er greift zur Tür und ich halte ihn am Arm auf.

»Warte.« Auch der Fahrer bleibt sitzen. »Kannst du mir einen Gefallen tun? Nur einen einzigen?« Ich schlucke und hoffe.

»Alles, was du willst, meine kleine Puppe.«

»Halte mich.«

Er reißt die Augen verwundert auf, weil er diese Bitte nie von mir gehört hat. »Halte mich, Vincent. Nimm mich in den Arm. Umarme mich, ohne mich verletzen zu wollen, ohne mich zu bestrafen oder zu belehren. Fang mich auf, liebe mich. So, wie ein Mann seine Ehefrau.«

Noch immer sieht er mich nur entgeistert an.

»Bitte.« Ich wische mir erneut die Tränen weg, recke das Kinn. »Bitte, Vincent, nur ein Mal.«

Am Arm zieht er mich grob zu sich und nimmt mich in den Arm, hält mich so, wie ich es von ihm verlangt habe.

Eine Hand verirrt sich an meinen Hinterkopf ins Haar und die andere drückt er mir an den Rücken. Fest presst er mich an sich und fängt mich auf.

»Natürlich nehme ich dich in meine Arme, Puppe. Weil ich dich liebe. Vom ersten Tag an. Ich liebe dich so sehr, dass es wehtut. Deswegen tue ich dir weh. Du musst spüren, was ich spüre, meine Puppe. Ich liebe dich.« Lange hält er mich, während ich mein Gesicht in seiner Halsbeuge vergrabe und seine duftende Haut küsse. Erst als er sich von mir löst, reagiere ich flink.

Halte seine Knarre, die ich ihm aus dem Hosenbund gezogen habe, ziele auf seinen Kopf und drücke ab. Der Schuss zerrt durch meinen Arm, doch genauso schnell drehe ich sie zu dem Fahrer und, während er seine Waffe zieht, drücke ich auch gezielt auf seinen Kopf ab.

Blut spritzt, wie zuvor, durchs Auto und verklebt mir die Sicht. Im ganzen Auto haftet Blut und Hirnmasse.

Jetzt ist er tot.

Dennoch vergewissere ich mich mit einem Blick und mir wird bei seiner klaffenden, fetten Wunde schlecht. Rasch steige ich aus, zittere und atme tief durch.

Mein Herz pumpt, als wäre es nie durch Trash zerbrochen. Ich beuge mich vor und lasse die Knarre auf den Boden fallen, um mich an den Schenkeln zu halten.

»Oh Gott.« Mit aller Kraft dränge ich meinen Mageninhalt zurück.

Plötzlich klatscht jemand und ich schrecke hoch. Schnell wische ich mir das Blut aus dem Gesicht und sehe ...

»Sloan?«

»Hast du es endlich geschafft, den Spinner abzuknallen?«

»Was machst du hier?« Warum freue ich mich nur, diesen Spinner zu sehen?

»Vincent umbringen und du?«

»Er hat mich entführt.« Ich starre auf meine blutigen Arme und das rot benässte Kleid, weshalb mir ganz schwindelig wird. Sloan kommt weiter auf mich zu und reicht mir ein kleines, weißes Taschentuch.

»Ernsthaft?«, frage ich ihn.

»Ich tue nur so, als wäre ich nett. Komm, ich bringe dich zurück.«

Zurück? Wohin zurück? Das hier ist mein Zuhause. Zwischen all den schmerzenden und wunderschönen Rosen.

»Nein.«

»Ich bringe dich zurück zu Trash.«

»NEIN!«

»Das diskutiere ich sicher nicht aus. Ich muss da etwas gut machen«, meint er lapidar und kommt mit kleinen Schritten noch näher, während ich zurücktrete.

»Ganz sicher nicht. Er hat seine Katy.«

»Katy«, sagt er dieses einzelne Wort voller Verachtung und rollt die Augen. Dann packt er meinen Arm, zieht mich an sich und starrt mir unvermittelt in die Augen.

»Mit der wirst du schon fertig, komm.«

Von wegen. Ich zerre an meinem Arm in festem Griff, stampfe die Füße in den Boden und kämpfe gegen ihn an.

Nur lässt er nicht los, weshalb ich mit der anderen Hand auf ihn einschlage, während er mich zu einem anderen Wagen zerrt.

»Lass mich los!«

»Zick nicht rum.«

Plötzlich reißt er mich herum, verschränkt mir beide Arme auf den Rücken und ...

»Autsch.« Fesselt mich mit Kabelbindern.

»Du glaubst doch nicht, dass ich mir das Gezicke die ganze Rückfahrt antue?« Dann hebt er mich auch noch hoch, über seine Schulter und ich strampele mit den Beinen. Was ihm nichts ausmacht, als er den Kofferraum öffnet und mich dort reinschmeißt.

»Das kannst du nicht machen!«

Da lacht er und ergreift meine Beine. Ich versuche, ihn zu treten, doch er ist stärker und verbindet mir auch die Beine mit Kabelbinder.

»Du Arsch!«

»Sloan, nenn mich Sloan.« Er grinst und schmeißt den Kofferraumdeckel zu.

»AH!«, stöhne ich wütend auf.

Sloan

Die Löwin ist zu einer wilden Krawallmacherin herangewachsen und bringt mich zum Schmunzeln, während ich ihr Kunstwerk näher betrachte. Der ganze Wagen riecht köstlich nach Eisen und egal, was ich anfasse, es haftet sogleich Blut an meiner Haut. Zu schade, dass sie mir zuvorgekommen ist. Vielleicht braucht sie aber genau das, um mit Trash glücklich zu werden und in eine glitzernde Zukunft zu reiten. Wie das aussehen soll, will ich mir gar nicht vorstellen. Nur finde ich nichts Hilfreiches zwischen den Kadavern und dem fließenden Blut. Nichts. Rein gar nichts.

Genau das zerrt an meinen Nerven. Peitscht durch meine Venen und ich lasse den Wagen zurück, um ins Haus zu gehen. Obwohl ich dort ebenfalls mit leeren Händen hinausging, muss ich erneut alles prüfen. Muss wissen, ob er zuvor noch einmal hier war, bevor er die Löwin entführt hat. Ich kann nicht zurückkehren ohne meinen Schatz.

Stunden über Stunden durchsuche ich Zimmer für Zimmer. Schweiß perlt mir von der Stirn, aber ich bleibe erfolglos. Die Löwin höre ich bis hier oben schreien und es lenkt mich nicht ab, während ich immer weiter alles auf den Kopf stelle.

Das kann nicht sein!

Wo hat dieser Spinner die Unterlagen versteckt? WO?

Mein Handy klingelt und ich gehe ran. Unterdessen suche ich weiter.

»Hast du sie?«, Trash Stimme ertönt ungewohnt nervös.

»Jap. Sie freut sich bereits, dich wiedersehen.«

»Bist du sicher?«

»Sie ist nicht mehr bewaffnet, also wird es schon gut ausgehen.« Da muss ich schon selbst lachen.

»Sie ist also wütend?« Und mit jeder weiteren Minute, in der ich sie im Kofferraum eingesperrt lasse, verstärkt es sich mit Sicherheit, was mich weiter zum Lächeln bringt.

»Könnte man so sagen. Sie ist wohl eifersüchtig auf Katy, wenn ich das richtig verstanden habe, aber woher weißt du, dass Visser sie hatte?« Ich öffne gleichzeitig sämtliche Schränke, schmeiße alles heraus und finde die braunen Umschläge noch immer nicht.

»Katy. Vincent hat sie von der Arbeit abgefangen, sie töten wollen. Weil du Spinner ihm, wie ein schlechter Fernsehmörder, verraten hast, wer du bist und wollte sie töten. Allerdings kam Katy auf die Idee, meine Löwin an ihn auszuliefern, da sie wohl auch eifersüchtig ist und mich für sich alleine haben wollte.«

»Wow. Das hat sie dir verraten?« Was mich nicht interessiert, aber dass ich diese blöden Dinger nicht finde schon.

»Ja. Sie ist Besucherin des Schlachtraums.«

»OH.« Das ist hingegen interessant. »Aber sie lebt noch.«

»Den Rest darfst du erledigen.«

»Wow.« Das sind ja ganz neue Töne.

»Ja. Aber nur, wenn du jetzt aufhörst, den Palast nach den Unterlagen zu durchforsten und in einer halben Stunde an der Tankstelle am Ortsausgang bist.« Da halte ich inne und blitzartig wird es mir klar.

»Du bist eingebrochen?«

»Ja und ich halte sie gerade in der Hand. Ich bin schon da.«

»Du...Du...gerissenes Dreckschwein!«

»Halbe Stunde, Sloan!« Er hat aufgelegt und eine kleine, blutrünstige Wut schleicht sich durch meine Rippen. Ich renne die Treppen hinunter und schaffe es, in Sekunden im Wagen zu sitzen.

ER HATTE SIE DIE GANZE ZEIT!

Wie konnte mein Freund mich nur so verarschen? Ach, ja. Stimmt. Habe ich auch gemacht. Trotzdem, das hätte er nicht tun dürfen.

Das Einzige, was mich jetzt erheitert, ist die Tatsache, dass ich sie wieder habe. Meinen Schatz.

TRASH

Noch keine halbe Stunde später fährt Sloan aufs Gelände. An den Wagen gelehnt breitet sich ein Grinsen auf meinen Lippen aus. Doch sehe ich meine Löwin nicht, als er neben mir zum Stehen kommt.

Er steigt aus und mir vergeht das Lächeln.

»Wo ist mein Schatz?«

Ich hebe die fünf dicken, braunen Umschläge hoch und frage: »Wo ist meine Löwin?«

»Na, hörst du sie denn nicht?« Er legt einen Finger auf die Lippen und geht zu seinem Auto zurück. Tatsächlich höre ich etwas ... aus seinem Kofferraum? Diabolisch lächelnd macht er diesen auf und ich drücke mich von der Karosserie ab und kann nicht glauben, was er getan hat. Neben ihm stehend blicke ich kopfschüttelnd auf meine Löwin hinab, die mich erbost anstiert und komplett rot vor Blut erstrahlt. Intensiv scanne ich ihren Körper. Sie scheint nicht verletzt zu sein.

Sie öffnet gerade den Mund, da beuge ich mich vor und halte ihn ihr zu. Blut klebt unmittelbar an meiner Hand, was mir in den Moment egal ist.

»Bevor du jetzt durchdrehst, lass es mich dir erklären.«

Misstrauisch kneift sie ihre Augen zu kleinen Schlitzen zusammen und ich bin gerade froh, dass sie gefesselt ist.

Zunächst wende ich mich an Sloan: »Der Kofferraum war unnötig! Woher kommt das Blut?«

»Sie hat Visser und seinen Fahrer abgeknallt. Ich habe nichts damit zu tun.«

Meine Löwin!

Schmunzelnd überreiche ihm die Vernichtungswaffe in Papierform. Freudig, wie ein kleines Kind, nimmt er sie entgegen und ich wende mich wieder der Löwin zu.

»Veronica, ich habe sie nicht gefickt. Ja, sie hat mich versucht, auf ihre Art von sich zu überzeugen, aber ich bin nicht darauf eingegangen. Meine Hose blieb an und sie wird leiden, für das was sie getan hat. Das war ein falsches Spiel von ihr und du hast keine Ahnung, wie leid mir das tut.«

Ich nehme die Hand von ihren vollen Lippen.

»Ich will nur dich, kleine Löwin. Nach wie vor. Das mit Katy hat etwas mit meiner Jugend zu tun.«

»Und deswegen wird es nicht aufhören.«

»Doch, weil sie den heutigen Tag nicht überlebt. Sie hat dich in Gefahr gebracht. Das ging zu weit. ICH habe es beendet und sie hat es übertrieben.«

»Das ist falsch.«

»Das ist die einzige Möglichkeit.«

Sie schüttelt den Kopf. »Wenn du sie töten musst, um von ihr loszukommen, ist das mit uns nicht von Bedeutung.«

»Nein, Veronica. Es ist die einzige Strafe, wenn man

mein Vertrauen missbraucht. Sie hat mich verarscht.«

»Sloan auch.«

»Von Sloan kann ich nichts anderes erwarten.« Ich ziehe das Messer und schneide die Kabelbinder durch. »Sloan denkt nicht wie wir. Er hat kein Mitgefühl, Empathie oder so. Katy schon. Wenn sie am Leben bleibt, würde sie mich immer wieder verraten, also ist es eine Sicherheitsmaßnahme.«

»Frauen drehen immer durch, wenn sie glauben zu lieben«, brüllt Sloan und ich ziehe meine Löwin aus dem Kofferraum.

»Ich will nur dich.« Ich ziehe sie an mich und schlinge meine Arme um sie.

»Und ich nur dich«, haucht sie, weshalb ich sie mit den Fingern unter ihrem Kinn zwinge, mich anzusehen und sie umgehend küsse.

Epilog

Veronica

Der Rauch brennt in meinen Augen und dennoch halte ich sie auf. Die Flammen ziehen sich die Rosenranken hinauf und weitere schlängeln aus den Fenstern, als suchen sie die frische Luft.

Trash legt einen Arm um meine Schulter und zieht mich an sich.

»Geht es dir gut?«

Ich wende den Blick von diesem zerstörerischen, wunderschönen Bild ab und schaue zu ihm hinauf.

»Ja.« Denn nichts ist schöner, als den Rosenpalast in Flammen aufgehen zu sehen.

»Wir sollten verschwinden.«

»Und neue Rosen für die Prinzessin kaufen«, scheinbar macht sich Sloan neben mir über mich lustig. Oder über seinen besten Freund, weil dieser mir jeden Tag Rosen schenkt. Trotzdem bin ich froh, dass er hier ist. Selbst ihn habe ich in mein Herz geschlossen. Wenn man außerdem so jemanden zum Freundeskreis zählt, hat man keine Feinde.

Ich nehme Trashs Hand, verschränke unsere Finger miteinander und ziehe ihn vom Flammentanz meiner Vergangenheit weg.

»Warum stehst du dann noch hier rum, Affengesicht?« Und gehe mit Trash an ihm vorbei. »Geh und kauf der Prinzessin ihre Blumen!«

»Hey!«, brüllt er mir hinterher. »Ich habe die Maske nicht auf!«

Wir ignorieren ihn, als wir in den Wagen steigen. Nur kann ich mich nicht zurücklehnen, noch immer brennt die Tätowierung am Rücken. Die vielen Rosenblüten überdecken das Logo und ich trage meinen Schutz jeden Tag mit mir. Sie klettern mein rechtes Bein hinauf, verteilen sich über meinen Rücken und finden Halt an meiner Schulter. Bald wird noch mein linker Arm mit schwarzer Tinte verziert.

Trash fährt los und legt seine Hand beschützend auf mein Bein. Er ist immer bei mir, selbst wenn die Vergangenheit mich einholt. Oft holt er mich zurück in seine Arme. Und es gibt nichts Schöneres.

Stundenlang haftet seine Hand an mir und hinterlässt diese wunderbare Wärme, die durch meinen ganzen Körper fährt. Ich liebe es.

Ich liebe ihn.

Ich schaue zu ihm rüber, betrachte meinen wunderschönen Mann und nach so vielen Jahren bin ich endlich angekommen. Bin Zuhause. Bin in Sicherheit.

Zwar haben wir uns auf seinen Lebensstil geeinigt und müssen nun auch mit Gefahren leben, trotzdem habe ich nicht vor, ihn oder sein Leben zu ändern. Ich will es nur bereichern, so wie er meins. Ich bin glücklich, so wie er. Was er mir mit seinem Lächeln und diesem besonderen Leuchten in seinen Augen bestätigt, wenn er mich ansieht oder neben mir wach wird.

Das mulmige, flaue Gefühl tritt erst ein, als er aufs Gelände seines Clubs zusteuert. Denn dort wartet seit Wochen Katy, die bei Wasser und Brot in seinem Lieblingsraum gefangen ist. Ich habe Stunden gebraucht, um Sloan davon zu überzeugen, ihr nichts zu tun. Er ist so krank, dass er nach ihrem Blut regelrecht gelechzt hat, als wäre er ein blutrünstiges Raubtier. Wiederum war er einsichtiger als Trash. Er ist von seiner Schwester so enttäuscht, dass ich viel nackte Haut, diverse Versprechen und noch mehr Worte gebraucht habe, um ihn umzustimmen. Nun wartet sie auf ihre Freilassung.

Er parkt und ich schlucke schwer, als er aussteigt und ich ihm folge. Gemeinsam betreten wir den Club und kurz darauf den Folterraum.

Katy sieht nicht mehr wie ein Engel aus. Ihr Haar klebt fettig an ihrem Kopf und im Gesicht und die Fesselung hat bereits eine bekannte Verzierung auf der Haut hinterlassen. Mit unterlaufenden, trüben Augen sieht sie uns an und aus dem trockenen Mund kommt nur wimmernd: »Endlich, Liebster.«

Weshalb Trash knapp schnaubt.

»Lass das, Katy. Ich bin nicht dein Liebster.« Er zieht das Messer aus der Tasche und ich bleibe abseits stehen. Ich gebe den beiden die Privatsphäre, die sie brauchen und wünsche mir sogleich, gar nicht hier sein zu müssen. Trash hatte aber zuvor darauf bestanden, was mir missfällt. Sie allein zu sehen, treibt mir eine Wut in die Glieder, weswegen ich die Hände zu Fäusten balle.

Ich will nicht ihren Tod. Aber ich will sie auch nicht

sehen und ertragen müssen. Mir nicht vorstellen, wie nah sie sich eigentlich sind, und möchte mich am liebsten übergeben, bei dieser Vorstellung.

»Töte mich nur, ohne dich macht mein Leben keinen Sinn«, flüstert sie nun und ich möchte sie am liebsten anschreien.

»Ich werde dich nicht töten. Nicht heute.« Er geht auf sie zu, löst ihre Fesselung und sie steht zitternd auf. Sie will sich haltsuchend an ihn klammern, doch er weicht zurück, als sie die Arme nach ihn ausstreckt und sie fällt zu Boden.

»Ich habe dir nicht verziehen, Katy. Das werde ich auch nie. Du kennst meine Einstellung. Du hast mich betrogen und meine Löwin in Gefahr gebracht. Ich will, dass du umgehend die Stadt verlässt. Du kommst nie wieder und solltest du mir das nächste Mal über den Weg laufen, überlebst du es nicht! Bedank dich bei meiner Löwin, dass du jetzt noch diesen Raum verlassen darfst. Wenn es nach Sloan und mir gegangen wäre, wärst du schon längst an den Schmerzen, die wir in dir ausgelöst hätten, verreckt!«

Tränen laufen ihr über die Wangen, während sie sich hochrappelt und mich anschaut. Sie tötet mich mit ihren Blicken und ich verfluche mich, dass ich überhaupt mein Bestes für diese Stinkkuh gegeben habe.

»Du liebst mich!«, jammert sie, als sie endlich steht und Trash schüttelt den Kopf.

»Verschwinde, bevor ich es mir anders überlege.«

Das reicht ihr anscheinend als Antwort, denn sie setzt sich in Gang. Sie kommt geradewegs auf mich zu und der Hass, den ich auf sie habe, peitscht durch mich hindurch. Er zerrt an mir, als sie vor mir stehen bleibt und mit aller

Gewalt halte ich mich zurück, um nicht auf die verschmähte Frau loszugehen.

»Katy!«, warnt Trash sie, doch sie reagiert nicht, ersticht mich mit ihrem Blick und flüstert: »Das wirst du noch bereuen, Schlampe!« Sie geht, während ich mir bildlich vorstelle, wie ich ihr fettiges Haar unter den Fingern spüre, sie runterziehe und ihr immer wieder ins elendige, perfekte Gesicht schlage. Es ist ein tolles Bild. Ein noch besseres Gefühl. Und genieße es.

»Hey, kleine Löwin.«

Katy ist längst weg und Trash steht vor mir. Mit den Fingern drückt er mein Kinn hoch, zwingt mich, ihn anzusehen und als sein warmer, liebevoller Blick mich trifft, verpufft die Wut. Er beugt sich runter, streift mit seinen Lippen meine und ich schlinge die Arme um ihn.

»Ich liebe dich«, hauche ich direkt an seinem Mund.

»Und ich liebe dich.«

Teaser

SLOAN

Sloan

Breitlächelnd sitze ich der Hexe gegenüber. Im Regelfall verachtet sie mich für das, was ich bin und was ich tue. Diesmal jedoch, wie es zunehmend öfters der Fall ist, erwidert sie es.

»Also? Haben wir einen Deal?«, fragt sie und ich mache eine einladende Handbewegung.

»Ein Nein akzeptierst du eh nicht.«

Sie nickt und steht auf. Dabei glättet sich ihr seidenes schwarze Kleid und sie legt die Finger an die Träger.

»Dann kann jetzt der spaßige Teil anfangen.«

Worauf sie einen lassen kann. Ich lehne mich im Sessel zurück und verfolge ihre Fingerspitzen, wie sie die Träger an den Schultern hinunterschiebt, schaue dem Kleid dabei zu, wie es an ihrem zierlichen Körper hinabgleitet und sich an ihren Füßen rafft. Sie steigt hinaus, präsentiert mir ihren nackten Körper und ich stelle das Glas neben mir auf den kleinen Tisch.

»Magst du spielen, Hexe?«

»Nur mit dir.« Mit erhobenem Kopf zwinkert sie mir zu

und geht. Sie geht an mir vorbei, ohne mich zu berühren, ohne mich ein weiteres Mal anzusehen oder mir ihre Wünsche preiszugeben. Braucht sie auch nicht. Wir wissen beide genau, was wir wollen. Deswegen stehe ich schweigend auf, richte meine härter werdende Erektion und folge ihr langsam mit großem Abstand.

Die Hände verschränke ich auf dem Rücken und gehe ihr durch die schmale fast, unsichtbare Tür nach, die zwischen der dekorativ gestalteten Wand verschwindet, und betrete ihren besonderen Raum der Lust.

Im Gegensatz zu Veronica ist sie keine Prinzessin. Sie ist eine Königin. Eine dunkle, böse Königin, die mich genau mit ihrer Fleischeslust und der Finsternis um sie herum reizt. Bianca gehört eher weniger zu den einfachen Frauen, was man ihrem Zimmer ansehen kann. Rötliche Beleuchtung, ein Thron in der Mitte und Kerzenschein an den Wänden.

Als sie, so wie der Teufel sie schuf, auf den Königsstuhl Platz nimmt, erkenne ich, wie so oft, was für ein Klingentanz dieses Spiel immer wieder ist. Und genau das macht mich an. Es fasziniert mich, dass diese zierliche Frau sich ihrer Leidenschaft und der Ausübung bewusst ist und mit welch einer Dominanz sie es durchzieht, wo sie mich doch nur bedingt unterwerfen kann. Vielleicht ist genau das ihr Reiz, warum sie mich häufiger in diesen Raum einlädt.

Anmutig sitzt sie da und wartet. Auffordernd sieht sich mich an und ich lese in ihren Augen, was sie von mir verlangt. Mit einer Hand ziehe ich mein Sweatshirt über den

Kopf, werfe es in die nächste Ecke und gebe ihr Zeit, meinen Oberkörper ausgiebig zu mustern. Spüre ihren Blick fest über meine Haut wandern und hole schließlich das Messer hervor. Die Klinge springt heraus und sie leckt sich die Lippen. Ihre Schenkel zucken und animieren mich, die Spitze an der Brust anzulegen. Zwei Armlängen trennen uns und dennoch fühlt es sich so an, als würde sie mich berühren. Ich spüre ihre Hitze über mich wandern, in dem Moment, wo ich das Messer über meine Haut gleitet. Keine tiefen Schnitte, aber so, dass Blut heiß über meinen Körper fließt, schneide ich mich selbst.

Unruhig sitzt sie weiterhin da, kann sich kaum zurückhalten und selbst ihre Fingerspitzen, die auf den Armlehnen ruhen, beginnen zu zucken. Ich beobachte ihre Reaktion, als ich einen weiteren Schnitt in meine Haut setze, genieße ihren Anblick. Ergötze ich mich an dem Glänzen ihrer Haut und den aufgestellten Nippeln.

Diese Frau ist krank und von Rot so fasziniert, wie ich von Blut und Schmerz. Weshalb ich genau auf ihren Unsinn stehe, obwohl sie meinen Stolz jedes Mal aufs Neue beschädigt und meiner selbst knechtet.

»Komm her.«

Das Messer lasse ich zu Boden fallen, ohne mich von ihrem Blick zu trennen, und gehe auf sie zu.

»Knie nieder«, befiehlt sie mit belegter Stimme, was mein Lächeln vertieft. Das hier hat etwas, auch wenn ich widerwillig gehorsam bin und mich vor ihren Beinen knie. Andächtig öffnet sie die Schenkel in Zeitlupe, erlaubt mir diesen glänzenden, von Geilheit geprägten Anblick und meine Härte quält sich schreiend in der Hose. Wie ich darauf stehe. Genauso, wie sie die Finger über ihren glatten Bauch streicht, zu ihrer Mitte fährt und die Fingerspitzen in ihre Feuchtigkeit taucht.

Mein Blick wandert zwischen ihrer Feuchte und dem heftig schlagenden Puls an ihrem Hals hin und her. Mein Puls rast wie meine Pupillen und als sie mir die Brust entgegenstreckt, im Hohlkreuz sitzt und den Kopf wimmernd in den Nacken wirft, mir damit ihren Hals in voller Pracht zeigt, beiße ich die Zähne zusammen.

Es ist grausam geil ihr zuzusehen. Anstrengend erregend, sie nicht anfassen zu dürfen. Nur entfacht sie weiter meine Gier, berührt mit der anderen Hand ihre Brust und zusammen mit meiner Härte schaltet sie meinen Verstand aus. Ich springe auf, öffne die Hose und bevor sie und ich begreifen, was gerade Fatales passiert, habe ich ihre Hand schon weggerissen, knie mich aufrecht zwischen ihre Schenkel und dränge mich an ihre Mitte. Genauso schnell reagiert sie, schließt ihre zarten Hände um meine Kehle und drückt augenblicklich zu. Wütend blitzt sie mich an, ersticht mich mit ihrem Blick und dennoch tauche ich in ihre heiße Enge, stoße in sie. Die streng zurückhaltende Lust reißt sich von den Ketten los und ich presse sie an den Hüften an mich. Weiter drückt sie zu, stöhnt und obwohl ich etwas Verbotenes wider jede ihrer Regeln tue, schlingt sie ihre Beine um meine Hüfte und kommt mir entgegen, ohne den Hass aus ihrem Gesicht vertreiben zu wollen. Kaum bekomme ich noch Luft und es könnte mich nicht weniger interessieren, während die Leidenschaft sich brutal in mir erhitzt und mir das Rückgrat herunterfährt. Wie sie sich an meiner Härte anfühlt, die Feuchtigkeit und das teuflische, raue Stöhnen aus ihrem knallroten Mund, es entfacht einen unnachgiebigen, wirren Strudel, der alles um uns zerstört und nur Asche zurücklässt. Und genau das will ich, als ich den Rhythmus anziehe, sie härter und tiefer nehme und meine ganze Härte zwischen ihren Wänden verschwindet.

Gerade als sie sich zusammenzieht, mir die Luft aus den Lungen presst und ihr verachtender, wütender Blick mich verschlingt, der meine Eier zusammenziehen lässt, lösen sich ihre Hände. In mir ballt sich die Luft, wandert mir über die Glieder und schließt sich um meine Eier. Knurrend lege ich den Kopf in den Nacken, lasse die Anspannung los und ...

»Wenn du kommst, knall ich dich ab!«

Ich sehe direkt in den Lauf ihrer Knarre. Stockend halte ich die Explosion zurück, rühre mich nicht und sehe in ihre hasserfüllten Augen.

»Wag es nicht!«, knurrt sie und entlockt mir einen Seufzer. Ich kann regelrecht spüren, wie sie mich entmannt. Das kratzt, wie so oft, an meinem Stolz.

Abrupt lasse ich sie los, entgleite ihr und stehe auf.

»Ich habe nicht gesagt, dass du fertig bist, Sloan!«

»Bin ich aber mit dir, Hexe!« Ich schließe meine Hose und drehe mich um. Beim Gehen zur Tür hebe ich mein Shirt und Messer auf und in dem Moment, als ich es mir übergezogen habe, knallt ein Schuss an meinen Kopf vorbei. Es peitscht regelrecht spürbar an meinem Gesicht entlang und ich zucke noch nicht einmal, weil sie mich mit ihrer typischen Reaktion längst nicht mehr überrascht.

»Komm her und bring es zu Ende!«

»Vergiss es!« Ich drehe mich noch nicht einmal um, als ich ihr das lächelnd mitteile und verlasse den Raum, mit dem Wissen, dass, zum Glück, mein Fluchtwagen schnell zu erreichen ist. Hinter mir knalle ich die Tür zu und obwohl ich keine Angst vor der Königin habe, haue ich zügig ab …

Sloan 2022

Lovely Thorns

Danksagung

Ich bedanke mich für die tolle und recht schnelle Zusammenarbeit mit meiner persönlichen Hexe Denise. Desiree gebührt ein besonderes Lob, dafür dass sie tatsächlich in meinem Kopf nach der richtigen Story für ihr Design gesucht hat und fündig geworden ist.

Meine ganz lieben tollen Testleser haben ihren Job mal so richtig geil gemacht und darüber hinaus. Michelle, Silke, Anja, Sara, Emi und Denise – ihr seid eine so große Hilfe, dass ich solche Gruppen öfters eröffnen werde, und mit Sicherheit werden wir noch viele weitere Projekte starten. Spätestens mit dem Glitzerschnee und der Schokolade.

Ich danke dir liebe Michelle. Nicht nur, weil du eine tolle Kollegin bist, sondern auch der prüfende Pol dieser Story warst. Aber auch einen lieben Dank an Eileen, die ebenfalls einen skeptischen Blick drüber geworfen hat.

Zum guten Schluss danke ich euch Büchermäuse, die nur für euch gedacht ist und an meine lieben Blogger, die mich immer unterstützen egal, was für einen Unsinn ich veranstalte. Ich habe euch lieb :*

Lovely Thorns

Davis Black und Sadie Baines

Rache ist ihr Ziel!
In der schlimmsten Nacht ihres Lebens, bleibt ihr ein Augenpaar besonders in Erinnerung und sie fasst einen tödlichen Entschluss.
Er wird der Letzte sein!
‚Schatten' wird er genannt.
In der schlimmsten Nacht seines Lebens, bleibt ihm ein Gesicht besonders in Erinnerung und er fasst einen lebensverändernden Entschluss.
Er wird sie alle jagen!

Lovely Thorns

Michelle Thate

Was, wenn auf die dunkle Nacht nicht der nächste Tag folgt, sondern noch mehr Dunkelheit?
Wieviel Schmerz kann ein Mensch ertragen, bevor er daran zerbricht?
Ich sollte dich hassen, denn hättest du mich nicht verjagt, wäre mein Leben noch immer normal. Ich wünschte, wir wä- ren stärker gewesen, hätten zu unseren Gefühlen gestanden, aber jetzt ist es zu spät. Du hast mich in seine Arme getrieben. Der Teufel hat mich in seinen Fängen und er sagt, ich gehöre ihm.
Ich wollte dich und mein Herz beschützen. Ich wollte das Richtige tun, indem ich dich von mir fernhalte. Aber ich habe alles falsch gemacht. Ich habe dich in den Abgrund gestoßen und jetzt muss ich hilflos zusehen, wie er dich verschlingt.
lassen. Du bist mein, für immer. Du wusstest nicht, worauf Du kannst, nicht fliehen. Ich werde dich nie mehr gehen du dich einlässt kleines Mädchen, aber jetzt ist es zu spät für
Reue. Du gehörst mir. Mir allein.
Darkest Emotion - Weg von Dir ist eine Achterbahnfahrt der Gefühle. Spannend, dramatisch, herzzerreißend, beängsti- gend, erschütternd, düster.

Wenn ihr aber mehr Lima braucht, schaut mal beim Heartcraft Verlag vorbei:

www.Heartcraft-Verlag.de

An meine Leser

Die meisten von euch wissen, dass ich Legasthenikerin bin. Das bedeutet auch, dass meine Lektorin einiges bewerkstelligen muss.

Was für andere sehr einfach ist und selbstverständlich, ist für mich oft eine Herausforderung.

Ich lebe davon, Geschichten zu schreiben. Mein Herz schlägt für Wörter. Und meine Seele möchte all das mit euch teilen.

Helft mir doch, indem ihr mir Fehler zeigt, damit ich es besser machen kann.

Um euch für diese Arbeit zu belohnen, bekommen alle, die mir Fehler zusenden ein Goodie zugeschickt.

Vielen Dank für euer Verständnis

x Lima

mail@limastrysa.com

Lovely Thorns

Lima Strysa

@lima.strysa

Lovely Thorns